CONTEMPORÁNEA

José Luis Sampedro nació en Barcelona en 1917. Catedrático de estructura económica desde 1955, fue senador por designación real en la primera legislatura tras la restauración de la democracia en España. Es miembro de la Real Academia Española. Ha publicado, entre otras, las novelas *El río que nos lleva*, adaptada al cine, *Congreso en Estocolmo*, *El caballo desnudo*, *Octubre, octubre* y *La sonrisa etrusca*. Como autor teatral ha estrenado *La paloma de cartón* (Premio Nacional de Teatro Calderón de la Barca) y *Un sitio para vivir*. En el año 2000 ha publicado *El amante lesbiano*. Es uno de los escritores españoles de mayor prestigio y popularidad.

Biblioteca

JOSÉ LUIS SAMPEDRO

Congreso en Estocolmo

DeBOLS!LLO

Diseño de la portada: Alicia Sánchez
Fotografía de la portada: © Digital Bank

Primera edición en este formato: marzo, 2004

© 1952, José Luis Sampedro
© 1997 de la presente edición:
Random House Mondadori, S. A.
Travessera de Gràcia, 47-49. 08021 Barcelona

Quedan rigurosamente prohibidas, sin la autorización escrita de los titulares del «Copyright», bajo las sanciones establecidas en las leyes, la reproducción parcial o total de esta obra por cualquier medio o procedimiento, comprendidos la reprografía y el tratamiento informático, y la distribución de ejemplares de ella mediante alquiler o préstamo públicos.

Printed in Spain – Impreso en España

ISBN: 84-9793-187-4 (vol. 175/1)
Depósito legal: B. 15.714 - 2004

Fotocomposición: Víctor Igual, S. L.

Impreso en Novoprint, S. A.
Energia, 53. Sant Andreu de la Barca

P 831874

PRIMERA PARTE

1

El avión descendía rápidamente hacia el mar. Cada vez se percibían mejor las crestas de espuma sobre las olas verdes. En la memoria de Miguel Espejo estalló el recuerdo del accidente sobrevenido un año antes en aquel mismo lugar. El aparato se hundió en el Báltico, cerca de la costa, y a los dos días fue hallado con todos los pasajeros y tripulantes en la cabina inundada. Al recordarlo, pensó que su mujer habría estado angustiada todo el día, obsesionada por la misma idea. Pues fue un accidente sensacional, ya que el avión inauguraba una nueva línea y llevaba personalidades a bordo.

De pronto empezaron a virar, inclinándose fuertemente a un lado. Espejo distinguió, no muy lejos, las torres y edificios de una gran ciudad gris, en la que el ya tendido sol de la tarde ponía centelleos y manchas rosadas: Copenhague. Fue sólo un instante, porque el avión volvió a enderezarse. Y entonces, a pocos metros ya del agua, surgió la orilla, donde comenzaban las pistas del aeropuerto de Kastrup. Las ruedas tocaron el suelo y, al fin, el avión se detuvo y se abrió la puerta. Intercalado en la fila de pasajeros, Miguel Espejo descendió la escalerilla metálica y pisó tierra escandinava por vez primera.

¡Qué húmedo el aire! Al detenerse para tragar saliva y aliviarse el zumbar de los oídos le chocó ver a las gaviotas andar torpemente sobre el cemento y posarse en los alambres de la señalización eléctrica. Pero debía de ser natural en aquel mundo de mar y tierra confundidos en la báltica indecisión de islas y lagos. Eran los primeros signos del lejano septentrión de Europa.

Se había quedado solo entre los operarios que descargaban equipajes y reponían gasolina. Rodeó el aparato, inclinándose al pasar bajo el ala, y vio los altos *hangares* y edificios del aeropuerto, bañados por la suave luz del ocaso entre nubes. Una señorita encantadora, con el uniforme de la Compañía, se le acercaba.

—¿Míster Espejo?

—Sí. ¿Me buscaba? —repuso él en inglés.

—Como faltaba a la lista, temíamos que le sucediese algo.

—No; muchas gracias. No me pasaba nada —añadió, caminando ya junto a ella hacia las oficinas—. Me quedé un momento mirando las gaviotas en medio del campo. ¡Hace tan extraño!

Ella no dijo nada. Evidentemente, las señoritas de la SAS —*El Viking Volante*— no hacían comentarios sobre temas personales. Sonreían nada más, incluso a los pasajeros demasiado excéntricos. Y aquélla lo hacía deliciosamente.

Entraron en una salita con una puerta al fondo, guardada por otra señorita tras una mesa diminuta. Allí le dejó su sonriente conductora con un «Buenas tardes» y le recibió la de la mesa con idéntica sonrisa.

—Tiene usted cuarenta y dos minutos para cenar. Pida lo que quiera en el mostrador y entregue esta tarjeta. La Compañía le desea que se encuentre como en su casa.

Espejo pasó a una sala muy amplia, pero bajita de techo. Muebles diminutos, graciosos. Maderas claras y tapicerías alegres. Enredaderas trepando por las paredes y flores en todas partes. La luz fluorescente, todavía un poco temblona de recién encendida, teñía fríamente las cosas de impersonalidad y lejanía. Entre gentes que iban y venían, Espejo se acercó al mostrador. Una camarera rubia, acostumbrada, sin duda, a viajeros ignorantes de lo que deben hacer, le alargó una gran bandeja de blanca madera muy ligera. Bajo el cristal del mostrador, los manjares exhibían en las fuentes alegres coloridos, puesta cada ración sobre una rebanada de pan. Espejo aceptaba cuanto le ofrecían, porque todos los platos le parecían entremeses. Le llevaron la bandeja y le sirvieron, además, un gran vaso de cerveza coronada por espuma casi sólida. La eficiente señorita no había hecho el menor gesto, pero cuando él se alejó con la bandeja observó que llevaba el doble que los demás.

«¿Por qué he dicho tantos "síes"? Aquí no se debe ser más amable de lo exactamente debido», pensó contrariado.

De todos modos, nadie se ocupaba de él. Dejó la bandeja sobre la mesita y se sentó. Al lado, una señora de edad fumaba un magnífico habano. El humo delicado se enredaba en las numerosas florecitas del sombrero, violetas y amarillas. No atreviéndose a mirarla demasiado, Espejo contempló el rápido ir y venir de las gentes, la agitación junto al mostrador, la entrada y salida de nuevos pasajeros... Y entonces se dio cuenta del increíble silencio que algodonaba todo aquel bullicio. Dos apacibles tertulias, en el soriano Círculo de la Amistad, hacían muchísimo más ruido que aquel apresurado centenar de personas. Sin duda, esto era Escandinavia también, como las gaviotas en el prado.

Empezó a comer y con el primer bocado se dio cuenta del hambre que sentía. Los manjares eran apetitosos, pese a su frialdad, que eludía correctamente toda incitación a los sentidos. Un gran reloj enfrente le recordó que sólo disponía de... No; ya era menos tiempo; pero no sabía cuánto, pues no había mirado la hora en el momento en que la Compañía le concedió graciosamente cuarenta y dos minutos. Como había terminado la cerveza, fue al mostrador a buscar otro vaso, pero la tarjeta de la Compañía sólo daba derecho a pedir una vez. Todo lo que quisiera, pero una sola vez; así se lo explicó otra señorita. En el acto sintió una sed irresistible. Otro vaso costaba dos coronas, pero Miguel Espejo no llevaba coronas danesas. ¿Tenía el señor moneda sueca, norteamericana o suiza? Espejo sacó de la cartera su primer billete sueco: cincuenta coronas. ¡Oh!, la señorita lo sentía mucho, pero no podía darle cambio. ¿No tenía sólo una corona y media sueca?

Espejo sintió el fracaso del nadador a quien le faltan cien

metros para haber cruzado el Canal. Estaba virulento por no llevar ninguna corona danesa y por llevar demasiadas coronas suecas, por entretener excesivamente a la señorita, por ocupar tantos minutos su mesa. Se sentía culpable de todo, como grano de arena en una máquina eficiente y bien lubrificada. Empezó a retirarse del mostrador, donde silenciosos e implacables viajeros reclamaban enérgicamente su sitio sin darlo a entender de ningún modo.

—Permítame —dijo alguien a su lado, en inglés.

Y una mano alargó a la señorita unas monedas, mientras la misma voz hablaba en danés. La señorita contestó sonriendo y alargó sendos vasos de cerveza a Espejo y el recién llegado.

Era moreno, enjuto y no muy alto; de mediana edad y nada llamativo. Incluso parecía vulgar, hasta que Espejo descubrió sus ojos, casi animalmente negros, y sus manos expresivas, muy ágiles aun en su quietud.

—No tiene importancia —estaba diciendo en aquel momento—. Ya me invitará usted en Estocolmo.

—¿Sabe que voy a Estocolmo?

—Lo supongo. Si se quedara en Copenhague, la Compañía le hubiera metido ya hace tiempo en el autobús.

A Espejo le hizo gracia la expresión. Aquel hombre no podía ser escandinavo.

—Sí; yo también encuentro que aquí uno es demasiado conducido —continuaba diciendo. «¡Cómo ha interpretado mi esbozo de sonrisa!», se asombró Espejo—. ¿De dónde es usted? O déjeme pensarlo. Meridional, desde luego... Español; claro.

—¿Por qué claro?

—Porque ha llegado en el SAS de Madrid-Francfort y no es usted portugués. En realidad, debí saberlo sólo con oír su inglés —añadió el viajero, ya en un español bastante correcto.

—Me deja usted asombrado —dijo Espejo al cabo de un instante—. No me queda sino presentarme.

—No es necesario —interrumpió su interlocutor, sonriendo francamente—. Usted es el señor Miguel Espejo Gómara, catedrático de Matemáticas en Soria.

Y como Espejo permaneciese casi con la boca abierta, añadió:

—No soy brujo. Lo hubiera adivinado cualquiera como comprenderá en cuanto me presente. Soy Gyula Horvacz, de Budapest. ¿No le dice nada mi nombre?

—Perdone, pero no recuerdo.

—Pues estoy en la misma lista que usted. Voy también al Congreso de Estocolmo. Así he sabido su nombre. Tengo buena memoria, y una vez averiguada su nacionalidad...

—Pero ¡yo podía no ir al Congreso!

—Fue un poco de suerte el acertar. No arriesgaba nada si resultaba ser otra persona.

A Espejo le costaba aceptar la naturalidad de todo aquello.

—Pero al Congreso van otros españoles. ¿Por qué ha dado mi nombre?

—Porque usted viaja solo, y Miguel Espejo es el único español que asiste privadamente al Congreso. Según dice la lista, los demás forman una delegación oficial.

Todo era cierto, pero...

—Es muy fácil, créalo. Sobre todo si uno tiene costumbre de viajar un poco... ¿No le habrá molestado?

—Al contrario; ha sido usted muy amable. ¡Si supiera la sed que tenía!

Callaron un momento. Espejo, no tanto por la obligación moral de no dejar nada en la bandeja como por haberle desconcertado la sagacidad de su compañero.

No pudo pensar mucho, sin embargo. La palabra *Stockholm* sonó en el altavoz, llamándoles la atención hacia sus roncos avisos, casi olvidados de tan continuos.

—Tenemos que irnos —dijo Horvacz.

Sí; ahora lo repetían en alemán: «Señores viajeros para Estocolmo, tengan la bondad de acercarse a la puerta de salida número dos.» Y luego en inglés y en francés.

Horvacz fue a recoger su gabardina, que había dejado tranquilamente en una percha de la entrada, como todo el mundo. «Me he mostrado muy desconfiado conservando la mía en una silla próxima», pensó Espejo. En la puerta número dos otra sonriente señorita les recogió la tarjeta de control, haciéndoles pasar a una salita, donde como en una esclusa, fueron congregándose todos los viajeros del avión. Y lo sorprendente era que aquellas sonrisas femeninas, aunque rigurosamente oficiales, tenían una cordialidad sencilla y humana, inexistente, por ejemplo, en las de Francfort o Hamburgo.

Otra señorita contó rápidamente los viajeros. «Antes pasaron lista, porque faltaba usted», dijo en voz baja Horvacz. Espejo asintió y todos salieron, atravesando el campo hacia el gran aparato.

Era ya de noche y el viento marino parecía más húmedo. Lucían las señales de aterrizaje. Entraron en la cabina, caliente por contraste con la humedad externa. El débil alumbrado indirecto infundía sueño. Gyula y Espejo se sentaron juntos y guardaron silencio durante los preparativos: el desfile de la tripulación por el pasillo, el cierre de la puerta, la orden de no fumar y de amarrarse los cinturones, la goma de mascar, el algodón para los oídos, la señorita ofreciendo revistas y observando en realidad si todos habían cumplido los ritos del vuelo. Poco después el avión ya estaba en el aire, giraba dejando ver las innumerables luces de Copenhague y se orientaba definitivamente hacia su destino.

Esta última parte del viaje resultó fatigosa para Espejo. No era fácil conversar y, al mismo tiempo, se sentía violento por callar junto a su amable compañero, aunque éste guardaba la más discreta actitud. Por otra parte, el tiempo y la excitación del viaje le habían ya cansado un poco.

Le preocupaba su mujer, a la que había dado una hora de llegada anterior a la real. Seguramente estaría inquieta, preguntando al aeropuerto por el avión de Estocolmo, desde su solitaria habitación del hotel madrileño. Llamaba por teléfono. ¿Y qué le contestaban? Sonaba un timbre. Sí, un timbre. ¿Qué era? Y luego…

Le tocaron en el brazo. Su compañero le ofrecía una taza, mientras la señorita se volvía ya hacia los pasajeros de otros asientos.

—Perdone si me he permitido molestarle. Este café le sentará bien.

Espejo, arrancado a su turbia somnolencia, tomó la taza pensando que el húngaro era quizás demasiado oficioso. Pero debía de tener gran experiencia de los viajes o asombroso conocimiento del hombre y de las cosas. Espejo tuvo que reconocerlo apenas sorbió un trago del excelente café, que le entonó inmediatamente. Y se sintió culpable.

—Es verdad. Está muy bueno.

—Ahora ya no importa que se recueste y descanse. Aún tardaremos en llegar —contestó Horvacz.

Y, como si siempre lo supiera todo, se distanció tras la cortina de humo de su cigarrillo.

Al ir Espejo a recostarse le atrajo la intensa claridad lunar en la ventanilla. Acercó la frente al helado cristal y, por un claro de las nubes, gozó la mágica visión de la tierra empapada de noche transparente y salpicada por lagos de luna. Recordó el maravilloso viaje de Nils Holgersson sobre un ganso salvaje, volando por encima de la patria sueca. Pero la interposición de nubes, opacas pese a su prodigiosa apariencia neblinosa y translúcida, le hizo reclinarse en su asiento.

Esta vez le despertó la sensación de bajada en el estómago. Vio encendido el aviso de los cinturones y se apresuró a ponérselo. Su compañero le advirtió que aún tardarían más de un cuarto de hora, pues habían tenido que volar demasiado alto.

El descenso fue lento y molesto. Pero al fin se encontraron bajo la luz fluorescente de otro recinto como el de Copenhague. Un aduanero atlético examinó someramente el equipaje después de preguntar si llevaba alcohol. Eran sólo las once de la noche; pero en el cansancio y en la actitud de la gente parecía muchísimo más tarde. En pocos minutos se cumplieron las formalidades y pasaron al autobús. Emprendieron entonces una marcha muy rápida, circulando por la izquierda y pasando junto a negras aguas con reflejos de faroles y de ventanas iluminadas. Un gran letrero en neón rojo gritó un instante al paso de la ventanilla: *Bromma Theater*. A

Espejo le hizo gracia, aunque sabía que Bromma era el barrio de Estocolmo donde está el aeropuerto. Y, al volver ligeramente la cabeza, se fijó en una muchacha que iba de pie junto a la puerta del autobús.

Era delgada y fina. Vestía una gabardina casi de hombre, con el cuello desgarbadamente levantado. En la mano asida a la barra se sobreponían la delicadeza y el vigor lo mismo que el perfil de la boca —bajo una nariz no pequeña, pero llena de gracia por su ligero respingo— expresaba a la vez una firme decisión y un titubeo adolescente. ¿Por qué no eran azules sus ojos, si el sencillo sombrerito de fieltro echado hacia la nuca dejaba escapar sobre la frente claros mechones trigueños?

No llevaba equipaje ninguno, y, sin embargo, el autobús sólo podía transportar viajeros. Mientras Espejo la contemplaba, dejaron las afueras de Estocolmo y entraron velozmente por largas calles desiertas. De pronto se detuvieron, la puerta se abrió sola y la muchacha se apeó. Antes de reanudar la marcha, Espejo tuvo tiempo de verla doblar la esquina, con el decidido paso de su tacón bajo, y alejarse por la ciudad desconocida. De tal manera, que le invadió una inmensa ternura hacia la muchacha, solitaria viajera nocturna perdida en una calle. Se sintió más fuerte y más débil al mismo tiempo que aquella mujer, tan decidida y tan desamparada, tan independiente y tan necesitada de compañía.

Pero ya habían llegado. Descendieron frente a un pabellón de cristales, en medio de una plaza. Casi inmediatamente le entregaron su equipaje. Horvacz se le acercó.

—¿Dónde va usted?

—Al Gran Hotel. Tengo reservada habitación. ¿Usted también?

—No, no. Esta vez he preferido otro alojamiento. Es difícil encontrar ahora, en el verano. Pero voy a llevarle.

—No se moleste. Tomaré un taxi.

—Ya tengo uno. Y es aquí cerca.

Casi antes de que se dieran cuenta, el magnífico taxi se detuvo ante unos escalones cubiertos por una marquesina. El chófer encendió la luz interior, pero Horvacz le mandó apagar, y cuando el portero del hotel abrió la portezuela, a Espejo le pareció que su compañero aceleraba las cortesías de despedida y se echaba atrás para quedar en la sombra. Ya después de apearse oyó a Horvacz prometiendo telefonearle para verse y tuvo que dejarle cerrar la portezuela. El taxi arrancó y Espejo subió la escalera. Intentó en vano hacer girar la puerta de cristales hacia la derecha, y recordó que en Suecia se circula por la izquierda. Al entrar en el vestíbulo del Gran Hotel volvió a sentirse sobre una silenciosa correa de eficiencia que, con la más correcta cordialidad, le solucionó todos sus problemas hasta dejarle instalado en su habitación.

Sí, pero solo. Y tardó en dormirse. Recordaba su casa y al mismo tiempo, desproporcionadamente agrandados, todos los incidentes de las catorce horas de vuelo. Extrañaba la cama, con la sábana superior y la manta simplemente dobladas hacia dentro, sin coger abajo ni a los lados, como en su lejana juventud de estudiante pensionado en Berlín. Pensó un rato en Horvacz y en su rara conducta durante la despedida a la puerta del hotel. Sí, parecía como si se quisiera ocultar del portero. ¡Bah! Debía de ser una impresión equivocada de los nervios de Espejo, tan agitados durante el día.

Lo último que evocó antes de dormirse fue la muchacha del autobús. ¿De dónde venía y adónde iba? Su figura se destacaba vibrante sobre el fondo del autobús repitiendo rutinariamente su trayecto, cargado de viajeros con motivos vulgares. Ni los negocios, ni el placer turístico, ni la familia podían haber modelado aquel rostro delicado y firme, aquella actitud conmovedora y admirable. Sobre todo, ¿por qué impresionaba tan hondamente? Era como si llevase un mensaje intransmisible por la palabra. Su andar, al internarse en la prolongada oscuridad de la calle, emanaba simultáneamente temor y fe... Pero sólo él, Espejo, había recibido la impresión; los demás casi dormitaban. Era extraño... ¿Mensaje sólo para él, quizás?

Sonriendo suavemente de sí mismo, se quedó dormido.

2

Un coche pasó velozmente rozando la acera. ¡Si a Espejo se le hubiera ocurrido bajar un pie...! Le sorprendía siempre la circulación por la izquierda. Cruzó la calle con precaución y se detuvo a consultar un plano. Estaba en la plaza de Carlos XII, bajo los árboles de un jardín que limpiaba de hojas una barrendera con pañuelo a la cabeza y altas botas de goma. Un niño de unos cuatro años, montado en un triciclo, casi tropezó con él. El niño se paró y volvió la rubia cabecita para mirarle sonriendo. Espejo temió haber infringido otra regla de circulación. El niño estaba solo, pero llevaba prendido al jersey, con un imperdible, un portatarjetas de cuero en el que figuraba la dirección de los padres.

Espejo se había despertado muy de madrugada a causa de la luz que entraba en la habitación, demasiado intensa para la hora. Así descubrió en su propia sensibilidad vital que se encontraba en agosto y a una latitud muy alta. Mientras escribía una larga carta a su casa, se lamentaba de haber aceptado la invitación de Jöhr. Le entristecía pensar en su mujer, traqueteada sobre el anticuado autobús a Soria. Pero no habría salido todavía. ¿O sí? Espejo no tenía muy clara la noción del tiempo.

Desayunó —el papel de mantel y servilleta era soberbio, pero era papel—, y, ya vestido, bajó a entregar la carta, encareciendo al conserje que saliera por avión. «Todas las cartas van por avión en Suecia, señor», le contestaron. Y, sintiéndose nuevamente extranjero, salió a la calle.

Se detuvo asombrado. El hotel daba frente a uno de los canales o brazos por donde el lago Mälar fluye hacia el mar. Espejo ya sabía que la ciudad de Estocolmo, construida sobre islas unidas por puentes, era llamada la Venecia del Norte. Pero no esperaba tanta belleza. En primer término, atracados al muelle, los blancos barquitos de la navegación lacustre: los que van a Vaxholm o a Sandhamn. Después, el agua, de color verde botella, pero súbitamente blancoamarilla en la removida estela de una canoa. En la otra orilla, la gran mole cuadrada del Palacio Real, y a la derecha, pasado un puente, la ópera. Hacia la izquierda se alejaban los edificios siguiendo la ribera. Todos sólidos, en orden, dando la sensación de un esfuerzo equilibrado y, sobre todo, de una densidad apenas aligerada por la clásica gracia buscada en las columnas y pilastras de un dieciochesco nórdico. Las fachadas tenían el colorido en piedra más inesperado: amarillo, verdoso, rojo, naranja o, como la antigua Casa de la Nobleza, malva oscuro. Los tejados verde cardenillo, de planchas de cobre, contribuían a hacer extraño el conjunto para un hombre del Sur. Lo mismo que los albatros, cerniendo sobre las aguas su gran envergadura y cayendo de pronto en picado con un chillido, hasta sumergir la cabeza de curvado pico. Y, sobre todo, las nubes muy bajas, la media cortina de lluvia con desgarrones azules y la poética luz difusa que matizaba las urbanas lejanías.

Contempló largo rato aquella ciudad sobre el agua, tan nueva para él. Pasaron unas muchachas con sus gorras de estudiante: visera negra y plato blanco. Le hubiera gustado sentarse un rato en el acristalado comedor de verano del hotel, pero debía visitar enseguida al profesor Mattis Jöhr. Así es que un taxi le dejó, tras largo recorrido, ante la verja de un jardín.

«¿Cómo será el profesor?», pensó mientras oprimía el timbre. Y casi deseó que no hubiera nadie, para ganar una mañana de inesperada libertad a solas. Pero oyó voces desde el jardín. Un corpulento jardinero, que cavaba en mangas de camisa, le hablaba en sueco y le hacía señas de entrar.

La puerta, en efecto, estaba abierta. Avanzó hacia el jardinero. Distinguía ya sobre el poderoso cuerpo unos ojillos de línea mongólica y un bigote caído a los lados, cuando el cavador cambió de actitud, soltó la herramienta y habló a Espejo en inglés.

—¿Qué desea?

—¿Está el profesor Jöhr?

—¿Usted es el profesor Espejo? ¡Qué alegría! Perdone que no haya ido a buscarle, pero se me ha pasado el tiempo en el jardín. Además, contaba con que hoy dormiría usted más.

Mientras hablaba se había precipitado a estrecharle la mano. Luego le condujo hacia la casa. El profesor no era tan alto como parecía a primera vista, por dar gran sensación de fortaleza. Tenía cabello gris, pero el curtido rostro era joven. Y su vitalidad se derramaba por la conversación, llenando de preguntas a Espejo, que al fin, justamente ante la puerta, pudo contestar a la de si le gustaba Estocolmo, refiriendo sus impresiones al salir del hotel.

—Sí, hermosa ciudad, hermosa ciudad —dijo Jöhr—. Y una organización perfecta, ¿lo ha notado usted?

No quedó claro si el profesor hablaba con ironía porque en aquel momento entró en la casa de madera, pintada exteriormente de rojo con un producto especial protector y con los marcos de las ventanas de blanco, como si fuera una casa campesina. El interior no parecía en absoluto el hogar de un sabio. Paredes casi desnudas, salvo pieles y unos lienzos con motivos populares, al parecer bordados, pero en realidad pintados. En un rincón, la plancha de la chimenea, con grandes piedras grises sin labrar rodeando el fuego. Junto al hogar, una tarima de madera como una cama, con gruesa piel de oso blanco. Pero, enfrente, el contraste de un diván tapizado, muy alegre. Flores y flores. Delicadas, exquisitas, menudas flores de montaña... Espejo miraba asombrado mientras atendía a la conversación, sostenida en alemán.

—Siento de veras no saber español —decía Jöhr—. Quisiera conocer su literatura. Directamente, ha de ser magnífica. Digo la literatura artística. La científica, y perdone, no creo que suponga aportaciones importantes. Salvo la de usted, tan extraordinaria. Me gustaría mucho poder leer sus trabajos.

—¿Cree que lo que yo hago tiene valor?

Jöhr, que estaba cargando una larga pipa de hueso de reno, rompió a reír. Una risa torrentosa, muy natural y primitiva, pero también como la de un gran príncipe del Renacimiento imaginando tretas contra sus enemigos en compañía de un gran escultor. La casa de madera retumbaba.

—¿Le hace a usted gracia?

—¡Hombre de Dios! —contestó el señor del trueno—. ¡Lo ha dicho tan sinceramente…!

—Claro que lo he dicho sinceramente. A todas horas me lo pregunto. Es mi obsesión.

—¿No quiere fumar? —dijo, levantándose para ir a buscar cigarrillos en un armarito.

—No fumo apenas. Gracias.

Entonces, desde el otro extremo de la habitación, recortada su silueta poderosa contra la luz de la ventana, Jöhr le dirigió la palabra. En sombra el rostro, sus afirmaciones parecían impersonales, como llegadas desde algún juez remoto y definitivo.

—Amigo Espejo —dijo lentamente—, querido amigo Espejo, usted es uno de los grandes matemáticos de nuestro tiempo. Sus trabajos serán puertas al infinito para la mente humana.

Espejo no contestó. Repentinamente, aquellas palabras le convencían por primera vez en su vida. Se disiparon todas sus dudas, tan angustiosas, sobre el valor de su obra. Y en un segundo revivió el nacimiento lento y entrecortado de aquellas ideas, allá en la pequeñita y dorada Soria, camino de San Saturio, o entre las columnas de San Juan del Duero que, hundida la techumbre del claustro, apuntalan hoy el cielo. Los signos de integrales se mezclaban en su memoria con el olor campestre de los humildes matojos ibéricos, tan encendidos de aroma como frailecitos en amor de Dios.

Jöhr se había acercado y estaba en pie junto a Espejo, que inclinaba la cabeza bajo el peso de su convicción.

—¿No me cree usted? —dijo casi con ternura—. Comprendo que mi afirmación no basta. Pero, si no está seguro, debe ser a veces muy desgraciado.

—Sí creo. Nunca lo había creído hasta hoy, pero ahora estoy seguro. Por lo menos, en este instante.

—Si eso le complace, le aseguro que dentro de cien años nadie discutirá la trascendencia de su obra.

—Me complace, sí. Es, en el fondo, lo que he ambicionado siempre.

—A mí no me importa en absoluto. Me interesa mi vida, no la opinión futura sobre mí. Pero le envidio el descubrir. La aventura mental de esos nuevos horizontes dorados, neblinosos, que antes que nadie va usted viendo a solas. Sí, ver algo más, no perderse nada nuevo que surge...

—El hecho es, profesor Jöhr, que, en realidad, yo trabajo con la sensación de andar extraviado. Y en cuanto a sus palabras, no comprendo nada. Quiero decir, cómo merezco esto, cómo le merezco a usted. Ha sido su empeño el que ha logrado traerme a este Congreso. Y, antes, sus cartas me habían dado la vida en Soria.

Jöhr, sentado ya, sonreía tras cada exhalación de humo. Espejo tenía que seguir hablando.

—No debo decírselo todo. No estaría bien. Pero la verdad es que en España, salvo para dos o tres amigos míos, las palabras de usted resultarían ridículas... Sí, casi impertinentes... ¿Cómo tuve la suerte de que se interesara por mí? Yo venía hoy a esta casa con miedo casi; miedo a su desengaño. Y de repente, como cayendo en un pozo, recibo este homenaje extraordinario, el mayor de mi vida. ¿Por qué...?

—¿Y por qué el «por qué»? No se pregunte más, no se pregunte tanto.

—Siempre me pregunto.

—Voy a decirle una cosa. En mi departamento de la Universidad hay un joven extraordinario, a quien ya conocerá, que ha estudiado el español solamente para poder leer los trabajos de usted. Gracias a él conozco mejor su obra. Usted es un dios para él... ¡Demonios! ¡Se ahoga uno aquí! ¿Quiere que salgamos?

Se había puesto en pie con brusquedad casi descortés para el visitante, sumido en el descubrimiento de sí mismo.

—Aprovechemos el buen tiempo —continuaba Jöhr, guiando a Espejo hacia una puertecita junto a la chimenea—. Los meridionales no saben con qué intensidad vivimos nosotros el verano. Como flores o como animales. Y yo todavía más. Mi abuela era lapona y yo mismo nací en el Norte.

La puertecita daba a un prado en declive situado detrás de la casa. Al abrirla, el sol les envolvió instantáneamente. Jöhr vació sobre la chimenea la pipa encendida y, dejándola en una piedra, salió al aire libre y abrió poderosamente los brazos.

Tras él, Espejo sumaba el resplandor solar a su deslumbramiento interior aún vivo. Pero distinguía el rotundo follaje oscuro de los abetos en la linde y, más lejos, pasado un brazo del lago, otra de las islas de Estocolmo, con altas casas modernas sobre acantilados casi marinos. Siguió al profesor hasta los abetos y vio espejear el sol en el agua verde clara. Todas las lluviosas nubecillas de la mañana se habían disipado.

En la orilla se balanceaba imperceptiblemente un balandro. Junto al arranque del embarcadero dos mujeres estaban sentadas en un banco. En aquel instante volvieron la cabeza. Espejo tuvo la sensación de que, al ver a un extraño, habían reprimido un impulso de correr lentamente hacia el profesor.

—Mis mujeres —dijo Jöhr—. Naturalmente, no las dos —continuó, mientras descendían unos cuantos peldaños de piedra. Hizo la presentación—: Hilma, mi mujer, y su hermana Klara. El profesor Miguel Espejo, un gran amigo español, un hombre extraordinario que todavía se ignora.

Las dos muchachas se echaron a reír. Porque lo asombroso es que eran dos muchachas. Quizás, admitiendo la persistencia del aspecto juvenil en las esbeltas suecas, Hilma podría tener hasta treinta y dos años, pero eso significaba casi veinte menos que Jöhr. Y Klara era todavía más joven.

—Podéis hablarle en alemán —continuó Jöhr, visiblemente contento—. Las encuentra usted encantadoras, ¿no? Lo son, lo son —y se inclinó para besarlas en la frente a las dos igual—. Tenéis que querer mucho a mi amigo. ¿Qué hacemos hoy con él? Está solo en Estocolmo.

—¿No tienes que ir a la Academia, Mattis? —dijo Klara.

—¡Diablos, es verdad! Pero no os hagáis ilusiones, no os lo dejaré aquí. Vendrá conmigo. Quiero presentarle a Bertil, su devoto adorador.

—Podemos reunirnos con vosotros y comer luego juntos —dijo Hilma.

—De acuerdo. ¿Frente a Aftonbladet?

—Bien. Iremos allí a las doce.

—¡Qué bien se está aquí! —dijo, suspirando, Jöhr—. ¿No le dan ganas de sentarse en el suelo? Pero vámonos. Aguarde, voy a vestirme para la ciudad.

Con la siempre sorprendente agilidad de un oso, Jöhr escaló el talud de abetos en dirección a la casa. Espejo permaneció algo confuso frente a las dos muchachas rubias, tan parecidas y tan diferentes. Hilma, curiosamente risueña; Klara, con cierta dulce gravedad.

—Le llevaremos al Skansen —dijo Hilma.

—¿Le gustará? —preguntó Klara, mirándole con la cabeza un poco inclinada sobre el delicado cuello. Así, el cabello le caía exquisitamente a un lado.

Decidían la suerte del español, mientras Espejo asentía cortésmente con la sensación de ser un poco manejado.

—Mattis se sienta siempre en el suelo cuando está aquí con nosotras —decía Hilma—. Pero, claro, usted no puede hacer eso porque es un caballero español.

—¿Y cómo cree usted que es un caballero español? —replicaba Espejo con alguna curiosidad. Ni aun el posible matiz de burla podía enfadar en ellas. Tan envuelto venía en cordialidad.

Mientras tanto, el sol nórdico seguía cabrilleando en el lago. El tiempo fluía con intensidad y las dos mujeres le arrastraban como una corriente, cuando Jöhr vino a rescatarle, llamándole a voces, de tan deliciosa pérdida de libertad.

Ya en el *Volvo*, el cochecito sueco del profesor, éste seguía contento.

—Son encantadoras, ¿no? Perdone que lo repita. Los suecos no hablamos mucho de nuestras mujeres y, según creo, ustedes los españoles menos aún... Está usted pensando que Hilma es mucho más joven que yo, ¿no?

Espejo no fue capaz de negarlo.

—Gracias a Dios, amigo, el esquí y la sangre lapona hacen mucho por un hombre. Y no hay nada más grande que un hombre. Vivo feliz con ellas.

Calló un momento para atender al tráfico, que iba engrosando, y continuó:

—Estoy seguro de que en cuanto hable con mis colegas le dirán que vivo maritalmente con las dos. Apuesto a que emplearán justamente esa fea palabra: «maritalmente». Piense lo que quiera, querido amigo. Una de mis más inquebrantables convicciones en este mundo es la de que ningún hombre de corazón podrá nunca considerarme indigno, torpe o sucio. Y como usted es hombre de corazón, prefiero anticiparle yo mismo lo que le han de decir... Vea, ahí tiene la *Saltsjöbaden Station*. Ahí tomará usted el tren para Saltsjöbaden, donde se celebrará el Congreso. Un sitio delicioso; le gustará. Y éste es uno de los grandes orgullos de los estocolmeses: la Slussen.

Entraban en un laberinto de calzadas para vehículos dispuestas en círculos y en diferentes pisos, como los accesos modernos a las grandes carreteras. Tranvías, automóviles y hasta unas vías de ferrocarril utilizaban aquella confusión, en la que a veces casi parecía imposible llegar a encontrar la salida deseada.

—Ahora entramos en la isla del viejo Estocolmo —continuó Jöhr—. Aquí, a la izquierda, hay un antiguo restaurante muy famoso, al que vendremos otro día.

Rodaban junto al lago, siguiendo la fila de casas que Espejo había visto por la mañana desde la puerta del Gran Hotel. El propio Gran Hotel relucía a la otra orilla con su fachada blanca. El sol centelleaba en los cristales del comedor de verano. De pronto, el coche torció a la izquierda y subió la cuesta que, junto al Palacio Real, conduce hasta la catedral. Enseguida se detuvo ante la puerta de la Academia Sueca, que, como observó Jöhr —«Está bien que así sea, ¿no?», dijo—, se halla en el mismo edificio que la Bolsa.

Cuando salieron, al cabo de un rato, Espejo iba muy pensativo, casi abstraído.

—El jefe de la delegación española, ese García Rasines... ¿Usted le conoce? —preguntó Jöhr al poner en marcha el coche.

Aludía a la conversación con el famoso físico Axel Prag, vicepresidente de la Academia, que trató a Espejo con gran deferencia y, de pasada, dijo que al anunciarse el Congreso había recibido una carta de García Rasines enviándole un trabajo, ricamente encuadernado, sobre matices cuadradas. No parecía haber existido otra relación entre ambos, a pesar de que Rasines, en recientes declaraciones a la Prensa madrileña, había aludido a «su gran amigo el eminente profesor Prag».

—No mucho —contestó Espejo—. Sólo le he visto alguna vez en Madrid. Es una personalidad, pero yo vivo algo retirado allá en Soria.

Volvió tan notoriamente a su abstracción, que Jöhr le dejó hundirse en ella. Espejo pensaba en Bertil Arensson, aquel nombre que ya no olvidaría nunca; aquel joven alto, rubio y atlético que entró en el despacho de Prag un poco impetuosamente.

—Es un gran honor para mí —había dicho en aceptable castellano, cogiendo la mano de Espejo entre las suyas—. Una inmensa alegría.

Y el catedrático de Soria no había podido contestar inmediatamente, turbado por aquellas dos pupilas azules que tan limpia y juvenilmente admiraban. Admiraban, ¿qué? «Una infancia retraída —evocaba Espejo ahora—, unos estudios difíciles y sin medios, unas oposiciones tan estúpidas como todas, una personalidad opaca, una vida vulgar, una noria anual de explicaciones rebotando en el aula polvorienta sobre generaciones de distraídos... Y, por lo visto, una pequeña cosa más: algunos insomnios, ciertos ensimismamientos durante los paseos, raras tardes de enfebrecida soledad, de tensión destilando símbolos y notaciones sobre un papel... Eso no valía, en modo alguno, aquella admiración rendida por un joven tan apasionadamente.»

No, no la justificaba. Y, sin embargo, tampoco impedía que él, Miguel Espejo, sintiese que otro ser humano le valoraba tan en alto como a los más grandes maestros antiguos. No impedía que las fórmulas y las ideas brotadas a orillas del Duero fructificasen junto al Mälar.

«Así es, Dios mío», musitó Espejo casi audiblemente mientras el coche doblaba la esquina de Aftonbladet y embocaba una bulliciosa plaza con árboles. En aquel instante un reloj daba las doce. Al frenar junto a la acera vieron a Hilma y Klara apearse de un tranvía. El rostro de Jöhr se iluminó al verlas.

—Fíjese —dijo—. ¡Ah! En los buenos días de verano, Klara es mi favorita.

Ellas llegaron a tiempo de oírle y las dos sonrieron. Jöhr añadió:

—Pero en el invierno, Hilma gana. Es capaz de aterciopelar el aire de una cabaña de lapón.

Las dos se habían quitado los pantalones de casa y vestían blusas con faldas amplias y más bien largas, movidas graciosamente.

—¿Vestimos bien en Suecia? —dijo Hilma al sorprender la mirada de Espejo.

—Yo entiendo poco de eso, pero creo que sí. Encuentro a las suecas encantadoras.

—¡Oh, estos españoles! —dijo Jöhr.

Arrancaron. Al poco rato rodaban entre casas de arquitectura muy moderna con jardines interiores, donde jugaban los niños. «Los suburbios de Estocolmo —pensó Espejo— son como los barrios elegantes de otras ciudades.»

—Entramos ahora —dijo Jöhr cuando pasaban otro puente— en la isla de Djursholmen, antiguamente reservada para coto real de caza. Hacia allá está la Embajada de su país. Sus recepciones son muy apreciadas. ¡Esos vinos de ustedes…!

Y explicó a Espejo, con comentarios de Hilma y Klara, que el alcohol en Suecia estaba racionado y que, además, las bebidas eran muy fuertes y no muy buenas, aunque a ellos les gustaban. Una botella de vino español era un regalo extraordinario.

—Todavía guardamos como recuerdo una que nos envió un importador de frutas, amigo de Jöhr —dijo Hilma—. Vacía, claro.

Espejo prometió enviarles un repuesto, pero Jöhr le advirtió que las aduanas suecas eran implacables. Ni siquiera habían dejado entrar temporalmente las muestras de vino exhibidas en el Pabellón español de la feria de San Erik. Y allí estaban las botellas hipócritamente alineadas: las de vidrio oscuro, completamente vacías, y las de vidrio blanco, llenas de agua coloreada. A pesar de lo cual, y por si alguien lo ignoraba, una artística verja las defendía de manos codiciosas.

—Detrás de la verja toca la guitarra un sueco que ha estado en España. ¡Hasta dicen que lo hace bien! —concluyó Klara.

Rieron. Remontada una cuesta, el coche se detenía ante el restaurante de verano del parque Skansen. Se sentaron junto a una ventana abierta al amplio panorama de la ciudad, suspendida entre las grandes manchas de azul y verde del cielo y el lago. La distancia diluía la solidez de las construcciones y solamente dejaba llegar una sensación de alegre luminosidad. Y entonces, después de haber tomado el *sill* o arenque, que es el único manjar permitido antes de beber, Jöhr inició a Espejo en el ceremonioso protocolo del brindis sueco con *snaps*, contestando *Skol* y mirando, mientras se bebe, a los ojos de aquel con quien se brinda.

—No se le ocurra a usted dedicar un *Skol* a la señora de la casa —dijo Klara—. No puede usted brindar con Hilma, no es correcto. Tiene que brindar conmigo. ¡*Skol*, señor Espejo!

Brindaron. Y los nuevos alimentos y gustos hicieron vivir también al paladar lo distinto de aquel mundo. El salmón ahumado, la carne de reno, el diferente pan —moreno, muy delgado y crujiente como una galleta—, consolidaban las distancias con la pequeña y vencedora tenacidad de lo cotidiano. Y de un lado a otro de la mesa, seres extraños trataban de comprenderse por encima de las dos banderitas, española y sueca, pedidas por Jöhr al camarero.

Trataba de definirse y explicarse, de acelerar el fraguado de su amistad. Klara dijo con melancolía que las españolas debían ser muy hermosas. Espejo defendió a las suecas. Jöhr afirmó que en todas partes había mujeres bonitas, y Hilma se unió al español. Después compararon el paisaje de ambos países y luego algunos rasgos del carácter nacional. Espejo, naturalmente, tuvo que decir que todas las mañanas mataba un toro para conservarse en forma. Eso no era cierto, claro; pero, en tiempos pasados, para doctorarse en Salamanca era preciso estoquear un novillo con todas las reglas del arte. En cuanto a los suecos, hacían gimnasia siete horas al día. Todos aquellos tópicos triviales, lanzados entre risas, servían de puente provisional entre las dos orillas humanas separadas por geografía y costumbres y las aproximaban rápidamente gracias a la cordialidad mutuamente desplegada. Espejo lo afirmó así cuando Hilma le preguntó —«Sinceramente, ¿eh?»— cómo encontraba a los suecos.

—Me he llevado una agradable sorpresa. Los imaginaba más bien como los ingleses, muy serios, muy secos.

—En cuanto a serios —dijo Hilma—, lo somos mucho.

—Sí. Pero son ustedes muy cordiales. Es muy fácil encontrarse a gusto aquí. Al menos para mí, hombre sencillo y algo tímido.

—Sencillo está bien —dijo Klara—. Pero ¿por qué tímido?

«¿Es que el ser tímido responde a un por qué?», pensó Espejo. Pero le hizo gracia la pregunta.

Sí, eran cordiales. Se conducían con encantadora naturalidad en sus reservas y en sus espontaneidades. Como también era natural la idea del parque Skansen, constituido por antiguos edificios, granjas típicas de diferentes regiones, viejas farmacias o imprentas, nobles casas señoriales, capillas rurales o campanarios prodigiosamente tallados en madera; todo agrupado en calles, con pequeñas plazas y paseos provincianos... En muchos casos eran reproducciones de los originales y estaban habitados por gentes vestidas según la época y procedencia del edificio. Pero a veces eran auténticos, y entonces el respeto dejaba solitarias las mansiones. Auténtica era, por ejemplo, la casita de verano de Swedenborg, que el místico filósofo poseyó en el jardín de su casa de Estocolmo, y a la que se retiraba, durante las breves noches del verano, para meditar a la secreta luz de las estrellas.

Igualmente natural era el jardín zoológico en la cima de la rocosa isla ocupada por Skansen. Los animales habitaban allí, en lugar de jaulas, un cuadro semejante al nativo. En un gran estanque de agua verde y fría, la foca aparecía, resoplaba, volvía a cerrar nariz y ojos y se sumergía otra vez, mientras que, en otro, una enorme osa blanca gozaba con sus oseznos del refrescante chorro de agua fría. El alce se paseaba por un cercado cuyas vallas recorrían las ardillas, comiendo en la mano de los niños chocolate y nueces.

—Ahora iremos a los renos —dijo de pronto Jöhr—. Para mí son casi sagrados. Algo tira en mi sangre hacia esos animales.

Y, efectivamente, con cierta teatralidad, que delataba su emoción, cogió del brazo a Espejo y remontó una cuestecita. Las dos mujeres quedaron atrás. «Siempre que vienen con él deben hacerlo así», pensó Espejo. Entre tanto, ellos llegaron frente a un amplio cercado. En un ángulo se alzaba un alto cono de tierra, musgo y corteza de árbol, sujeto por palos que convergían en el vértice y se clavaban en tierra por su extremo inferior. Junto a la puerta estaba sentado un lapón, que se levantó al ver a Jöhr y salió a recibirle. Mientras se saludaban en la lengua del Norte, floreció sobre el gesto mongoloide esa rara pero tan profunda sonrisa de los rostros orientales.

—Es el pastor de los renos —dijo Jöhr—. Vive en esa choza, como las de su país. Somos muy amigos.

El lapón alargó entonces a Jöhr la pipa de hueso, igual a la que el profesor tenía en su casa. Jöhr la cogió y dio unas chupadas, devolviéndosela a su dueño. Después, a invitación de éste, entraron en el cercado y se dirigieron a la cabaña.

—Dice que no vale la pena entrar, porque su mujer ha ido a la Dirección a recoger víveres. Krika es muy guapa, para quien guste de estas caras, naturalmente, como me pasa a mí. La mujer lapona tiene una gran paciencia, espaldas fuertes para todo, una cara inmutable y buena sonrisa para el esposo. Es lástima que no esté. Durante la primavera y el verano vive aquí con Linnio, pero en el invierno falta muchos días y está con un medio hermano empleado en Estocolmo. Esta gente siente mucho en su cuerpo el ritmo de las estaciones. Pero venga a ver los renos.

Se aproximaron a los animales, menos de una veintena, sueltos por el cercado. Jöhr se acercó a un cachorro todavía sin cuernos y lo cogió en sus brazos. Le miró dientes y pezuñas, le examinó la piel, pasando los dedos a contrapelo; le separó los párpados y le miró las mamas, pues era una hembra, cambiando comentarios con el lapón. El animal no parecía muy asustado, y cuando Jöhr le soltó salió triscando con indecible gracia y se acercó a la madre. Jöhr se metió luego entre el rebaño, acariciando a los animales y hablándoles. De pronto le llamó la atención un gran macho apartado en un rincón. Jöhr guardó silencio al verle. Luego retrocedió y habló gravemente con el pastor.

Espejo se quedó impresionado por los rostros de los dos hombres y contempló al animal. El reno erguía la cabeza, coronada por dos cuernos enormes y leñosos —en vez de cubiertos por algo parecido al musgo, como en los animales jóvenes—, dirigidos desde el arranque netamente hacia atrás y curvados hacia delante a la altura del lomo, para terminar muy abiertos sobre la cabeza. Junto a él, una hembra joven insinuaba todas las gracias enseñadas a su sangre por la reciente primavera. Y justo en aquel momento, el macho volvió despacio la cabeza, la miró un instante y tornó a su actitud aplomada, como indiferente. La hembra vaciló extrañada, pero se alejó hacia el rebaño. El macho permaneció en su rincón, firme en toda su alzada, levantada la cabeza y la mirada puesta en una lejanía. No recorrían su lomo los nerviosos calambres a veces visibles en sus congéneres. De la boca descendía, pesado, inmóvil, casi congelado, un hilo de baba.

—¿Qué le pasa? —preguntó Espejo.

E inmediatamente se extrañó de saber que al animal le sucedía algo.

—Linnio dice que va a morir. No verá el otoño.

La cabeza de Linnio se movía lentamente de un lado a otro.

—Pero ¡vea qué impresionante nobleza tiene la vejez tras una vida vivida sin reservas! —añadió Jöhr—. Parece un dios anciano. En ese cuerpo hay mucha más sabiduría del mundo que en todo el Congreso de la Ciencia Moderna que inauguramos mañana. ¡Pobres sabios! Fíjese la dignidad con que esa cabeza ostenta y sostiene sus cuernos magníficos. No sé si es porque casi me he criado entre estos animales, pero siempre me ha parecido inexplicable y absurdo que los cuernos tengan tan estúpida simbología en nuestra vida civilizada. Ese peso en el cráneo es el peso de la vida. Los años lo aumentan, lo refuerzan, y toda la cuestión está en sostenerlo bien en alto. ¿Sabe usted que el reno es el único cérvido cuya hembra tiene cuernos?

La joven hembra había vuelto a despegarse de los demás animales, pero no se acercaba al viejo reno, sino que, sola entre él y el rebaño, le contemplaba con respeto. Un joven macho se acercó un instante a la hembra, pero se retiró al sentirla esquiva. Ella no comprendía exactamente, pero algo olfateaba y permanecía inmóvil. El viejo macho la miró, pensó un momento, estiró completamente el cuello y bramó con dolorida suavidad. El hilo de baba se alargó lentamente hacia el suelo. La hembra, entonces, se atrevió a avanzar muy despacio; las orejas alerta y ráfagas nerviosas en la exquisita piel blanquecina del vientre.

Jöhr habló al lapón. Pero éste movió la cabeza lentamente de un lado a otro. Jöhr entonces miró intensamente al gran reno. Había en sus ojos ansiedad profunda y, al mismo tiempo, hermandad entrañable con el animal. El lapón atendía impasible. Espejo sentía la grave densidad de aquella escena, de un mundo tan asombrosamente diferente al suyo. Involuntariamente notó que las dos mujeres estaban junto a la entrada del cercado, sin franquearla.

En aquel momento el reno volvió la cabeza hacia la joven hembra y el ya reducido espacio que los separaba se llenó de significación. Fue claro, hasta para Espejo, el mensaje del suave, casi humano bramido, que se le escapó al macho. La hembra lo comprendió también y retrocedió despacio, siempre de frente, como hay que retirarse de la presencia de los reyes. Cuando sus jóvenes grupas tocaron la masa del rebaño se volvió y, cabizbaja, entró con los suyos. Ya el viejo reno miraba hacia lo lejos, sosteniendo en lo alto sus grandes cuernos casi pétreos, afianzando con esfuerzo sus nervudas piernas sobre la roca apenas cubierta de un leve manto de tierra. Definitivamente solo.

El lapón habló.

—Sí, ni siquiera hasta el fin del verano —dijo Jöhr, casi para sí mismo; y, tras su silencio, añadió—: Me gustaría ir junto a él y hablarle. Pero no debemos empequeñecer este momento.

3

La erguida cabeza del reno seguía por la noche ante la imaginación de Espejo, sentado solo en el *hall* del hotel. Nada de lo sucedido después había conseguido borrarla. Y eso que, tras marcharse juntos Jöhr y Hilma, pasó la tarde en compañía de Klara. Con toda naturalidad, claro está, pero justamente eso era lo extraordinario para Espejo. Klara le había llevado a dar una vuelta por Kungsgatan, la calle principal, con sus escaparates turísticos de plata Jensen y cristal de Orrefors. Se había cogido de su brazo sin darle importancia y el pecho de aquella sonriente muchacha rubia había rozado alguna vez al hombre. Le había hecho preguntas naturales, pero chocantes, como la de si era casado y si no se había divorciado nunca. Se había referido con entusiasmo a Mattis Jöhr.

—Es un hombre extraordinario. Comprendo que Hilma sea muy feliz con él.

Espejo, entonces, turbado por todo, no había podido callarse un:

—A usted también la quiere mucho, creo.

Y no había podido ocultar en la frase un acento ambiguo, transparente aun a través del idioma extranjero. Klara no había contestado, dejando también ambigüedad en su silencio.

Sí, habían paseado juntos con naturalidad, comentando, por ejemplo, la abundancia de tiendas de ropa interior y corsés, a pesar de la esbeltez de las mujeres. Habían ido a los grandes almacenes de la Nordiska Kompaniet, cuyas populares letras NK giraban en un gigantesco anuncio circular sobre el tejado y en donde se encontraba de todo, desde muebles hasta una merienda o servicios de peluquería. Habían cenado juntos en Japan, un restaurante con decoración japonesa, donde la pareja había quedado aislada de los comensales próximos mediante pequeños biombos de pergamino que separaban cada mesa de las contiguas. Habían vuelto a brindar con *snap*, y el fuerte alcohol especiado se había dejado sentir en las venas de Espejo. Habían ido luego a ver los varietés del China Theater, donde unas bellezas rubias, altas, asépticas, con escasas formas y pechos muy pequeños, habían exhibido evoluciones cronométricas. Por último, ella misma era la que le había dejado en la puerta del Gran Hotel, y, tras despedirse afectivamente, se había alejado con ágil y firme paso, recortando su silueta contra las luces reflejadas en las quietas aguas negras del Mälar.

Pero todo eso no era nada, e incluso Jöhr y «sus mujeres» habían pasado a segundo plano frente al viejo reno, las tentativas de la hembra, las palabras del lapón y de Jöhr. Espejo revivía la escena, sin interpretar ni comprender, pero sintiéndose cada vez más penetrado por ella. Mientras tanto, conservaba en la mano la nota del conserje con el recado de que el señor Horvacz había llamado por teléfono. Por la tarde, para ofrecer a Klara, Espejo había comprado tabaco, y ahora fumaba, cosa en él extraordinaria. Pero lo exigía el día nuevo de aquel mundo y su estancia en el gran vestíbulo, donde hasta la luz resultaba alfombrada y silenciosa.

Alguien se le acercó muy respetuosamente.

—Perdone el señor —dijo el subgerente del hotel— si me atrevo a una pregunta quizás indiscreta. Nuestro portero nos ha dicho que anoche llegó el señor en un taxi acompañado de su excelencia el duque de Horady. ¿Podría el señor confirmarme el hecho o preferiría no hablar en absoluto de la cuestión? Mil perdones, en este último caso.

—No tengo ninguna razón para callar, pero creo que su portero se ha equivocado. Solo venía conmigo otro asistente al Congreso Internacional, el señor Gyula Horvacz, a quien yo acababa de conocer en el avión. Debe de haber un error.

—Comprendo —dijo muy intencionadamente el empleado—, y vuelvo a presentar mis excusas. Nos atrevimos a molestarle porque el Gran Hotel se ha enorgullecido siempre de contar entre sus huéspedes a su excelencia y sentiríamos mucho que hubiera podido ir a cualquier otro lugar. Aunque, naturalmente, como nuestro portero se ha equivocado, no nos queda sino disculparnos una vez más.

Y, deseando buenas noches, se retiró. ¡Otro incidente extraño! ¿Quién era Gyula Horvacz, su adivinador compañero de viaje? Miguel Espejo, sintiendo que el cigarrillo excitaba y nublaba su imaginación al mismo tiempo, se sintió un poco extraño él también; como desarraigado de sí mismo, ante aquel mundo tan distinto de la apacible y conocida Soria. Entonces, cómodamente sentado en el sillón del hotel lujoso, envuelto por el algodonado aire impersonal del vestíbulo, se formuló por primera vez la pregunta que después habría de repetirse tanto:

«¿Es solamente este ambiente extraño, tan diferente, o es que su efecto se refuerza por algo dentro de mí, quizás por la hora de mi vida en que me encuentro?»

Y súbitamente sintió una gran desgarradura de nostalgia, enmascarada durante el día por lo desusado de los acontecimientos, pero que, desde lo profundo, había contribuido, sin duda, a realzarlos. Sintió, sencillamente, la ausencia de su mujer, de su casa, de sus hijos; de todo lo que hubiera contribuido a consolidar su equilibrio, en vez de minarlo. Menos mal que mañana tendría en Saltsjöbaden la primera carta de María, escrita seguramente por ella antes de salir para Soria, recién partido el avión y sufriendo ya de ausencia en su seguro amor conyugal. Espejo sonrió pensando en la carta: traería inquietud por el largo viaje aéreo, recomendaciones sobre el frío nórdico, tranquilidades sobre la salud de ella misma y de los hijos. Espejo sonrió y paseó tranquilamente la mirada sobre unos recién llegados.

Eran un caballero, que se dirigió a la recepción, y dos damas, que permanecieron en el centro del vestíbulo y de las

miradas. Ya no muy jóvenes, pero con tal calidad de perlas
—exóticas, cultivadas, sencillas y exquisitas—, con tan seductora irradiación, que a Espejo se le agrietó la sonrisa. Tiró el
no acabado cigarrillo y se dirigió al ascensor. Saldría para
Saltsjöbaden al día siguiente, primero de la admisión de congresistas, para no quedar influido más tiempo por el extraño
ambiente de Estocolmo y para recoger la primera carta de
casa. Se disculparía por teléfono con Jöhr, a quien había prometido ir a ver por la mañana.

Entre tanto, Klara, tras despedirse de Espejo, pasaba junto
a un desconocido que fumaba a la orilla del lago en sombras.
Era Gyula Horvacz, que, lejos de porteros capaces de reconocerle, se dejaba vencer por una atracción, casi una costumbre, de estar frente a la tan conocida fachada del hotel en el
muelle de Södra Blasieholmshamnen. Pero no era hombre
demasiado rendido a los recuerdos, y como le había llamado
la atención reconocer a Espejo con aquella muchacha sueca,
echó a andar detrás de Klara. En sus labios flotaba una suave, comprensiva, curiosa sonrisa. La vida no solía arrancarle
otra expresión.

Klara caminó como si se dirigiera al cercano edificio de la
ópera; pero al llegar a la plaza de Carlos XII torció a la derecha, y ya en Smolandsgatan, entró por un portalito, cuya
puerta cedió al ser empujada.

Horvacz también conocía el Kunstnärsbar. Dejó su gabardina en el guardarropa y cruzó la primera salita, pasando al
bar, en el fondo. Le sirvieron un *whisky* con un platito de algo
que no probó y cuyo objeto era sólo cumplir la ley que prohíbe servir bebidas alcohólicas sin comida. En un rincón estaba la muchacha que había acompañado a Espejo.

El húngaro no pensó siquiera en acercarse. Le bastaba
verla para saber que lo que ella quería en aquel instante era
estar sola. Cómo sabía él ciertas cosas —que los propios interesados desconocían a veces—, era algo que ignoraba Gyula;
pero así era y jamás discutía un hecho. Un hombre sentado en
la mesa inmediata a la muchacha se inclinó hacia ella y le dijo
algo, pero fue rechazado. A través del humo de su cigarrillo,

Gyula estuvo contemplándola mientras permanecieron en el local. La luz era muy escasa, apenas suficiente para distinguir las pinturas murales, al gusto alemán de mil novecientos veintitantos. No podía escudriñar bien aquellas facciones femeninas, pero por lo que vislumbraba le resultaba muy difícil relacionar a la muchacha con el español, a quien había llegado a conocer perfectamente en el breve viaje juntos. ¿Pensaba ella en Espejo en ese momento en que alzaba ligeramente la cabeza y dejaba perderse la mirada más allá del opuesto muro?

Klara no pensaba en él exactamente, aunque aquel hombre extraño —sin divorcio, seguro, fiel— había llenado de interés una tarde de su vida. Pensaba más bien en unas palabras pronunciadas por él: «A usted también la quiere mucho, creo», palabras cuyo alcance él mismo no sospechaba seguramente.

Pero no era posible hacer nada, aunque a veces ansiara huir descalza por un bosque solitario, y otras llorar o hundirse para siempre en las aguas del Mälar. Klara apuró su *whisky* y salió para tomar el tranvía frente a Aftonbladet, allí donde por la mañana se había reunido con Jöhr y Espejo. Poco después salió Gyula en dirección opuesta y llegó al modesto alojamiento, elegido esta vez para permanecer un día en Estocolmo.

4

El tren dejó a Miguel Espejo en Saltsjöbaden con su reducido equipaje y con el conocimiento de otra frase en sueco —*Icke rökare*, no fumar— inscrita en algunos compartimientos y escrupulosamente respetada. Un viaje de media hora por la comarca comprendida entre Estocolmo y el mar. Primero, los magníficos suburbios, donde hasta las fábricas ostentaban flores en sus jardincillos, en sus ventanas e incluso junto a las grandes puertas para camiones. Después, los pueblecitos, pequeñas estaciones de madera y, en las cercanías, la tienda donde hay de todo, la lechería y el bar. Excelentes caminos por el bosque y casitas de campo siempre sencillas. De vez en cuando, la tierra, abriéndose súbitamente en una ensenada llena de balandros sobre las quietas aguas del Mälar, cada vez más marino a medida que se acercaban al Báltico. Y, por fin, casi inesperadamente, Saltsjöbaden, donde terminaba la vía, junto a la orilla del agua.

Unos cuantos viajeros permanecían indecisos sobre el andén. Disimuladamente se miraban unos a otros, sabiendo que venían a lo mismo. Entonces desembocó en la pequeña explanada de la estación un mozo montado en una bicicleta con un dispositivo para llevar equipajes sobre la rueda delantera, más pequeña y muy fuerte. Se acercó a un viajero y preguntó:

—¿Congreso Científico?

Al oír que sí, cargó las maletas en la bicicleta, señalando

hacia el frente, donde una ascendente carretera de grava se internaba entre los árboles. Y aunque advirtió en inglés a los demás que volvería por sus maletas y que podían dejarlas allí mismo, casi todos cogieron sus reducidos equipajes y echaron a andar.

Apenas pudieron cambiar algunas palabras, pues se encontraron pronto ante un gran edificio. El camino desembocaba en el cuarto lado de un rectángulo cerrado al frente por el cuerpo central del Gran Hotel y, a derecha e izquierda, por las dos alas. Junto a la puerta, un poste indicador sostenía un gran disco con las iniciales I. S. C., en rojo (*International Scientific Congress*). ¡Las letras I. S. C., que en lo sucesivo asomarían por todas partes, desde los textos de las conferencias hasta las servilletas de papel! En aquel momento un matrimonio hacía cargar su equipaje en un automóvil. Eran los últimos turistas del hotel. Durante dos semanas todas las habitaciones quedaban reservadas para el Congreso.

De la conserjería pasaron al vestíbulo, habilitado para sala de recepción y amueblado al gusto inglés de principios de siglo. El altísimo techo cogía también el piso superior, que se asomaba al gran salón por unas galerías. A un lado, una gran chimenea encendida recreaba la vista, mientras que la pared frontera a la entrada, correspondiente a la opuesta fachada del edificio, tenía un inmenso ventanal de cristales, abierto a un vasto paisaje de islas y agua. Espejo sólo pudo entreverlo, pues los encargados de la recepción se habían apoderado ya del grupo para engranarlo en la organización, lubrificada con la cordialidad sueca.

En efecto: apenas entraron se les acercaron dos caballeros con las letras I. S. C. sobre la escarapela azul y amarilla (los colores suecos) de la solapa. El primero se presentó como Thoren Almberg, el famoso biólogo de Upsala, presidente del Comité organizador del Congreso, que escuchó atentamente los nombres y países de cada uno de los recién llegados. (Ya no los olvidaría más y siempre saludaría por su nombre a los ciento treinta y seis congresistas.) Mientras les conducía a las mesas de recepción, hilvanó una conversación general sobre el viaje desde el país de origen y la breve estancia en Estocolmo. Tan estereotipado tema adquiría un tono personal en labios del atlético biólogo, que, con sus gafas de cristales al aire y tenue montura, tenía el arte de tratar el asunto como si cada una de las ciento treinta y seis veces estuviera realmente sorprendido de que costara menos tiempo llegar de una ciudad europea que de otra americana o asiática. Uno comprendía intelectualmente lo mecánico de aquello, pero se rendía, sin embargo, al calor humano de Almberg.

—No esperaba usted verme aquí, ¿verdad? —dijo a Espejo el segundo delegado, que resultó ser Mattis Jöhr—. He telefoneado al hotel para advertirle que esta misma mañana no podríamos vernos, pero ya había usted salido. En realidad —añadió, llevándoselo hacia la chimenea— a mí no me van mucho estos trabajos, y voy a pasar malos días; pero se ha puesto enfermo el condenado de Grenfeld y he debido sustituirle. ¡Hasta ha llegado a decir Almberg que yo sería muy útil para «casos especiales»! —añadió riendo.

—Me alegro mucho de que esté usted aquí. No soy tampoco muy apto para cosas de sociedad.

—Ya me lo ha dicho Klara. Pero ha añadido que era usted encantador. «Encantador» ha sido la palabra.

Espejo decidió entonces callar que había llamado por teléfono a casa de Jöhr para decir que no iría, y que Klara misma se había puesto al aparato para decir un «Cuánto lo siento» que parecía contener verdadero sentimiento. O eran ideas que uno se hacía.

—Sí, encantador —repetía Jöhr—. Bueno, por lo menos al estar aquí tendrá la ventaja de que podrá usted hablarme de sus trabajos. Me interesan mucho, ya lo sabe.

«¡Trabajos, trabajos! —pensó Espejo—. ¿No resultaba un poco amarga la palabra?» Klara había dicho, superficialmente: «Creo que es usted un genio, ¿no?», cambiando luego de conversación.

Aclarado ya un poco el grupo de congresistas, Jöhr le estaba presentado a Almberg, que le acogió con una frase nueva, inequívocamente llena de sincero respeto.

—Jöhr nos ha hablado mucho de usted. Estamos todos muy contentos de que se haya decidido a venir.

Después le condujeron ambos frente a las mesas. En la primera se hallaba sentada una mujer rubia, con gafas, de esos cuarenta años tan juveniles vistos por Espejo en algunas suecas.

—Miss Fridhem, o fröken Fridhem, si quiere usted ir aprendiendo el sueco. Señor Espejo, matemático, España —miss Fridhem clavó los tres datos en su memoria—. Esta señorita le asesorará en todos los problemas técnicos del Congreso. Textos, organización de secciones y ponencias, relaciones con congresistas o con personalidades científicas suecas y todo lo demás. Lo hará excelentemente. Hay pocas mujeres como ella.

—Por favor, señor Jöhr —pero había una mirada rendida hacia el lapón—. Encantada, señor Espejo —«Matemático. España», repitió interiormente la memoria—, y a su disposición.

En la otra mesa no había nadie; pero, junto a ella, una mujer morena levantaba los brazos para colocar una carpeta en un archivador. Y como llevaba una blusita de manga muy corta, un copo de vello negro intenso fue visto por Espejo, aunque quizás no por Jöhr. Fue sólo un instante y ella se volvió. Era una muchacha muy joven. Sonrió.

—Miss Wikander —presentó Jöhr—. El señor...

—Ya sé, Mattis. Señor don Miguel Espejo, matemático, España —dijo ella, tendiendo la mano a Espejo—. El señor Jöhr me habló de usted ayer tarde.

—Así es. Yo ignoraba la enfermedad de Grenfeld y pensé que alguien debería aquí ocuparse especialmente de usted. Ella lo hará.

—Con mucho gusto.

—Muchas gracias, fröken Wikander. ¿Se dice así?

—Muy bien; así es —dijo ella.

Sonreía agradablemente. «Pero cuando esté seria, su rostro tendrá un encanto especial —pensó Espejo—, y más profundo aún cuando se encuentre sola.»

—Puede llamarla Karin; yo le autorizo. Es muy amiga mía.

«¿Por qué la palabra "amiga" suena ambiguamente en boca de Jöhr y duele un poco?», pensó Espejo, mientras decía:

—Si usted me lo permite, señorita. Es muy fácil para mí y mucho más bonito.

—Gracias. Y claro que lo permito.

—¡Oh, estos españoles...! —comentó Jöhr—. Pero, perdón, debo dejarles. Llega otro grupo, y Almberg va a decir que no le ayudo. ¡Condenado Grenfeld! No, si no se puede uno fiar de nada. Te lo entrego, Karin.

Y diciendo esto, Jöhr se alejó, secundando a Almberg en su profundísimo interés por la longitud comparada de los viajes. Espejo y la muchacha se miraron un momento.

—Y a usted también, ¿no? Creo que Jöhr quiere a todo el mundo —dijo Espejo, intentando en vano que sonase a broma y superficialmente.

—Sí; me quiere mucho —Espejo se sintió aliviado ante la transparencia de la frase—. Era el mayor amigo de mi padre... Bueno; ya sabe usted que la señorita Fridhem se encarga de todo lo técnico. Trabaja en la Biblioteca de la Universidad de Upsala y tiene una cultura extraordinaria. Yo no entiendo de nada; pero como estoy en las oficinas de la Academia y hablo bien unos cuantos idiomas (mi padre era diplomático), me han encargado aquí de las pequeñas cosas: instalación, reclamaciones, correspondencia, entradas de espectáculos, excursiones, turismo personal...

Pero la palabra «correspondencia» había dado en el blanco.

—Permítame empezar por la correspondencia, señorita... Perdón, Karin. ¿O es por esto último por lo que debo pedir perdón?

—Por nada. ¿Espera usted carta?

—Debo tenerla.

—Vamos a ver.

Quitó de la mesa un archivador abierto y lo colocó en lo alto del estante. Espejo esperó ver otra vez el copo de vello en la axila, pero no fue así. De todos modos, dijo:

—Si puedo llamarla Karin, es preciso que me llame usted Miguel. ¿Habla español?

Ella repasaba ya las cartas clasificadas alfabéticamente en un cajón. No había muchas.

—Lamento decir que no. Mejor dicho, conozco una palabra.

—¿Cuál es?

—Perdóneme si no contesto. Es sagrada para mí... Pero puedo hablarle en italiano, árabe o turco... Y lo siento mucho, Miguel, pero no hay carta.

—¿Es posible...? ¿No estará traspapelada?

—¿En Suecia? —dijo ella riendo—. Nos ofende usted.

Pero al ver la cara del español dejó de reírse. Repentinamente seria, se limitó a decir:

—No hay muchas. Volveré a mirarlas todas.

Al otro lado de la mesa una mano como de un niño abandonado oprimía el tablero. Pasaron uno tras otro los variados sobres: cuadrados, alargados, blancos, amarillos, azules...

—Lo siento mucho. No hay carta.

—Hoy es sábado —dijo Espejo como hablando para sí mismo—, y mi mujer debió de escribir el mismo jueves. ¿Tardarán más de dos días las cartas?

—No creo, pero quizás dependa de la hora de echarla al buzón... Mañana tendrá usted dos, Miguel; ya verá.

Y al decir esto, viendo la cara del hombre, Karin sintió deseos de oprimir la mano de niño desamparadito. Pero el diálogo quedó cortado. Almberg y Jöhr se acercaban escoltando con tal respeto a otra persona, que, aun cuando no habían terminado realmente de atenderlo a él, Espejo se apartó y cedió el puesto al recién llegado.

Era un nórdico no muy alto, más bien de la complexión y la corpulencia de Jöhr. Sus cincuenta años estaban llenos de vigor, pero la expresión del rostro, pese a la cortesía impuesta en ella, era tan desvaída, tan lejana, como la de un fantasma. Las espaldas, un poco cargadas hacia adelante, desentonaban del conjunto físico. En los ojos grises, la expresión estaba vuelta hacia dentro; no asomaba ningún alma. Le presentaron a Karin. Se trataba de Eero Saliinen, el Premio Nobel finlandés, héroe de la guerra con Rusia en 1940 y presidente de la Academia finesa de Ciencias en 1950. Karin, respetuosamente, le entregó una abultada carpeta y, por si acaso, se puso a mirar en la caja de correspondencia, que todavía estaba sobre la mesa. Saliinen la interrumpió con una voz mate no descortés.

—No se moleste, señorita. No espero ninguna carta.

Avanzaron entonces otros dos congresistas jóvenes, también finlandeses, cuyos nombres dio Almberg y a los que Karin tendió sendas carpetas. Se retiraron todos y Espejo se acercó nuevamente a la mesa. Pero, desde la puerta, que habían franqueado ya los otros dos finlandeses, Saliinen volvió hacia Karin muy rápidamente. Esta vez sus ojos eran escudriñadores: al comprobar si sus dos compañeros estaban fuera de la habitación y al examinar a Karin y a Espejo, a quien ella le presentó:

—¡Ah, español! —dijo Saliinen con alivio—. Entonces aprovecharé este momento. Fíjese bien, señorita; es vital para mí. No recibiré ninguna carta. Lo único que puede llegar es un telegrama a mi nombre. Solamente un telegrama, que supongo le entregarán a usted.

—Fíjese bien. Este telegrama tiene que serme entregado en el acto, a mí personalmente y nunca delante de mis dos compañeros. ¿Comprendido? Nunca delante de ellos y en el acto. Si estoy fuera del hotel y puede localizarme por teléfono, me lo leerá usted. Si estoy dando una conferencia, que me interrumpa para dármelo. ¿Es usted sueca, claro?

—Sí.

—Se lo pido por su patria. Haga lo que le digo —y con un poco de angustia en la voz, ahora rápida y apasionada, añadió—: ¿Sería posible que me lo entregara usted misma, para estar seguro de que ellos no se enterarán?

—Lo haré. Esté tranquilo, señor Saliinen.

—Gracias. Nadie debe saber esto, ni siquiera la dirección del Congreso. Es absolutamente personal —en aquel instante los ojos grises descubrieron que los dos finlandeses volvían a entrar en el salón como buscando al profesor. Éste se volvió al asombrado Espejo y, estrechándole la mano con la sonrisa y el aire de quien dice superficiales cortesías añadió intensamente—: Usted también me prometerá callar, hidalgo.

Había dicho «hidalgo» en español y lo demás en inglés, idioma oficial del Congreso. Los dos finlandeses estaban ya junto a ellos. Sonrientes, pero allí.

—No le sorprenda la palabra «hidalgo» —decía Saliinen sonriendo ya y frío como antes—. Estuve en España en mi juventud y recuerdo algunas cosas. Charlaremos de esto, ¿verdad?

Y se retiró con los dos finlandeses.

Espejo no pudo comentar con Karin su extrañeza. Otros congresistas irrumpían en el salón y ella tuvo que limitarse a darles, como a los demás, una gran carpeta con el nombre y número de congresistas en la portada. Le tendió la mano con afecto y él se retiró. En conserjería retiraron de la carpeta un vale incluido en ella, y un mozo cogió su maleta y le acompañó, en el primer piso, a su habitación. Por los pasillos se repetían las famosas letras rojas I. S. C., en carteles que indicaban a los congresistas dónde se encontraba todo.

La habitación era amplia y tenía muebles del estilo llamado «moderno» hacia 1920. Sobre una mesita escritorio estaba el teléfono y debajo los dos enormes tomos de la guía de Estocolmo. En las tuberías del cuarto de baño había hasta tres termómetros, aparte del flotante. Un gran mirador, proyectado hacia el exterior y enmarcado por telas alegres, atrajo inmediatamente a Espejo con la suave lanzada de sol que lo traspasaba. Y más allá del luminoso velo, lleno de polvillo dorado cuya agitación hizo pensar a algún congresista en los movimientos brownianos, un inmenso azul celeste prometía dilatado panorama.

Así era. Por aquella fachada, opuesta a la de entrada, el hotel estaba separado del agua sólo por unos metros de jardín, desde el que una escalinata descendía hasta un embarcadero. A menos de cien metros de la orilla surgía una isla con un par de edificios entre árboles. Un camino, en parte artificial y sobre un puente, la unía a tierra firme. O, al menos, a la tierra en que estaba el hotel, pues Espejo ignoraba ya qué tierra era continente, ante aquel paisaje del archipiélago de Estocolmo, con sus miles de islotes. A diferencia de las islas danesas, éstas eran todas peñascosas. Las menores, pura firmeza geológica del granito rasgando la seda de las aguas. Las demás, sustentando negras tropas de abetos sobre los cantiles y, a veces, con alguna roja casita de ventanas blancas. Las puntas en sierra de los abetos recortaban un azul celeste tan dulce como el que ondulaba en los pliegues de la bandera sueca, izada sobre el jardín. Todo tan impregnado por la blandura del agua inmóvil, tan distinto del ímpetu del Duero entre sus berrocales, que Espejo se conmovió. Pinos hay en Vinuesa, recordó, pero más retorcidos, como oprimidas sus raíces por la reseca tierra. Y la Laguna Negra de Urbión es un oscuro círculo entre peñascos sombríos. Nunca el agua es ancha y dulce, sino brava y rompedora. Mientras que, enfrente, eran islas flotantes como naves inmóviles, fieles reflejos quietos en el agua, balandros atracados o navegando en silencio, vasta paz. Y cuando Espejo abrió la ventana —cristales dobles, cierres exactos, herrajes con artificios para entreabrir más o menos—, un aire marítimo y vegetal a un tiempo invadió hasta los huesos el mensaje de que la vida es para ser vivida, de que basta olvidar el testarudo cerebro para ser tan feliz como los pájaros.

La habitación daba a una terracita casi privada, puesto que sólo era compartida por el ocupante de la contigua, lo mismo que el baño. Todo a lo largo de la fachada corría una galería dividida en terracitas análogas. Espejo celebró aquella independencia y se tumbó en una butaca de lona después de coger la carpeta que le había entregado Karin.

Era el gesto que en aquel momento repetían docenas de congresistas. ¡Oh, la organización! La carpeta contenía todo lo preciso en un medio desconocido para no necesitar molestarse en descubrir las cosas por sí mismo; es decir, en vivirlas. Planos de Estocolmo y de Saltsjöbaden, horario del pequeño ferrocarril entre ambos puntos, detalles del Congreso y de su organización, lista de congresistas clasificados por países y por apellidos, horario de las comidas y sitios en que se servirían (todas las horas con la indicación «en punto»), detalles de los deportes practicables en las cercanías, así como de los servicios religiosos en Estocolmo para las diferentes confesiones... Y, sobre todo, un folleto titulado *How to feel at home in Sweden* —«Cómo encontrarse a gusto en Suecia»—, que explicaba desde la propina habitual en los guardarropas hasta las mercancías autorizadas en las aduanas.

Leyéndolo pasó Espejo casi una hora, hasta que se dio cuenta de que eran casi las doce («en punto»), hora del almuerzo. Antes de salir cumplió con un requisito fundamental de la organización: ponerse en la solapa una etiqueta especial en la que decía: «M. Espejo, *Spain*.»

5

Como tenía más experiencia y no necesitaba leer el folleto *How to feel at home in Sweden*, Gyula Horvacz —alojado en el ala opuesta del hotel— empleó aquella hora de un modo muy distinto. Llegado después que Espejo, al subir a su cuarto se encontró con que todavía no había sido arreglado, por acabar de abandonarlo los últimos turistas del hotel. Dedicó una mirada superficial, pero experta, al contenido de la carpeta, se colocó en la solapa su etiqueta de identificación y guardó en la cartera el diminuto cuadernillo de vales para las diferentes comidas. Entonces...

Sonrió al descubrir en su interior la intranquilidad que produce al estar dejando de hacer algo importante. Y, sin embargo, en aquella ocasión no era importante; es decir, no había que hacerlo. Pero... «¡Qué fuertes llegan a ser nuestras costumbres!», pensó. Aunque encendió un cigarrillo y procuró distraerse, sus instintos adquiridos prevalecían. Lo aceptó tranquilamente, como un hecho consumado, y, lo mismo que siempre, lo utilizó. Se contemplaría a sí mismo, a Gyula Horvacz como espectáculo.

Ése era el secreto significado de su sonrisa cuando el jefe de servicio del piso se lo encontró en la escalera excusada para el personal del hotel. Ante la estupefacción del jefe, la sonrisa del congresista se acentuó para convertirse en gesto de disculpa:

—Debo de haberme equivocado —dijo—. Pero he leído las instrucciones y buscaba mi salida para caso de incendio.

—Tres puertas más allá, señor. La otra escalera. Ésta es exclusivamente para el servicio.

—Lo siento. Pero, claro, esta escalera podría utilizarse también. Llegará hasta la planta baja.

—Llega desde las buhardillas hasta el sótano, terminando en el corredor de las habitaciones del servicio, que da a las cocinas y almacenes. Podría utilizarse, sí; pero ya está previsto a quiénes corresponde.

—Ya. Entonces, además de la principal, hay esta escalera y otra al final del ala.

—Así es... ¿Qué habitación es la del señor? ¿Me permite acompañarle?

El jefe estaba violento por la sencilla razón de que una escalera de servicio es sitio tan absurdo para un huésped como un banco de hielo para una serpiente de cascabel. Y deseaba resolver aquella situación anómala, de cuya prolongación se sentía responsable.

—No es preciso; gracias. Debería pagar una multa por mi falta —pero no ofreció un cigarrillo en vez de multa, como hubiera hecho en Francia; ni dinero, como en Bulgaria—. Mi habitación es la ciento doce. Señor Horvacz. ¿Usted es el jefe del servicio del hotel?

El empleado se sintió tranquilo porque habían salido ya de la escalera y pisaban otra vez el largo pasillo alfombrado. Y halagado por la confusión y por tener idea de que el huésped se le había presentado, correspondió:

—Sólo de este medio piso. Knut Svensson, a sus órdenes.

Horvacz dio las gracias y se dirigió negligentemente a su habitación. Era la primera vez que presenciaba sus propios trabajos de rutina y le complacía comprobar la suavidad de su actuación. La distribución de las salidas quedaba ya clavada en su memoria —escribir es siempre muy peligroso— y, además, a sus espaldas dejaba la inconsciente adhesión de un importante jefe de medio piso hacia aquel extranjero que hablaba tan bien el sueco.

La camarera que arreglaba el cuarto casi se asustó al ver a un hombre dentro, porque, naturalmente, no podía ni imaginar la suavidad con que Horvacz abría puertas y avanzaba. A él bastaron breves segundos para examinar dos reveladoras zonas en la mujer vuelta de espaldas; los tobillos y el cuello. Ahora que la tenía de frente, completó sus investigaciones desde la barrera de su expresión inocente, casi candorosa, y estudió en un momento las femeninas manos sin anillo. Cuando ella se repuso de su sorpresa, él ya miraba francamente al rostro.

No; el señor no deseaba quedarse solo, sino que prefería que le terminasen la habitación. ¿No molestaba él allí? ¿Era ella la camarera que atendía la habitación?

—Sólo por las tardes. Salvo hoy, por ser día de recepción.
—¿Por las tardes? Mal horario, ¿no?
—De cuatro a once; pero con dos días libres.

Mientras la mujer se movía, él observaba. Treinta y dos o treinta y tres años. Seguramente divorciada o soltera, pero con experiencia. Otros trabajos anteriores: probablemente, camarera de bar. (Las manos se movían bien con los objetos ligeros, no con los pesados.) Bien cuidados los detalles de la espalda: el peinado, el lazo del delantal, las medias de seda, los tacones de los zapatos. El cuerpo tenía finura y cierta gracia.

—Usted no es sueca. Danesa, ¿verdad?
—¿Se nota?

Faltaban unas horas de contacto entre ambos para poder decir: «Siempre he admirado a las danesas.» Por eso contestó únicamente:

—¡Hay tanta diferencia…! Estocolmo y Copenhague, por ejemplo…

Sabía lo que ella iba a decir. Y lo dijo. Exactamente con el ligero suspiro indicado.

—Copenhague es el París del Norte. ¿El señor ha estado allí?

Puso también el ligero entusiasmo necesario al contestar:
—¡Naturalmente…! Delicioso…

Ella permaneció inmóvil un instante y en vista de su actitud al hacerlo, él mejoró algunas de sus observaciones anteriores. Más bien treinta y cuatro años. «Bastante experiencia» en vez de solamente «experiencia». Por eso no correspondió a la espera femenina. El Gyula espectador aprobó: «Haces bien, Gyula; hay que aflojar un poco el sedal.» Y la camarera volvió a su trabajo en vista de que el huésped aspiraba demasiado lentamente su cigarrillo. Pero Gyula volvió a tirar enseguida del sedal.

—Siempre se distinguen las danesas. En cambio usted no conocerá mi país.

—No puedo adivinar, señor —contestó ella, halagada por la confianza.

Él hizo una breve pausa y dijo, entre solemne y negligente:
—Hungría.

Sabía perfectamente que con aquella palabra estallaba siempre en la imaginación de las mujeres una bomba de fuegos artificiales, con el rojo de las czardas, el azul lunar de los violines y un revoloteo multicolor de faldas, botas altas y frentes coronadas de espigas y amapolas. Ella respondió que no, con una melancolía que delataba el estallido de la bomba. Y, como había arreglado ya el cuarto, esperó antes de retirarse, por si aquel atractivo viajero la retenía un momento.

Pero él no la retuvo. Se limitó a no cortar ningún hilo al dejarla marchar. Como primera sesión ya estaba bien. Las camareras eran importantísimas para el trabajo. Gyula salió a la terraza. La sustentaban adornadas pilastras por donde era fácil subir y bajar. No es que ése fuera el sistema de Gyula, naturalmente, pero siempre convenía preverlo todo. Uno de los tabiques de separación de la terraza tenía una cerrada puertecita de comunicación. Cerradura elemental, facilísima. Aguzó su fino oído y se decidió a entrar. La habitación estaba aún sin congresistas, con esa impersonalidad de los cuartos de hotel entre huésped y huésped. Pero al salir al pasillo, después de oír que no pasaba nadie, vio en la etiqueta de la puerta que ya tenía habitante previsto: Sama Rawenanda. A Gyula le hizo gracia: la doctora india era la única mujer asistente al Congreso. Y recorriendo el pasillo comprobó que la habitación siguiente correspondía a Eero Saliinen. Enfrente, al otro lado del pasillo, los dos jóvenes fineses... Gyula anotaba los nombres de sus compañeros más próximos mientras iba pensando en que le faltaban el botones, las camareras de los demás turnos y el importante chico de noche que limpia los zapatos, así como el muchacho de los desayunos. Y para su espectador formuló una frase de las que jamás había dicho a nadie.

—Si alguien reuniera el conocimiento del mundo que poseen aisladamente todos esos personajes sería tan sabio como el geniecillo Gogolath, que podía introducirse en todas las alcobas de Budapest, excepto en la del señor arzobispo-cardenal.

Y como eran las doce se dirigió al comedor.

6

El ancho pasillo del primer piso encauzaba en aquel momento hacia el comedor la corriente de congresistas. Seguían las flechas de los letreros y por el camino se iban conociendo al azar. Entonces se desarrollaba una ceremonia repetida centenares de veces en los primeros días. Dos o más congresistas se veían de pronto lo bastante cerca como para dirigirse la palabra. Se colgaban en la cara una sonrisa, y uno decía:

—Creo que no nos hemos visto antes.

Se daban las manos —los anglosajones tardaron algo en aprender esta parte del rito— y decían sus nombres respectivos. Naturalmente, jamás se entendían, pues cada cual pronunciaba el apellido ajeno en su propio idioma. Por eso, a continuación se inclinaban las cabezas hacia la solapa izquierda del interlocutor para acercar los ojos a su etiquetita y pronunciar su nombre en el idioma propio. Seguía otra operación, introducida por los más experimentados: sacar del bolsillo la lista oficial de congresistas y hacer una señal junto al nombre del recién conocido. Con el tiempo, esta precaución condujo al resultado de que, contra lo supuesto, ya se habían visto antes. Se hizo frecuente entonces —sobre todo entre anglosajones— decir:

—Pero ¡si resulta que ya somos viejos amigos!

Y el chiste siempre tenía el mismo éxito. Pero esto no pasó hasta después. En aquel momento, al dirigirse todos a su primer almuerzo, en Saltsjöbaden, casi ninguno se había visto antes, efectivamente. Salvo raros casos —alegre sorpresa y palmadita o abrazo— en que hubiera sido mucho antes. En otro Congreso científico internacional: Bombay, Ginebra o Topeka Falls.

En el salón, un jefe de comedor con chaqueta ribeteada, pantalón negro a rayas y aire más intelectual que muchos congresistas, vigilaba el trabajo de un mozo y dos camareras. Aquel escaso servicio —una manifestación más de la falta de mano de obra en Suecia— resultaba suficiente para el almuerzo gracias a la colaboración de los propios congresistas. Se cogía de una mesita un plato y un cubierto y se entraba en la fila de comensales, que daba la vuelta a una larga mesa central. De ella se iba cada uno sirviendo el arenque, las ensaladas, los fiambres y hasta los platos calientes. Por ese procedimiento, los latinos se encontraban enseguida con que les faltaba sitio en el plato cuando todavía quedaban muchas cosas apetitosas, lo que les obligaba a abandonar el puesto en favor de los más avezados y buscar un sitio en cualquier mesa. Allí tenían ya servido el agalletado pan integral sueco y el vaso de leche; a no ser que se pidiera el extraordinario de una botella de cerveza. A la vista de los platos, casi se podía adivinar si su dueño era un nórdico o un meridional. «Dime qué comes y te diré quién eres», resultaba más cierto que la frase original. A veces surgía la nota exótica. Así, el arroz, puesto en la mesa como mínimo y simple ornamento de una carne en salsa, colmaba el plato de un congresista de tez olivácea y rostro birmano o indostánico.

Espejo se había sentado en una mesita de dos plazas. Enfrente le tocó un norteamericano, que la ceremonia de reconocimiento le permitió identificar como H. L. Kaltenbraun, y que se presentó como químico orgánico, especializado en esteroides y sustancias afines. Sí, ahora trabajaba en la síntesis de la cortisona. «¿Matemáticas? ¡Ah, muy importante ciencia básica!», dijo, sin conseguir imprimir interés a la exclamación. España, país de «romance». No, pero conocía Méjico, que es lo mismo. Suecia, estupenda: buenos chicos. Demasiado serias ellas, o, al menos, todavía no sabía él qué frase empleaban para insinuarse, ¡ja, ja! ¿Cuál era en España? ¿No se sabía de antemano? ¿Había que adivinar? ¡Verdaderamente...! (Y Espejo se sintió otra vez consciente de la desorganización latina.) Era un *dancing* de los Estados, si ellas se quejaban del calor, ellos contestaban que se estaría mejor fuera, y ya estaba dicho el santo y seña que abriría las cámaras de la intimidad. Lo malo era no tener el coche; el «carro», como dicen ustedes los españoles...

Espejo escuchaba a aquel joven sin problemas que, afortunadamente, hablaba sin cesar. *Serious people*, catalogó el joven Kaltenbraun a los españoles cuando terminaron y se despidieron. Pero es que Espejo estaba triste. El vaso de leche le había desambientado la comida, lo mismo que aquellos alimentos nutritivos, pero insuficientes para producir la sensación de repleción ocasionada por las comidas latinas y orientales, y que, según los chinos (¿dónde lo había leído?), es una de las mayores fuentes de voluptuosidad. Estaba triste. No lo impedía ni la presencia de Jöhr en una de las mesas, ni la novedad de todo, ni la interesante figura de la señora Rawenanda, cuyo rostro emergía del noble *sari* violeta con su antigua expresión de estatua de templo y su punto azul tatuado en la frente. No, ni siquiera la amistosa sonrisa de Karin, sentada con miss Fridhem. ¿En qué consistía el encanto de la muchacha? Era quizás la morena melenita corta, con la delicia casi infantil del mechón negro sobre la frente. O la boca; posiblemente la boca, con el grosezuelo labio superior ligeramente levantado por los dos dientes centrales, avanzados en ángulo con leve imperfección que retraía el labio inferior y los hacía mostrarse siempre como a punto de morder cariñosamente. O los ojos que... Sí, mister Kaltenbraun; en España también hay ferrocarriles eléctricos... Pero ¿para qué explicarse aquel encanto poderoso y conmovedor a un tiempo...? Quizás también su profunda seriedad, no aflorada del todo a la expresión a causa de sus rasgos adolescentes.

Por eso, cuando a la salida Espejo fue saludado afectuosamente por Gyula, rehusó acompañarle y pretextó la necesidad de escribir para quedarse solo en su habitación, mientras los congresistas se desbandaban hacia Estocolmo.

Realmente, Espejo se proponía disfrutar del único sucedáneo de una carta muy deseada: escribir a quien se quiere. Ir contando a María los pequeños detalles mientras llegaban las resabidas noticias de la Soria lejana e inmutable. Ocultar cuidadosamente la propia nostalgia, seguro de encontrarla más tarde, como un eco, entre los renglones que recibiría. ¿Qué hacía él en Suecia? ¿Qué tenía que ver con todo aquello? ¿Las matemáticas? Pero no son objeto de exhibición en un sitio llamado Sommarrestauranten —restaurante de verano—, sino una chifladura inofensiva que acompaña como un perro fiel por la soledad del camino del Duero hacia San Saturio, y que sirve de base para bromas a los tertulianos del Círculo de la Amistad. Ahora descubriría que María nunca vio con agrado aquel viaje —aunque ni un solo instante lo hubiera dejado traslucir—, y que, como siempre, tenía razón. Pero sólo el ahondamiento de la convivencia conyugal, producido por aquellos instantes de soledad, le permitía llegar al corazón del vínculo entre ambos, allí donde los dos vivían en uno. Con un suspiro tiró el medio cigarrillo que le quedaba —se asombró al pensar que aquel día había fumado lo menos cinco— y se levantó de la butaca para escribir.

«Adorada María...», empezó. Pero sonó el teléfono.

—¿Señor Espejo? Soy Karin Wikander. ¿Me recuerda?

—¡Naturalmente, Karin! Tengo carta, ¿verdad?

—¡Lo siento muchísimo! Es que acaba de recibirse un telegrama de la delegación española diciendo que llegarán esta tarde, a las ocho catorce, por el avión de la Swissair. He pensado que le interesaría saberlo y que quizás deseara usted ir a esperarlos... —y, en vista del silencio al otro lado del hilo, la voz femenina continuó—: Lo siento verdaderamente, señor Espejo.

El hombre se repuso y, como hormiguita en la sima de un embudo de arena, trepó penosamente hasta el borde. Asomó:

—Miguel, habíamos quedado... Muchas gracias Karin. Tiene razón: debo esperarlos.

Hizo una pausa y descubrió que era dulce prolongar el momento y pedir un favor a aquella muchacha, refugiarse un poco en ella:

—¿Me avisará si hay carta, Karin?

—Se la enviaré enseguida. Se lo prometo —había pasión en la frase. Y en su continuación, también juvenilmente impetuosa—. ¿Puedo hacer algo más?

—No, gracias. Ha hecho ya mucho.

Después de colgar el auricular, Espejo comprendió que su última frase no era una simple cortesía. ¿Por qué? ¿Y por qué la explicable falta de una carta deprimía de tal modo? Verdaderamente, el hombre es incomprensible, y uno mismo mucho más que los demás.

Ninguna gana tenía de esperar a nadie. Pero la eficiente Karin había tocado en la llaga. Era preciso ir, como era necesario que Almberg inquiriese con interés lo largo del viaje desde San Francisco y lo breve del vuelo desde Zurich. En su caso —único español congresista a título particular— estaba, además, especialmente indicado esperar a la delegación oficial. Guardó el papel con las palabras «Adorada María». Continuaría en cualquier café de Estocolmo.

A las siete y media, Espejo estaba ya en Nybroplan, en el pabelloncito de cristales de las líneas aéreas, donde le había dejado el autobús la antevíspera por la noche. ¿Ni siquiera llevaba cuarenta y ocho horas allí? ¡Y parecían siglos! Estaba más desazonado que nunca. No había hecho nada, salvo recorrer varias veces las mismas calles, entrar en tiendas semejantes para ver cristales, cerámicas y *souvenirs*, repetirse treinta veces que tal cosa le gustaría a María o a los niños y salir sin comprarla. Quiso hacer una merienda-cena y escribir; pero fue incapaz de añadir una sola palabra al «Adorada María». Quizás no era propicio el escenario, porque había entrado deliberadamente en el Japan, y el ambiente, bajo la mitigada luz de las pantallas chinescas, le recordó con intensidad a Klara. Quizás si le hubiera telefoneado para recorrer Estocolmo hubiera conseguido olvidar un poco. Pero ¿por qué había de llamar a ninguna de las mujeres de Jöhr? ¡Sus mujeres! Era una barbaridad pensarlo siquiera. Aunque ¿por qué era una barbaridad? Bastaba mirarlos a los tres juntos para descubrir el hecho inexpugnable de que no lo era.

En vano trató de continuar la carta en la salita de espera de las líneas aéreas. Se sentía como una tabla zarandeada por las olas. No podía hacer nada. Y, sin leer, cogió un número de *La Nación*, de Buenos Aires, y lo desplegó ante sus ojos. Sintió confusamente que llegaba un autobús con viajeros, y de pronto oyó exclamar en voz alta a su lado, con acento sudamericano:

—¿Compatriota, señor?

—Casi —dijo sonriendo. ¡Qué grato era el idioma!—. Soy español.

—Sin casi, señor, si lo permite —repuso el recién llegado, con una sonrisa casi tan ancha como su americana—. Soy argentino y vengo de Oslo. Represento quebracho, ¿sabe? ¿También comerciante, usted?

—No. Matemático.

—¡Ah! ¡Caramba, che! Le felicito. Bueno; de todos modos da gusto encontrar a alguien que hable en cristiano. ¡Voy a los Consulados nuestros y de ustedes nada más que por hablar! ¡Qué países éstos! ¿Está aquí muy mal lo de boletos en los hoteles?

—Supongo que sí, porque a mí me lo tuvieron que reservar. ¿Usted ha encargado habitación?

—No. ¿No habrá donde esté usted?

—Ahora estoy en un Congreso, fuera de Estocolmo. Estuve aquí en el Gran Hotel, pero debe de estar lleno.

—Conque de Congreso, ¿eh? ¡Menuda macana, che! ¿Y qué me dice usted de los hotelitos? ¡Peste de países! No son para viajar un hombre. ¡Allá es tan fácil como en París! Pasa uno la noche en una casa de mujeres y así mata dos pájaros de un tiro. Pero aquí no hay de eso. No sé cómo se puede vivir así.

El argentino no debía de tener prisa, porque empezó una conversación exuberante que, al menos, servía para rellenar el vacío interior de Espejo con un runruneo amortiguador. Y había llegado ya a enseñarle la foto de su mujer y de sus cinco hijos —«¡Una familia adorable, le digo, che!»—, cuando otro autobús depositó ante el pabellón un grupo de viajeros en el que, inconfundiblemente, se encontraba la delegación española.

No había que preguntar quién era García Rasines, el eminente autor del famoso trabajo sobre las matrices cuadradas que Axel Prag y todos los suecos del Comité organizador del Congreso habían recibido en lujosa encuadernación. Si Espejo no le hubiera conocido por las frecuentes fotos de los periódicos —«hay que hacer ambiente popular a la ciencia», solía explicar García Rasines— le hubiera bastado ver la majestad con que empujó la puerta del pabelloncito, la plenitud de derecho con que avanzó al frente de todos los viajeros, como una proa, y la condescendencia con que entregó sus papeles a la bonita empleada de las SAS. Nada desentonaba en él de su personalidad: ni los científicamente modernos lentes bifocales de montura de oro, ajenos en su diseño tanto a modas fugaces como a censurables rutinas, ni los señoriales guantes, ni el opulento gabán, aparentemente excesivo a juzgar por las ligeras gabardinas de todos los demás viajeros, pero no podía ser menos sobre las espaldas de un García Rasines. Espejo se acercó a él.

—¿Señor García Rasines?

—Servidor de usted —contestó, volviéndose lentamente, quien en aquella frase, como en todo su porte, proclamaba no ser el servidor de nadie.

—Soy Miguel Espejo.

—¿Cómo?

—Miguel Espejo Gómara... El otro español congresista.

García Rasines observó complacido la ligera turbación de su interlocutor, y prosiguió tranquilo:

—¡Ah! Usted es el catedrático de Instituto que no pertenece a la delegación oficial... Esperaba haberlo encontrado en el aeropuerto; pero me hago cargo de todo. Voy a presentarle a *mis* compañeros.

Espejo estrechó tres manos más: Morales, un médico biólogo de unos cuarenta años, manos vulgares y mordaces ojos grises; Galán, catedrático de Fitografía especial en la Universidad Central, de algo más edad, gafas de concha y rostro inexpresivo, y un joven economista de menos de treinta años llamado Antonio Romero.

—Nuestro secretario —dijo Rasines.

Frías acogidas, salvo la última. Aunque, después de las primeras palabras con Rasines, Espejo había perdido ya todas sus ilusiones sobre la cordialidad de la delegación.

Recuperadas las maletas —la de Rasines la cogió Morales cuando el mozo sueco la quiso entregar al propietario, como si éste fuera un escandinavo—, Espejo propuso cenar, pues no llegarían a Saltsjöbaden a tiempo para ello. Pero García Rasines se opuso: aludió a la austeridad exigible en el servicio a España, y sólo consintió en tomar algo en pie en el bar de la estación. Después subieron al tren y en él sufrió Rasines un doloroso descalabro al comprobar que el punto de destino se pronunciaba *Salt-schoe-baden*, y no *Salt-vioe-baden*, como se empeñaba en decir, corrigiendo a Espejo. Afortunadamente, nadie ganaba a Rasines en desplegar cortinas de humo sobre sus escasos descalabros.

Durante el viaje, Rasines orientó la conversación con suma destreza hacia el objetivo de poner los puntos sobre las íes. Despojado de su hojarasca de retóricas y camuflajes, como lo hizo luego Espejo durante el largo rato que tardó en dormirse, el hilo oratorio fue el siguiente: Primero: Don Miguel Espejo Gómara, modesto catedrático del Instituto de Ávila, quiero decir, de Soria, no formaba parte de la delegación oficial española, presidida por don Adolfo García Rasines, director del…, etcétera, y compuesta por don Enrique Morales Travesado y don Cayetano Galán Esquiruz, catedráticos de Universidad, y don Antonio Romero Aranda, del Instituto Nacional de Economía; este último en funciones de secretario. Segundo: En consecuencia, el dicho don Miguel Espejo había obrado discretamente al no entrar en contacto con nadie más que a título personal, puesto que las numerosas gestiones de esta índole incumbían, como pesada carga, pero trascendental misión, a la presidencia de la delegación oficial. Tercero: Aunque, naturalmente, el repetido señor Espejo contaría con la incondicional fraternidad de los representantes científicos de España, sólo en cierto grado podrían alcanzarle los beneficios inherentes a la misión oficial ostentada por ellos y los derivados de las valiosas amistades suecas con que personalmente se honraba el presidente de la delegación española. Y cuarto y último: Naturalmente, la delegación española aceptaría gustosa la cooperación que eventualmente pudiera prestar el tantas veces mencionado catedrático de Segovia —digo, de Soria— don Miguel Espejo.

Espejo, en su insomnio, se planteó un instante cierto problema humano. ¿Cómo es posible que la absoluta falta de sensibilidad para lo circundante no impida a ciertas personas tener éxito? ¿O es que esa impenetrabilidad es justamente lo que explica su triunfo, porque les permite arrollar a todos y a todo sin darse cuenta?

Pero no dedicó mucho tiempo a la cuestión, porque otros dos detalles le habían impresionado más. El primero era una frase de Morales, pronunciada en el vestíbulo del hotel en cuanto García Rasines se retiró a su habitación.

—¿Sabéis por qué se retira tan deprisa, negándose a que le escoltemos? —dijo Morales—. Porque ahora va a encargarse, en secreto, una estupenda cena servida en su habitación.

El segundo detalle era otra frase de un italiano. Al subir a su cuarto, Espejo sintió sed y se detuvo un instante a pedir una botella de agua mineral en el bar, donde varios congresistas acababan de trabar conocimiento y se contaban sus descubrimientos —incluso una sala de baile— en Estocolmo. Y haciéndose amistosas preguntas personales, para crear motivos de conversación, alguien preguntó al italiano:

—¿Usted es casado?

—¿Yo? ¡De ningún modo! —afirmó rotundamente. Y añadió en el tono más natural—: La que sí está casada es mi mujer.

Todos rieron. La frase zumbaba y zumbaba en la insomne memoria de Espejo y avivaba aquella nostalgia, aquel desamparo que le roía el corazón y le hacía encogerse en la cama como los niños pequeños. Sí; casi con la congoja de un niño pequeño acabó por dormirse.

7

El sol despertó temprano a Espejo. Viendo que, si permanecía en la cama, le envolvería otra vez su depresión de ánimo, decidió hacerle frente. Se levantó y abrió el ventanal. Un aire de líquida frescura le refrescó la cara y casi coronó sus sienes de paz. Más confiado, se desnudó desde la cintura e hizo un poco de gimnasia —«Después de todo, estoy en Suecia», pensó—, buscando mayor equilibrio a base de insistir en la actividad de su ser físico. No insistió mucho, sin embargo, porque no tenía costumbre, y pronto le resultó excesiva. Pasó al baño, procurando no hacer ruido, pues en la habitación inmediata estaba ya su nuevo huésped, que también compartía con él la terracita y que, afortunadamente, era Antonio Romero el economista. Durante el baño, Espejo se horrorizaba pensando en que hubiera podido ser cualquier otro de la delegación española, y exageraba su terror, como hubiera exagerado cualquier otro tema de meditación, a fin de no pensar en nada más.

Cuando terminó eran sólo las siete y cuarto. Como el desayuno no se servía hasta las ocho («en punto»), cogió de la carpeta el mapa de los alrededores de Saltsjöbaden y salió del hotel por la acristalada puerta del vestíbulo. El ayudante del conserje izaba en aquel momento la bandera, con su cruz amarilla en fondo azul. El paisaje era el mismo que se veía desde la terracita, pero al contemplarlo desde un punto más bajo aumentaba la importancia del agua en la perspectiva.

Descendió las escalinatas y se vio ante la estatua en bronce de un patinador. En tamaño natural, con camiseta y pantalón deportivo, la figura se sostenía sobre la afilada cuchilla de un patín, mientras disparaba la otra pierna hacia atrás como si acabara de dar impulso. Desde el torso, casi horizontal, los dos brazos retrocedían hacia el lado contrario al de la pierna levantada para compensar y equilibrar. La cabeza se alzaba violentamente, clavando la vista hacia adelante y avanzando la nariz como una proa. Todo expresaba un ímpetu cuajado. Y no era un monumento a nadie, sino un patinador cualquiera. Pero representaba para Espejo otra forma humana de ser. Caminó por el embarcadero, como si pasara revista a los balandros atados a blancas boyas, apenas mecidas en el agua quieta. No había nadie cerca. Sólo más lejos, un hombre con pantalón corto, ayudado por un niño, iba metiendo bultos en uno de los últimos balandros. Cuando Espejo llegó allí, una mujer joven se cambiaba de ropa dentro de la embarcación. Su cabeza asomaba por la escotilla y, aunque estaba arrodillada, Espejo vio los hombros desnudos, los brazos levantando con flexibilidad la prenda que se quitaba, y la cabeza rubia apareciendo y desapareciendo entre la seda. Ella le miró tranquilamente, sabiendo que el paseante no podía ver más. Pero...

Espejo se adentró después bajo los árboles y se cruzó con dos muchachas con pantalones. Llevaban pesadas mochilas y se reían. La carretera ascendía pronunciadamente entre hotelitos poco ostentosos y casi todos de madera; pero muchas veces con un coche a la puerta o con garaje. Un niño de unos cuatro años se quedó mirando al silencioso paseante desde el otro lado de la puerta de un jardín y le dedicó un gesto de amistad.

¡Los niños suecos! Aquella delicia rubia envió así su mensaje de ternura al hombre solitario. Y cuando, después de que la carretera descendió tan violentamente como había subido, se encontró de nuevo frente al mar —un angosto brazo de agua—, Espejo ya no pudo reprimir su corazón y se detuvo, sintiendo casi lágrimas en los ojos.

Porque aquel paisaje le hubiera encantado a ella, siempre

añorante de su nativo verdor norteño en medio de la ibérica meseta, levantada y áspera. A la izquierda cerraban la ensenada unas alturas pobladas de abetos en torno a la cúpula hemisférica del Observatorio astronómico. En la orilla opuesta descollaba la extraña torre de una iglesia, coronada por una especie de tiara gigante. Pero ¿qué significaban los detalles en aquel conjunto donde el aire matinal, la frescura y la paz, la intensa vida inmóvil del bosque y del agua lo eran todo? A los pies de Espejo, las asomadas y saltos de los peces eran tan intensos que la superficie tenía siempre círculos, como si estuviese lloviendo.

Sí; a María le hubiese gustado. Espejo se sentó en un banco dispuesto de espaldas a la carretera por el previsor sentido ciudadano sueco, para quien quisiera contemplar el paisaje. Casi no veía ni pensaba. Simplemente reconocía con más intensidad que nunca lo que significaba en su vida la asistencia de María. Todas las vulgares y menudas acciones de su mujer, sin importancia cuando surgieron a lo largo de los días, eran ahora absolutamente indispensables para la vida y para la paz del alma. Y su ausencia le desesperaba.

Esa desesperación misma fue la que sacó a Espejo de su abatimiento. Y, como en alguna otra semejante ocasión de dolor sincero, decidió ir a misa en Estocolmo; él, que algunos domingos escandalizaba a sus conterráneos yéndose a pensar en Dios al Claustro en ruinas de San Juan del Duero. Volvió rápidamente al hotel, desayunó en un comedor casi vacío a aquella hora de domingo y salió en un tren que le permitiría llegar a la iglesia a las nueve.

La misa fue larga y sobrecargada con un sermón en sueco. Había relativamente poca gente, y Espejo pensó que, como le había dicho Klara la antevíspera, los católicos no estaban muy bien vistos en Suecia. ¿Sólo dos días desde que pasó la tarde con Klara? ¡Tanto suceso extraño hipertrofiaba el tiempo increíblemente! Sí, y sólo tres días, casi exactos, desde que besó a María en Madrid, en la plaza de Neptuno, junto al autobús del aeropuerto. Entre los fieles dominaban las mujeres, casi todas con aspecto de maestras, señoritas de compañía y servidumbre de casas ricas y Embajadas de países católicos. Pero había otra misa de once, a la que vendría, sin duda, García Rasines para encontrarse con su «querido amigo» el embajador de España. La iglesia era un gran rectángulo, donde elementos decorativos clásicos se mezclaban sin gracia con excesos ornamentales. Entre el frontón triangular que remataba el altar mayor y el techo plano quedaba un espacio libre, para llenar el cual no se había pensado nada mejor que un fondo azul tachonado de pintadas estrellitas blancas. Aquel mural remedo del cielo era de lo más penoso que cabía contemplar. Y lo único que conmovió a Espejo fue pensar que aquella iglesia, costeada por un diplomático francés a mediados del pasado siglo, según rezaba una placa, se llamaba de Santa Eugenia, en memoria de la emperatriz.

A la salida, Espejo se detuvo en el vestíbulo junto a una vitrina que contenía folletos de propaganda para protestantes, en cuyos títulos la cuestión del Papado tenía gran preponderancia. De pronto, alguien le saludó en inglés. Se volvió extrañado hacia el desconocido, que, sonriendo, señaló la etiquetita de congresista en la solapa de Espejo y se presentó como Joseph Greemans, de Lovaina, también congresista. Caminaron juntos, y el belga se deshizo en elogios a la católica España.

—En cambio —dijo—, ya ve usted los italianos. Ninguno ha venido a misa.

—Quizás vengan a la siguiente —contestó Espejo.

—No lo creo. Todos son lo mismo. Verdaderamente, Roma no debía estar en Italia, sino en su país o en el nuestro.

Sin poderlo remediar, Espejo reaccionaba en contra de aquella actitud aduladora y untuosa. Afortunadamente duró poco, porque Greemans permanecía en Estocolmo.

Al quedarse solo, la impaciencia de Espejo empezó a ser absolutamente insoportable. Bajó corriendo hasta la cercana plaza de Carlos XII y tomó un tranvía, cuya marcha le pareció lentísima, lo mismo que la del tren a Saltsjöbaden. Y durante los pocos metros de cuesta enarenada hasta el hotel el corazón se le disparó en palpitaciones. Si no encontraba carta le pasaría algo.

En el vestíbulo no había nadie, pero sobre la mesa de Karin estaba el clasificador alfabético de la correspondencia. La letra E fue revisada en pocos segundos, y después, nerviosamente, todas las demás. Nada. Espejo se dejó caer en una butaca frente a la chimenea. El sol atravesaba dulcemente los cristales y ponía un golpe de luz en las cobrizas bolas del morillo de la chimenea. Las cenizas estaban frías. Pasaba el tiempo. Al cabo, alguien entró silenciosamente, buscó en el clasificador y volvió a salir abriendo ya un sobre azul. ¡Qué lejos, qué lejos estaba la pequeña Soria, con sus doce linajes, su palacio de los Gómaras y su modesta casita frente a la maravilla románica de Santo Domingo!

Temeroso de que alguien le obligara a decir que no se habían encontrado antes y a sostener una conversación intolerable en aquellos momentos, Espejo huyó hacia el cubil de su cuarto como un ciervo enfermo. Pidió la llave casi inconscientemente, subió despacio las escaleras, recorrió todo el solitario corredor y abrió su puerta. Habían limpiado ya y hecho las camas. Se detuvo vacilando en medio de la habitación. Daba igual hacer algo que nada. Entonces, súbitamente, percibió las cartas encima de la mesa y se abalanzó hacia ellas.

Eran tres. Dos de María y otra de Estocolmo. ¿Sería de Klara, aunque no parecía letra de mujer? Pero esta curiosidad sólo duró el tiempo preciso para abrir los otros dos sobres. Una era todavía de Madrid y contenía unas cuantas palabras de ternura, nada hábiles, pero llenas de verdad. La otra, ya desde Soria, era de la antevíspera y traía las tranquilizadoras noticias sobre los niños, la casa y todo aquel mundo, en dos pliegos donde se apretaban cien queridas minucias. Muy queridas, sí; pero a medida que leía y se calmaba su anterior ansiedad, la iba sustituyendo un creciente interés por la tercera carta. Y la última carilla, amorosamente escrita por María, apenas fue recorrida por la vista sólo —en realidad— para estar seguro de que nada le obligaba a preocuparse. Luego volvería a leer con más calma.

Porque allí estaba, ya candente, la tercera carta. Un pequeño pliego azulado, con la letra K en un ángulo. Pero no era de Klara, sino —curiosa coincidencia de iniciales— de Karin. Estaba fechada la víspera y su breve texto decía en francés:

«Querido señor Espejo: Casi todos los congresistas me han preguntado ya si tenían carta, pero ninguno con la expresión de sus ojos de esta mañana. Aquí, en Estocolmo, en mi habitación, no puedo olvidarla y *tengo que escribirle* para que mañana encuentre usted, por lo menos, una carta.

»Deseo de todo corazón que reciba alguna otra más, precisamente la que usted tan patéticamente desea, pues ni por un momento pienso que ésta pueda sustituirla. Pero si por la distancia a Madrid desde Soria —ciudad que he encontrado en mi mapa—, o por el poco tiempo transcurrido, sólo recibiera estas líneas, espero que, por lo menos, sirvan para recordarle que en Suecia no está usted solo, que personas tan valiosas como Mattis Jöhr son sus sinceros amigos y que, aun no sirviendo para mucho, siempre hará lo que pueda para que su estancia en Suecia sea feliz, su afectuosa amiga,

KARIN WIKANDER

»P. S. —Mi carta— ¡tan irreprimible! —me parece, al releerla, odiosamente convencional y meditada. No la enviaría si no pensara que usted sabrá creerme. No sé por qué, pero no me vuelvo atrás. Léala tal como fue imaginada esta noche por una muchacha en una habitación perdida en Estocolmo. Y si, como deseo, recibe alguna de su casa al mismo tiempo, rompa ésta inmediatamente, pues resultaría demasiado pobre. Perdóneme. — K.»

Pero Espejo no la rompió. Con el plieguecito en la mano, profundamente pensativo sin saber en qué, flotando sobre un río de sentimientos mezclados y delicuescentes, salió a la terracita. Sentado en la hamaca, la cabeza se refrescaba en sombra mientras el cuerpo era penetrado acariciadoramente por el tibio ardor solar que da la vida al Universo. Así pasó Espejo un largo rato, simplemente sintonizando con el mundo, mientras el plieguecito azulado temblaba entre sus dedos movido por la brisa, como una hoja, como una hoja palpitante ligada por un vivo pedúnculo a un árbol lleno de vida. De vez en cuando sus ojos caían sobre las palabras, o las palabras subían hasta sus ojos: «*tengo que escribirle...*», «corazón...», «patéticamente...», «Soria en el mapa...», «habitación perdida...», «Perdóneme...» Y como Espejo no pensaba en francés, sino que traducía, el convencional *Cher monsieur* del epistolario se convertía en un turbador «Querido señor».

Hasta que el árbol se despertó a pensar como hombre y se asombró penosamente del olvido en que estaba la carta de María, allí, sobre cualquier mesa de la habitación. La carta de María, cuya falta le había causado tanto dolor aquella mañana, yacía, sin embargo, olvidada. Era inexplicable, pero —comprendió melancólico— ¡tan humano! Un enorme, inmenso, desesperante vacío le absorbía el alma pensando en su familia. Pero un pedacito de papel le liberaba de su como obligación de preocuparse. Rápidamente el vacío se llenaba y él podía reintegrarse a sí mismo. Estaban bien; pues bueno. Entonces él necesitaba otra inquietud, para comprobar que estaba vivo, y se agarraba a ella. Podría sentir amargura, dejar hablar a su cerebro de la miseria humana; pero los hechos eran estatuas indestructibles.

Oyó cerrar por dentro la puerta que daba al cuarto de baño y luego el chorro estrepitoso del agua que el joven Romero derramaba en su baño. Entonces, así es el hombre y su mezquindad. El joven Romero. Cuando él era joven tenía otra idea del mundo y del corazón. ¿O no tenía ninguna? ¿Había sido realmente joven? Pues serlo no es limitarse a tener veinte años, sin poner nada de parte de uno, como pueden tenerse ojos azules en vez de negros. Los ojos de Karin: ésa era otra razón de su intenso atractivo. Ciertamente, hermosa era una palabra que le caía tan ajena como un vestido de otra persona. Pero sus ojos, nada extraordinarios en sí, se levantaban por las comisuras exteriores, se oblicuaban casi almendrados. Muy ligeramente; no tanto como para resultar llamativos, sí lo bastante para tener un secreto, una escondida delicia.

Espejo volvió a sentarse en la terraza y a poco salió Romero. Se saludaron, pero pronto la conversación dejó de ser convencional, pues el joven tenía algo que contar. Y lo hizo mientras le traían el desayuno.

—Me metí en el baño, y lo primero que vi fue un letrero junto a un timbre. «Llame si desea tomar un baño.» Bueno; yo no llevo más que unas horas en Suecia, pero ya me he dado cuenta de que aquí los letreros los ponen para ser obedecidos. Así es que llamé al timbre, pensando..., ¡qué sé yo!, que traerían algo especial. Mientras tanto dejé correr los grifos, y cuando iba a desnudarme, sentí una llave en la puerta y entró una respetable señora cargada de toallas y de cepillos. Me habló en sueco, y como no la entendí, me hizo señas de que me desnudase.

Espejo recordó que las instrucciones a los congresistas advertían ya de esa costumbre. El sol centelleaba en el cuchillo con que Romero untaba la mermelada sobre el pan.

—Aquí se hace así —dijo.

—Ya lo supuse, pero figúrese qué azoramiento sentí. Todo mi afán era quedar de espaldas. Ella estaba tranquila. En fin, me bañó como a un niño y casi con un cepillo distinto para cada sitio. Al final me mandó ponerme en pie y me echó encima una gran toalla, friccionándome toda la espalda, y luego me dio una toallita para que yo acabara de secarme, mientras ella vaciaba y arreglaba el baño. Terminamos casi al mismo tiempo, porque ella era muy concienzuda y yo estaba deseando acabar y que se fuera. Pero antes me pidió cuatro coronas.

—Pues le ha salido caro.

Comentaron entre risas. Romero era joven y Espejo sentía un gran optimismo. Romero tuvo que marcharse porque la delegación española estaba citada enseguida para ir oficialmente a misa. Rieron también del «oficialmente».

Cuando se quedó solo, Espejo pensó en que, si no hubiera estado tan absorto por sus preocupaciones —¡ah, sí, la carta de María!—, hubiera leído el letrero y hubiera tocado el timbre. Debía de ser una sensación extraña: el desnudo humano es algo que no encajaba bien en el mundo de Soria. ¿Por qué? En cambio, lo de la misa «oficialmente»...

Espejo sonreía de todo eso mientras descendía las escaleras. Se proponía ir bajo los pinos a sentarse frente al mar. Cruzó el vestíbulo —no, naturalmente, Karin no estaba; era una gran lástima— y se detuvo en el jardincillo, sintiéndose envuelto en un aire lleno de simpatía.

Tres congresistas estaban tan próximos, que se acercó a ellos, aunque quizás el día anterior no lo hubiera hecho. Dos suecos, tan cordiales como todos, y un griego. Cumplieron las ceremonias de la presentación y el vivaz helénico las comentó:

—Cuando inclinamos la cabeza hasta poner casi la nariz en la solapa del otro, me da la impresión de que somos perritos escudriñándose en la calle.

Rieron —¿qué hubiera hecho un inglés?— y propusieron a Espejo ir a bañarse con ellos. Espejo aceptó antes de darse cuenta del tiempo transcurrido desde su última zambullida en un remanso del Duero. Interiormente se encogió de hombros. Hacía sol, el mar cabrilleaba de luz prodigiosamente y él se sentía joven. No se daba bien cuenta de lo que suponía su compromiso. Porque sólo al llegar al balneario supo que ya había terminado la temporada, por lo que no había en él nadie para atenderlo, y que de todos modos, no hubiera podido alquilar bañador por no utilizarse en Suecia cuando, como en aquel caso, hay balneario separado para los hombres y las mujeres.

Hubiera renunciado a bañarse de no ser por miedo a llamar la atención. Otra vez le enfrentaban, tras la aventura de Romero, con el desnudo humano vivo, tan ignorado, tan fuera de la costumbre y casi de lo real para un castellano.

Sin embargo, entró en la construcción de madera que, con sus dos alas adentrándose en el mar, acotaba —salvo el fondo— un rectángulo de agua como una piscina. Tanto las dos alas como el cuerpo central, todo de madera y de dos pisos, poseían cabinas o, más bien, separaciones, puesto que ninguna tenía puerta. Espejo se desnudó en una de ellas y salió.

En la galería inmediata al agua, ocho o diez congresistas de diversas edades tomaban también el sol. Algunos en pie, otros tendidos. Sólo uno cubría parte de su cuerpo con una toalla. Dos charlaban tranquilamente. Espejo trataba de persuadir a su sensibilidad de que el cuerpo humano es un hecho natural; y no sólo ciertas parte de él, sino todo absolutamente. «Verdaderamente —se le ocurría—, Dios creó también el sexo, lo mismo que las manos o la frente.» La tibieza del sol en su piel le daba la razón, y considerándose a sí mismo, pensó que para un profesor de Matemáticas rayando los cuarenta no estaba mal como animal. Sonrió. Pero eso no disminuía su penosa sensación de contra-costumbre al poner su cuerpo al sol y al ver desnudos a otros hombres.

Tenía la sensación de que todos le miraban; pero naturalmente, nadie se preocupaba de él, y como aquel día había en sus decisiones un gran vigor juvenil, descendió la escalera con temerosos pies de hombre siempre calzado, avanzó por el trampolín y, cuando llegó al extremo, se arrojó de cabeza.

¡Qué frío instantáneo envolvió su cuerpo y casi lo paralizó! Los ojos abiertos hicieron verde la zambullida, al mismo tiempo que de algún modo percibía el sabor casi dulce del Báltico. Emergió y se puso a nadar vigorosamente. Pronto llegó junto a la proa de un balandro y se detuvo al lado del pequeño y encantador casco blanco, agarrándose al cable que lo sujetaba a una boya. Había salido del rectángulo del balneario y divisaba a no mucha distancia el Gran Hotel y el embarcadero que había recorrido por la mañana, con su fila de balandros. El sol estaba ahora a su espalda y el agua era una lámina sin cabrilleos. Los mástiles reflejaban largos trazos amarillos sobre las aguas tranquilas. Un bote avanzaba silenciosamente, impulsado por un hábil remero con jersey azul. Todo lo vio en un instante, porque las heladas aguas no permitían estar quieto. Y braceando más aparatosamente que para avanzar, volvió al centro del balneario, subió las escalerillas y se tendió en el pasadizo de madera, junto a uno de los suecos que habían venido con él.

—Demasiado tiempo en el agua —le dijo—. Nosotros permanecemos muy poco rato. Está muy fría.

A él le había parecido que había estado muy poco, pero se enorgulleció de que un meridional llamara la atención de un nórdico por su resistencia al frío. Dio la vuelta para ponerse boca abajo. A su lado quedó en el suelo la huella mojada de su propio cuerpo como una oscura sombra tangible. Las tablas de la pasarela estaban tibias. Había temido sentir frío al salir, pero sucedía lo contrario. Y no por el sol, demasiado blando, sino por la reacción de su sangre, que hacía sentir por toda la piel como un hervidero. Espejo se entregaba a aquella desconocida —¿o simplemente olvidada?— percepción de la existencia de la propia piel. Era como suaves latigazos, como continuas caricias estremecedoras, y a veces hasta parecía que algunas zonas temblaban nerviosamente como los relampagueos que recorren la paletilla o el vientre de un caballo fogoso.

Aquella sensación de vida, de resurrección casi de los sentidos, le duró largo rato. Estaba ya en el comedor, casi vacío porque la mayoría de los congresistas se había quedado en Estocolmo, y aún sentía la vivacidad de su piel. Espejo logró la felicidad de estar solo en una mesita, sin necesidad de conversaciones banales, gozando de aquel sentirse cuerpo desnudo bajo sus convencionales vestimentas. Pidió un *snap* y se ofreció el placer del alcohol por la garganta, del nuevo fuego en las venas, con su gusto de especias y jengibre. Después de comer se retiró a su cuarto, y solo en la terracita —Romero no había regresado; es decir, la delegación española—, donde el sol no penetraba demasiado al mediodía, se ofreció el extraordinario de un lento cigarrillo. Abajo, junto al mástil de la dulce bandera sueca, cuatro congresistas charlaban en torno a un velador de madera blanca. Uno de ellos era el griego Kameniades, que, desnudo, tenía un ágil y nervioso cuerpo moreno. Sobre la grava sonaron pasos. Las voces lejanas, ininteligibles, aumentaban —por alguna razón desconocida— la profunda paz del ambiente. Súbitamente estalló en el aire la imprevista arrancada del motor de un *outboard* que, con sus estampidos, se alejó velozmente sobre el agua, dando pronto la vuelta a la isla donde estaban los balnearios. Por la arquitectura de madera de las terracitas trepaban rosales silvestres. En torno a una flor zumbaba delicadamente una abeja, que se posaba un instante y luego volvía a empezar. En el agua se mecían las blancas boyas movidas aún por las ondas del *outboard*. Por el tronco de un árbol próximo descendió velozmente, en espiral, una vivaz ardilla con la cola en alto. Y todo le parecía, al resucitado sentir de Espejo, como la manifestación de la vida en la piel del Universo.

8

El programa del Congreso decía: «Domingo, 3 de septiembre: Visita de Estocolmo. 13:45. Salida de autobuses desde el Gran Hotel de Saltsjöbaden. La excursión comprende un recorrido de dos horas por Estocolmo y sus alrededores. El té será servido en el pabellón del parque de Djurgarden. Si el tiempo lo permite, parte del recorrido será efectuado en canoa.» Y un aviso en el tablón del vestíbulo advertía, desde la mañana, después de indicar qué servicios religiosos se celebraban para los miembros de las diferentes confesiones: «Los congresistas que prefieran permanecer en Estocolmo al mediodía serán recogidos por los autobuses en la plaza de Gustavo Adolfo a las 14:15, para efectuar la excursión.»

Muchos debían de haber optado por quedarse en la capital, porque los magníficos autobuses salieron de Saltsjöbaden casi vacíos. Espejo se sentó junto a una ventanilla, detrás de un italiano —ya se habían «encontrado» antes—, cuya magnífica testa romana causaba admiración por su majestad clásica. En la plaza de Gustavo Adolfo los autobuses recogieron a los demás congresistas y se dirigieron al edificio del Ayuntamiento, donde recibirían la bienvenida oficial de la ciudad.

El gran edificio cuadrado, de ladrillo, a la orilla del lago, había llamado la atención de Espejo desde el primer día, con su torre coronada por una especie de templete con techo dorado. Pero nunca pudo pensar que el arquitecto sueco, en vez de una construcción racionalista y funcional, hubiera querido crear algo poético, dominado —dentro de su fantasía en los detalles— por la más apasionada nostalgia del mundo mediterráneo. Por eso se asombró al pasar, entre los demás congresistas, por la galería de la planta baja del Ayuntamiento: una verdadera *loggia* italiana de columnas abiertas al lago y con fuentes rodeadas de palomas que se acercaban a beber.

—¿Qué harán las palomas durante el invierno? —dijo en ese instante, a su lado, el italiano Spalatto, el de la mujer casada.

Y su voz se matizaba de burla.

«¿Qué harán todos en este edificio durante el invierno?», pensaba Espejo al entrar en el gran patio central, un interior como una lonja medieval, de lisos muros pintados en rojo, gris y azul. En el salón de sesiones, con rojos baldaquinos y tribunas en escalones jerárquicos para ediles, prensa y público, también volaba la nostalgia al mundo de la Edad Media. Lo mismo que la idea —conmovedoramente civil y ciudadana— de no colgar cuadros de reyes o batallas, sino retratos auténticos de los carpinteros, albañiles y artesanos que cooperaron en la construcción del edificio.

Al fin pasaron al Salón de Oro, destinado a las recepciones, donde todo tenía las gigantescas proporciones de un templo indio excavado en roca. Candelabros de pie más altos que un hombre, mesas larguísimas, fruteros enormes con el lujoso exotismo de las naranjas y los plátanos, que hacían pensar en barcos navegando por mares calientes. Los congresistas entraban despacio, absorbidos por el vacío de la sala, se detenían tímidos cerca de la puerta, y se paraban a contemplar los mosaicos que cubrían totalmente las lisas paredes y cuyos fondos de oro bizantino reforzaban la impresión de orientalismo. Espejo vio junto a él la elevada estatura de Almberg, la actitud untuosa de Greemans, el sombrerito sin gracia de miss Fridhem desplazándose activamente, los ojos casi aguanosos de Galán Esquiruz. Y vio a García Rasines romper la invisible frontera que detenía al grupo, avanzando sobre el suelo verdemar con la pompa de un sumo sacerdote.

De pronto sonó un arpegio de notas cristalinas. En un

hueco y tras un facistol alusivamente gótico, el alcalde de Estocolmo empezó a hablar ante un micrófono.

—El micrófono lo estropea todo —dijo a Espejo el vivaz Kameniades.

—A usted le gustaría esta decoración bizantina —comentó Espejo.

—Me deja frío —repuso el griego—. Solamente me admira el arquitecto. Y, sobre todo, siento compasión por él.

Era cierto que el micrófono, al deshumanizar la voz, lo estropeaba todo. El alcalde manifestaba mientras tanto su fe en la ciencia, en el porvenir del mundo occidental y en otras muchas cosas. Acabó dando la bienvenida a los congresistas y, al descender de su estrado, recibió el saludo y la felicitación de García Rasines antes que la de nadie.

Espejo contemplaba una figura de mujer de más de seis metros, tema central del lienzo de mosaico del fondo. Estaba sentada en un sillón alzado sobre dos filas de olas; sus cabellos partían de su cabeza también como ondulaciones, y en una mano sostenían un edificio.

—Magnífica, ¿verdad? —decía en aquel momento la señorita Fridhem a la señora Rawenanda—. Es la diosa tutelar de la ciudad, la diosa del lago Mälar.

¿Magnífica? La doctora india tampoco lo creía. Y no era la diosa del lago. Espejo entronizaba, como más auténtica mensajera del mundo nórdico, ya que no como diosa, a la muchacha de la gabardina en el autobús del aeropuerto.

García Rasines, entre tanto, había desarrollado con éxito una maniobra consistente en hacerse rodear de todos los miembros de su delegación. Espejo no pudo salvarse de la captura y, como mal menor, se emparejó con Romero. Los dos estaban de acuerdo en su opinión sobre el edificio.

—Hemos comido en Skansen, después de misa —dijo el joven—. Todos menos García Rasines, que estaba invitado por un académico sueco. Bueno, Morales dice que no es verdad y que habrá comido solo en cualquier parte. Uno no sabe qué creer.

Espejo sí lo sabía, pero prefirió hablar de las bellezas de

Skansen. Y después de tomar una copa y alguna fruta todos empezaron a descender las monumentales escaleras de granito desnudo. En el patio se hicieron una fotografía colectiva en cuyo centro —casualmente, claro— se situó Rasines, y volvieron a la *loggia* de las palomas, a cuyo pie esperaban las canoas, dado que el tiempo permitía la excursión por el lago.

La ocupada por Espejo fue la primera en partir. La proa, surcando corriente arriba el agua verde y opaca, entró en un canal de orillas bajas, cubiertas de espesa vegetación casi musgosa, como de jardín abandonado. Era el *Klara Sjö*, o canal de Klara, íntimo y estrecho como un pasadizo. Por él desembocaron en el ensanchamiento al que da la Academia Militar, con su fila de antiguos cañones apuntando al lago.

Navegaron así por aguas anchas y angostas, pasaron bajo altísimos puentes, se detuvieron a la vez que un balandro de alegres excursionistas en una esclusa cuyo objeto es refrenar la excesiva corriente ocasionada por el deshielo primaveral. A proa de cada embarcación, un guía señalaba las cosas notables. De vez en cuando, un chiste hacía reír a los excursionistas; pero Espejo, prevenido contra el guía porque utilizaba micrófono en una embarcación tan pequeña, pensaba cuántas veces habría sido utilizado el mismo chiste falsamente espontáneo. Pasaron junto a bajas riberas con barcos atracados, cargando harina de las gigantescas cooperativas, y junto a los escarpes rocosos de la isla donde se encuentra la prisión central del Estado, motivo de un dudoso chiste por parte del guía. Y, al final, tras un breve trayecto por un canal de unos doce metros de ancho, ya entre los paseos del parque de Djurgarden, recorrido ahora por ciclistas y por esquiadores en el invierno, se detuvieron ante el pabelloncito donde tomarían el té.

Pasaron también —sin darse cuenta Espejo— ante la casa de Jöhr, donde dos días antes había conocido a «las mujeres» del profesor y donde aquella misma tarde se había hablado de Espejo. Éste lo ignoraba, naturalmente; pero Mattis Jöhr, al pasar en otra canoa, recordó inevitablemente la escena.

Inevitablemente, pues el lugar le recordó a Klara. ¡Pobre Klara! No acababa de encajar en la vida, de asentarse, de comprender. Precisamente porque se esforzaba demasiado en ello. No intuía que no tiene objeto, ni siquiera se puede comprender. Así, aquella misma tarde, antes de la excursión, estaba sentada, sola, bajo la pergolilla junto al embarcadero. Mattis la había sorprendido, como otras veces, contemplando pensativa el agua. Y cuando ella levantó el rostro era difícil explicarse su expresión angustiada junto al poderoso cuerpo, al existir sin problemas, de Jöhr.

—Vamos, vamos, querida. Ya sabes que no es eso.

El rostro, casi contraído, procuró sonreír. Al cabo de unos instantes sonreía ya. Nunca podría sustraerse a la enorme influencia física de tanta y tan segura vitalidad. Pero cuando él estaba ausente...

—Llevas unos días así —continuó Mattis, sentándose a su lado y ciñéndole la cintura con su ternura un poco de oso—. Exactamente desde que anteayer... ¿Ése es el motivo?

El rostro femenino sonreía —Mattis lo evocaba, acodado en la canoa, sobre las ondulaciones producidas por la navegación— y hasta, sí, hasta mostraba cierta picardía en la comisura de los ojos.

—Ése es —afirmó el hombre—. Pues entonces tómalo —añadió con energía. Y, al ver que los dulces hombros se encogían entre renunciamiento y desinterés, insistió con fuerza—. Lánzate por él. Tómalo. No renuncies. Negarse a vivir, nunca es bondad, sino, casi siempre, cobardía. ¡Dulce niñita! —en su voz había verdadera dulzura—. ¡Querida Klara! Hazlo. No sólo no me importa, sino que, ya lo sabes, me darás una gran alegría... ¿Te interesa, entonces? ¡Estos españoles...! Le diré algo de tu parte —concluyó, después de besarla, subiendo ya la escalerita hacia la casa.

—¡No! ¡Malo! —gritó Klara.

Y todo su cuerpo elástico y fino se disparó, a la vez que su risa, y corrió para alcanzar al hombre. Que esta vez la esperó, la cogió y le dio otro beso menos tierno, más encendido.

—¡Me enfadaré contigo si lo haces! —dijo aún la muchacha cuando él estaba a punto de entrar en la casa.

Y, aunque todavía le llegó el vozarrón de Jöhr jurando que lo haría, se quedó tranquila.

¡Pequeña, preocupada Klara! Mattis había hablado de ella con Hilma, después, mientras él en su cuarto se quedaba completamente desnudo, como siempre al cambiarse de ropa y al lavarse, porque no quería —afirmaba— mezclar lo convencional con la isla de su casa. «¿Cómo acabaremos por hacer feliz a Klara?», se preguntaban él y Hilma. Pero ahora, en la canoa, Jöhr dudaba de lograrlo alguna vez. Klara no era como Hilma, no era la hembra siempre tranquila y segura en la que se refugiaba Jöhr hasta cuando se entregaba a otras. Hilma, centro del mundo y madre tierra del hombre-hombre. Pues ante los ejemplares modernos Jöhr necesitaba decir «hombre-hombre» para significar sencillamente «hombre», por la misma razón que en lapón «tierra-tierra» equivale a «montaña». Hilma, esbelta y fecunda, elástica y grávida, felina y firme. Hilma, repetía interiormente Mattis como una palabra mágica para invocar las fuerzas de la Tierra. Hasta que el suave choque contra el embarcadero le arrancó a sí mismo. Raramente se abstraía y siempre pensando en Hilma. Pues siempre era con ella —y solamente con ella— con quien descendía hasta el fondo de sí mismo.

El pabellón de Djurgarden era una especie de posada rural inglesa. La hiedra cubría sus muros y las ventanitas tenían pequeños vidrios emplomados. Las camareras vestían típicos trajes suecos, con faldas y corpiños de alegres colores. Mattis vio a Espejo al otro extremo del salón, un poco acorralado por haber llegado en la primera canoa. Pero era imposible intentar acercársele. El espacio disponible estaba atestado, y sólo mediante una bien organizada corriente circulatoria de los propios invitados en torno a una larga mesa se podía conseguir una taza y un platito donde servían té y pastas. Salvo Thoren Almberg, que, a fuerza de cortesía y atletismo a partes iguales, lograba surcar aquella comprimida muchedumbre, saludando al propio tiempo a todo el mundo.

Tanta gente abrumaba a Espejo más de lo que solían afectarle las masas humanas. Le desagradaba todo: la noble cabeza romana del italiano, las intelectuales gafas de miss Fridhem, la abotargada faz de Greemans, la poderosa presencia de Jöhr —contestó a su gesto amistoso—, nunca inadvertido pese a su estatura solamente media, la incansable actividad diplomática de García Rasines realizada con implacable perfección. Aquella multitud le aplastaba, como aplastaba los elegantes pliegues del sari de la doctora Rawenanda, vestida para otras formas de relación humana muy distintas del amontonamiento. Le extrañó no encontrar la mirada sagacísima de Horvacz, posiblemente la única persona capaz, como Almberg, de deslizarse entre la muchedumbre con la facilidad de un pez.

Introdujo la mano en el bolsillo y tropezó, sin haberlo querido, con la arista de un sobre. Supo en el acto que era azul y lo acarició. Era el de Karin. Y entonces se dio cuenta de que Karin tampoco estaba. Se agudizó su malestar. Afuera, a través de los cristales cerrados, unas frondas magníficas surgían junto a la casa, dejando ver más allá el canal dulcemente verde deslizándose tenue, silencioso, eterno.

Descubrió que junto a él había una puertecita alguna vez utilizada por el servicio. Entró por ella, dejó estupefacta a una camarera cargada con tostadas y pastas, descendió una escalerita metálica de caracol y salió al aire libre. Era la parte trasera de la casita, sin autobuses ni puertas abiertas para tragárselo a uno. Suspiró con inmenso alivio. El calor le había pesado, junto con la masa de gente, hasta casi acongojarle. Y aquel choque inmediato con el campo era la libertad.

No; la libertad estaba un poco más allá. Un suave talud de césped descendía hasta una plazoleta donde daban vueltas los tranvías para regresar a la ciudad. Uno de ellos esperaba. La cobradora sonreía... Movido por irresistibles impulsos, Espejo descendió el talud y subió al tranvía. Todavía conservaba la mano en el bolsillo de la americana.

Una hora después se encontraba ante las escalerillas que bajan a la estación de Salsjöbaden. ¿Qué había hecho mientras tanto? No lo sabía. Recordaba, mientras se dirigía a su tren, el escaparate de una librería con gramáticas de idiomas: holandés, ruso, checo, turco, malgache, indonesio. Recordaba desembocaduras de estrechas calles antiguas a lo largo de un muelle, fachadas de madera con relieves, muestras exóticas, una atmósfera marinera y comercial como de ciudad anseática.

Estaba sentado en el vagón cuando, de pronto, se sobresaltó. Karin venía por el andén con una gran maleta en la mano, acompañada de una muchacha rubia. La maleta era tan grande, que pensó en bajar para ayudarla, pero no se atrevió.

Las dos muchachas se quedaron hablando justo frente a la ventanilla de Espejo, que se echó hacia atrás. Era innecesario, porque Karin le volvía la espalda. En cambio, la otra muchacha quedaba frente a él, y durante la conversación, le miraba. Le dijo algo a Karin, que volvió la cabeza. Entonces se saludaron. La amiga gesticuló un poco, casi riéndose, y ambas subieron al vagón, sentándose con Espejo. Mientras ellas se acercaban, su mano había vuelto a entrar en el bolsillo de la chaqueta.

—¡Hola! —dijo Karin, sencillamente.

Y él estrechó su mano sin decir nada, inclinando un poco la cabeza como había visto hacer a los suecos. Karin les presentó: Ingeborg Holmin. Profesor Espejo.

La rubita le estrechó calurosamente la mano y se sentó a su lado, muy próxima, mirándole con insistencia. Karin permanecía callada, con sólo una sonrisa amistosa, en el asiento de enfrente, junto a la ventanilla. Espejo pronunciaba monosílabos ante la charla de la rubita, que no cesaba de hablar, sonreír y mirar. Afortunadamente, el tren silbó, e Ingeborg, alocadamente, descendió al andén.

Espejo clavó los ojos en el cristal de la ventanilla. El muelle de los vapores de Finlandia desfilaba al paso del tren, con sus almacenes y sus hacinamientos de madera. Pero no podía dejar de mirarla tanto rato. Volvió la cabeza. Encontró los ojos ligeramente exóticos. No le fue posible hablar de cualquier cosa.

—Tengo que darle las gracias... —comenzó.

—¡No, por favor! Tengo yo que pedirle perdón por mi carta.

—¡Al contrario! Pero si...
—La aborrezco. Quisiera quemarla, borrarla de su memoria, no haberla escrito nunca.

Habló ella con intensidad casi agresiva. Y, en cierto modo, él se sintió entonces más seguro, menos turbado. Descubrió a la niña y, al empezar a hablar, reconoció en su propia voz ese tono paternal con que a veces se dirigía a sus alumnas.

—Escúcheme. Su carta ha sido conmovedora. Y aunque al mismo tiempo he recibido otra de casa...

—Le escribí que si tenía usted noticias no leyera la mía. Que la rompiera.

—No. La llevo en el bolsillo. Quiero guardarla.

—Debía devolvérmela.

—¿No me dejará conservarla? Como un recuerdo de mi buena amiguita sueca.

—Es que no he debido escribirla.

—¿Por qué?

—No debo obedecer a ningún impulso profundo. Siempre me sale mal, y se enturbia todo, y no se comprende —añadió, pensativa.

—Esta vez no; esté tranquila —respondió él gravemente.

Ella se inclinó ligeramente hacia adelante, se humedecieron sus pupilas, empezó a mostrarse casi pueril.

—Quisiera creerlo. Me hace falta —dijo. Y, tras un silencio, añadió—: Es que nadie me había pedido una carta con tanta angustia como usted. Pasaron por mi mesa casi todos los congresistas, pero ninguno... ¡Tenía usted una expresión en los ojos..., como de niño desamparado! Y en mi cuarto de Estocolmo, tumbada en el diván, yo no podía olvidar su mirada, y me daba tanta pena... Tuve que escribirle. *Tuve*. ¿Comprende? Eso fue.

—Lo comprendí ya por su carta.

—¡Se quedó usted tan herido cuando le dije que no había nada! —los ojos volvieron a mirar agudamente, y añadió—: ¡Cuánto tiene usted que querer a su mujer!

—Sí.

Había dicho que sí, pero simultáneamente pensó en la

distinta atención que había prestado a las cartas. ¡Qué extraño era todo!

—¿Le ha molestado lo que he dicho?

—De ningún modo. ¿Por qué?

—Quizás en España no se alude a cosas personales. Aquí tampoco, pero a mí se me escapan a veces. Y es terrible.

—Lo toma demasiado en serio.

—Lo es. Y tengo que corregirme.

—No lo haga. Dejaría de ser tan personal.

—Es decir, anormal... ¡Sí, sí! O no normal, como quiera. Y no es posible. Tengo que ser como todo el mundo. Lo sé, me lo repito siempre; pero luego voy y, por ejemplo, escribo esa carta.

—¿Por qué se arrepiente de ella? Quiero decirle que aunque, naturalmente, las noticias de mi casa eran vitales, también necesito a mis amigos suecos. Por eso su carta fue... muy importante. Me sería muy penoso estar aquí sin amigos.

—No creo en la amistad.

—Yo tengo amigos. ¿Es posible que usted no?

—¿Verdaderos amigos? Ninguno.

La palabra cayó cortando el aire, inapelable como una guillotina. Espejo calló.

—¿Sabe usted quién es el único quizás? —añadió ella como saliendo de un pozo—. Jöhr. No me importaría casarme con él.

—¿Jöhr? ¿Mattis Jöhr? Pero ¡Si podría ser su padre!

—En general, me entiendo con los hombres mayores mejor que con los muchachos de mi edad.

—Pero si además... Bueno; quiero decir que es casado.

—Ya sé a lo que se refiere. No me importa. Es un hombre convincente, seguro. Precisamente esos problemas resultan, junto a él, naturales y profundos a la vez. Ignoro si es verdad lo que dicen de él, y que usted, por lo visto, ha oído también...

—Me lo ha contado él mismo. Es decir, que la gente lo susurraba...

—¡Bravo! ¡Eso es muy suyo...! Pues no sé si será verdad, pero es lo mismo. ¿Acaso da Mattis la impresión de hacer algo indigno?

—No —respondió Espejo desde el fondo del alma.

—A veces he pensado en ello. Me lo imagino como musulmán, como un indio o un chino, con sus honorables concubinas… No, no me importaría. Y a veces hasta creo que sería la forma de resolverlo todo.

El tren corría ya por aquel frondoso bosque, nórdicamente salvaje y, al mismo tiempo, urbanizado. Un instante apareció el mar y se volvió a ocultar tras los árboles. El silencio estaba resonando aún, turbadoramente para él, no acostumbrado a aquellos temas de conversación con una muchacha. Prefirió desviar el timón.

—Efectivamente, yo tengo también gran estima por el profesor Jöhr, pero no le conozco mucho.

—Pues él es gran amigo suyo. ¿No se habían tratado antes?

—No. Sólo por carta. Ha sido muy bueno conmigo. Gracias a él he venido al Congreso.

—Yo creí que se habrían conocido ya, quizás en Alemania. Le quiere mucho. Me ha recomendado que me ocupe de usted, que le atienda.

—Espero que lo hará. Espero que seremos buenos amigos.

—¡Oh! ¡La amistad…!

Y volvieron a hablar de la amistad, a tratar de definirla, a prometerla él y aceptarla ella. En el fondo, a saborear la palabra y todos sus indefinibles armónicos y cautivadoras resonancias. Pero ya eran nuevos rumbos más tranquilos para la conversación. De vez en cuando dejaban que algún silencio se llenara del rápido paso de los bosques, las rojas casitas de campo, las estrechas ensenadas con sus balandros adormecidos, bajo la declinante luz del lentísimo crepúsculo nórdico.

Entretanto, el tren seguía con su carga de ilusiones, amarguras o simplemente rutina o sueño en cada viajero. En otro vagón iba Gyula, que, no teniendo nada nuevo que ver en la protocolaria recepción del Ayuntamiento ni en la turística vuelta a Estocolmo, había pasado la tarde en Skansen. Siempre que llegaba a Estocolmo solía ir. Le gustaba el ingenuo ambiente casi campesino de los bailes para jóvenes al aire libre, con su sano, sudoroso y fisiológico emparejamiento, frecuentemente prolongado con naturalidad en la salita de la muchacha o en cualquier otro sitio. Le gustaba tomar lecciones de astucia en la ardilla y de felicidad flotante en la foca, que se sumergía en el estanque y emergía con sus grandes bigotes, su piel resbaladiza, su corpachón tan ágil en el agua y sus ojuelos contemplando burlones el corro de extraños animales humanos. Envidiaba la dicha de la gran osa blanca, más feliz con el surtidor en abanico de gran agua fría —bastaba verle los ojos y la satisfecha relajación de la mandíbula inferior— que los seres humanos con las sinfonías o la filosofía. Le gustaba la torpe gracia de los tres oseznos y los exquisitos movimientos de las jóvenes hembras en el carcado de los renos. Aunque precisamente aquella tarde... Gyula recordó con desagrado la repelente visión de aquel viejo macho babeante, que no podía ni sostener la cabeza cargada y se obstinaba en permanecer aún sobre las cuatro patas. ¡Que muriera de una vez como es debido, sin estiramientos indignos! Y en los negros ojos del húngaro se encendía una chispa de relámpago.

¡Aquella chispa luminosa! Una mujer que viajaba en el mismo tren la había descubierto dos días antes en los ojos de Gyula, aunque ella ignoraba hasta qué punto fue deliberadamente encendida. Con la cabeza echada hacia atrás. Sigrid Jensen, la camarera danesa, se gozaba en recordar los ojos vivos de aquel hombre. La habían mirado despacio, casi táctilmente. Y luego él había preguntado por «la danesa» a una compañera que, naturalmente, se lo había contado enseguida a Sigrid. Pensando en ello, su cuerpo se enarcaba disimuladamente sobre el asiento, lo mismo que bajo la mirada del hombre. Un húngaro... No había más que sentir su mirada para percibir que era diferente, como meridional. Y ella recordaba a otros hombres que resbalaron sobre sus sentidos, a su propio marido, con el que se casó casi por azar y del que se divorció, sin pena ni gloria, sencillamente porque él tenía un buen empleo en Copenhague y a ella le había salido en Estocolmo una espléndida oportunidad, imposible de desaprovechar.

Cuando el tren se detuvo ante la pequeña estación, que, sin andenes cubiertos ni cercas, parecía una casita más, Gyula se apeó rápidamente, aunque no sin dirigir un gesto casi indiscreto, de puro discreto, a Espejo, que salía con Karin. Y después, viendo que Sigrid Jensen caminaba hacia el hotel, la siguió. Sin alcanzarla, pero lo suficientemente cerca para ser notado.

Espejo cogió la maleta de Karin y caminó a su lado.

—En Estocolmo debí bajar del vagón para ayudarle a llevar la maleta —dijo—. Pero pesa poco para ser tan grande.

—Sólo llevo el traje de noche y algunas otras cosas para la cena.

Callaron hasta llegar al hotel. Hacía rato que el sol había desaparecido del firmamento; pero una dulce, penetrante, lechosa claridad ponía una lámina de opaca luz sobre las aguas.

9

Todos estaban ya en el hotel. Y en ninguna habitación se hacía otra cosa que terminar los preparativos para la cena de gala inaugural del Congreso. Las manos de Espejo forcejeaban con el cuello duro; las de García Rasines limpiaban meticulosamente las gafas; las de Karin y miss Fridhem se intercambiaban servicios para abrocharse los trajes en un pequeño guardarropa de señoras adyacente al vestíbulo; las de la doctora Rawenanda se juntaban en una plegaria; las de Romero pasaban un trapo sobre sus zapatos; las de Sigrid Jensen completaban los detalles finales de las mesas del comedor; las de Thoren Almberg plegaban las cuartillas del discurso que por última vez había repasado para comprobar si no fallaba la memoria; las del italiano de noble testa alisaban las cejas para mejorar el efecto de su rostro clásico; las de Knut Svensson, el jefe del medio piso, sostenían una bandeja cargada con las cónicas copas del *snap*... Sólo las de Gyula —aquellas manos tan nerviosas y siempre potencialmente activas— descansaban tranquilamente en los bolsillos de Horvacz, que fumaba en su terracita, contemplando la lentísima llegada de la noche. Pero, al fin, también sus manos, como todas aquella noche en el Gran Hotel de Saltsjöbaden, convergieron hacia el comedor, adornado con banderas de todos los países representados.

Al entrar, cada congresista recibía un plano de las mesas, con los sitios numerados y dos listas de congresistas: una, según el número de su puesto, y otra, por orden alfabético. En la distribución se había procurado mezclar diferentes nacionalidades y edades. Sólo la mesa de la presidencia distinguía por rangos, pues, además de los congresistas, asistía un príncipe de la familia real y varias personalidades suecas.

Espejo se encontró entre Spalatto, el italiano que decía no estar casado, y un islandés «a quien no había visto antes». Enfrente estaba Kameniades. Desde su sitio veía bien el extremo de la mesa presidencial, donde estaba sentada Karin, entre un Premio Nobel y una autoridad académica de Upsala. Vestía un traje blanco bastante cerrado, que, por comparación con el muy abierto escote de miss Fridhem, visible al otro extremo de la mesa, hizo al italiano decir a Espejo:

—Es una lástima que miss Wikander no lleve un escote como el de miss Fridhem.

Espejo gruñó un monosílabo para contestar a tan hiriente comentario. Pero el italiano insistió sobre lo que parecía ser su único tema:

—¿Se ha fijado usted en los pechos de miss Wikander, la morenita esa de Secretaría? Los lleva como sin querer.

Afortunadamente, en aquel momento se levantó Almberg, pues siguiendo la costumbre sueca los discursos eran al principio. Dijo unas breves palabras, tan llenas de ingenio y de interés como todas sus famosas alocuciones, explicando la significación del Congreso («Las perspectivas actuales de la Ciencia») y dando la bienvenida a todos. Era realmente un orador muy agradable, con aquel aire de llaneza y de aguda improvisación. Cuando terminó sonaron los aplausos y todos se pusieron en pie para escuchar a S.A.R. un brindis por la paz y hermandad de todos los países y por los progresos de la ciencia. Espejo, como todos, levantó su copa, recordando al mismo tiempo que la costumbre exigía beberla de una vez, poniendo la mirada en la persona a quien se ofrecía el brindis. No necesitó desviar el rostro, sino solamente los ojos, para contemplar a Karin, que, en pie, mostraba una silueta encantadora, bien marcada por el traje. Y le pareció —sí, le pareció— que ella también le miraba al beber.

El Congreso de Estocolmo había comenzado.

SEGUNDA PARTE

10

A los dos días, hasta los novatos en reuniones de este tipo sabían ya perfectamente lo que era un Congreso. Las sesiones matinales de las Ponencias, en distintos saloncitos del Gran Hotel, y las conferencias y reuniones del Comité Central, por las tardes, antes y después del té, copiosamente acompañado de pastelería, eran ya una rutina para todos, así como las conversiones nocturnas en las galerías altas del Gran Hotel, en los pasillos y hasta en alguna habitación.

Las ponencias estaban dirigidas por los más destacados en cada especialidad y congregaban a los demás cultivadores de la misma disciplina como oyentes o colaboradores. Como había dicho en su sección inglesa el *Svenska Dagbladet*, «en Saltsjöbaden, un *trust* mundial de cerebros está explorando con entusiasmo los horizontes de la ciencia». Pese al entusiasmo, sin embargo, los oyentes y colaboradores no asistieron demasiado a las ponencias el lunes por la mañana. El martes, sí, quizás porque, en vez de hacer buen día, cayó una ligera llovizna. «Una lluvia organizada por la Directiva del Congreso», comentó Spalatto, cuyo ingenio y buen humor le estaban haciendo muy popular entre los congresistas.

Las faltas de asistencia a las ponencias no contribuían mucho, evidentemente, al éxito del Congreso; pero, en cambio, favorecían los contactos personales, que, como dijo en su discurso de bienvenida Thoren Almberg, son la base fundamental del progreso humano. Por eso las listas de bolsillo de los congresistas menos asiduos se llenaban más rápidamente de cruces junto a los nombres de los colegas que iban conociendo. Y por eso era raro que algún venerable Premio Nobel hubiera de recurrir a un joven vecino de mesa para saber que la interesante personalidad sentada enfrente era nada menos que Taylor E. Hopkins, el famoso químico. Pero, poco a poco, todos se iban conociendo y hasta iban percibiendo las diferencias entre las distintas nacionalidades. Diferencias que, para los británicos, comenzaban por la decisiva separación entre anglosajones y no anglosajones, grupo este último bastante numeroso, por extraño que les pudiera parecer, aun ampliando el núcleo insular con el conjunto de todos los británicos. A veces, las diferencias nacionales se formulaban muy explícitamente, como, por ejemplo, cuando el representante del Ulster se levantó a hablar diciendo que lo hacía en nombre de Irlanda, y el representante del Eire le interrumpió vivamente para gritar: «Del Norte. Irlanda del Norte solamente.» Pero, en general, los rasgos nacionales se manifestaban de manera menos llamativa.

Como explicó Morales a Espejo, una tarde que charlaron juntos, los ingleses actuaban muy disciplinadamente según las instrucciones recibidas de Holburn —un ingeniero de la Rolls, colaborador eminente en el diseño de los primeros motores de reacción—, que cada noche, en su habitación, distribuía la tarea del día siguiente entre los suyos. Los italianos hablaban en inglés peor que los españoles, y los franceses todavía peor, dando siempre el acento agudo a la última sílaba, aunque construyeran las frases con soltura. Entre los italianos había dos grupos: uno activamente científico, al mando de Canteroni, el de la romana testa, y otro, eminentemente social, dirigido por el inspirado Spalatto en torno a las mesas con martinis o *whiskies*. Los australianos eran muy poco británicos de temperamento y constituían, por las noches, uno de los conjuntos más animados de las tertulias. El chino —de Formosa—, en vez de ser ejemplo de cortesía y referirse constantemente a su «honorable interlocutor», se distinguía por no ocuparse de nadie y por su insuperable capacidad para no asistir a ninguna sesión científica. El birmano, joven especialista en electrónica, resultaba por las noches un estupendo pianista, apenas igualado en ritmos modernos por un joven sueco de cara ligeramente mongólica, como la de Jöhr. Había dos holandeses que eran judíos y dos judíos de Israel que eran polacos. Los irlandeses —del Eire— estaban tristes y pensando siempre en su país, mientras que los noruegos se preocupaban mucho de que no los confundieran con suecos. Y los españoles —concluyó Morales— aparecían como planetas de un sistema riguroso cuyo centro y sol era García Rasines. «Menos usted», añadió dirigiéndose a Espejo.

Sí, Espejo era más bien un hombre errante, como otros congresistas individuales que se movían aisladamente en aquel cosmos por variados motivos. Así, por ejemplo, los diversos Premios Nobel o la dama india, que ponía siempre con su presencia la indecible belleza de sus *sari* color malva o melocotón, envolviendo noblemente el cuerpo. Saliinen era uno de los que más llamaban la atención; en parte, por la implacable escolta de que le hacían objeto sus dos compañeros fineses, pero más todavía por envolverle un aura infranqueable de soledad, un musgo casi tangible de tristeza frente a los seres y al mundo. Su mano se tendía amistosa, pero su interlocutor permanecía lejos; sus labios sonreían, pero el hombre de enfrente quedaba más lejos todavía. A veces se le veía solo en un banco bajo los árboles; solo, aunque sus dos compatriotas no andaban lejos nunca. Su cabeza se abatía sobre su poderoso pecho de hombre de los bosques. Alguien se aproximaba, y entonces el rostro se levantaba y los labios sonreían. Pero el finlandés continuaba solo.

Espejo apenas llamaba la atención de nadie; pero, aunque no vinculado a su grupo —García Rasines subrayaba siempre su posición ajena a la delegación española—, no se encontraba solo. Los suecos se mostraban especialmente deferentes hacia él; en parte, por obra de Mattis, pero quizás más aún como reflejo del entusiasmo de Arensson, su joven admirador, con quien había pasado todas las horas libres de la tarde del lunes, en la pequeña terraza de la habitación, hablando de

España y Suecia, de juventud y madurez —palabra esta última de ambigüedad tranquilizadora—, y, sobre todo, de matemáticas y de lo que en ellas representan la topología y las propiedades topológicas de las figuras. Gracias al joven sueco, para quien las fuentes rusas eran más accesibles, Espejo aumentaba su información sobre los trabajos, por ejemplo, de Kolmogoroff y de Pontriagin, el famoso matemático, ciego desde los once años. Y, sobre todo, al hablar de sus sueños tan lejanos en el espacio —¡distancia planetaria hasta las orillas del Duero, allí donde cada junco y cada chopo era su amigo!—, Espejo se sentía envuelto en la admiración del joven. Hablaba frente al verde mar lacustre, al que debía la más honda sensación física de su propio existir; frente a los leves movimientos pendulares de los mástiles de balandros; frente a la mansa ondulación en el viento de la bandera sueca. Hablaba frente al mundo, casi a solas, como dándole cuenta de su propia vida. Y el mundo, por una vez, deponía su indiferencia y escuchaba por los oídos apasionados de la juventud.

Entre los astros individuales del Congreso, Gyula Horvacz repetía diariamente la inexplicable proeza de subrayar su poderosa personalidad y, al mismo tiempo, escurrirse inadvertido entre la red de congresistas. Pero donde su popularidad resultaba inigualada era entre el personal administrativo y de servicio del hotel, como si entre ellos no le importara ser notado. En buena parte se debía a su inesperada entrada por la puerta de servicio, la noche del domingo, acompañando a la camarera de piso Jensen. Esto repercutió curiosamente entre aquella comunidad de escaleras abajo y de mentalidad profundamente democrática, por no ser un gesto relacionado con la mera convivencia civil, en igualdad legal de derechos y deberes, sino con algo radicalmente distinto de cosas tales como el Código de Circulación: la auténtica intimidad humana. Intimidad palpitante —bien se veía— en los ojos de una rejuvenecida Sigrid Jensen, que, a las bromas de otra camarera sobre la compañía de Gyula, contestó simplemente: «Es un hombre.» Y cuando entraba en el cuarto del húngaro, durante la cena, para hacer el repaso como camarera, su mano acariciaba las sábanas al sacar el pijama y abrir el embozo, sus ojos se posaban sobre los objetos y sus pies no se decidían a salir sino en muy lenta marcha hacia la puerta.

Finalmente, además de las personas, en el Congreso resultaban curiosas tantas cosas menudas y cotidianas cuya suma integraba la envolvente sueca del vivir humano. La tarde del martes, después del té, Espejo y Gyula lo comentaban con Romero, escapando por un momento a su obligatoria órbita en torno a García Rasines, que en aquel instante definía la ciencia española ante cinco bebedores de té.

—Lo que más me choca —decía Romero— es la profusión de termómetros. Hay uno dentro de cada habitación y otro al exterior, sujeto al marco de la vidriera de fuera. Otro en la tubería del baño, otro en la ducha y otro sobre madera para hacerlo flotar en el agua.

Se les unió Spalatto y le introdujeron en la conversación.

—Es para que un día —dijo el italiano— los buenos suecos reciban la orden, en la *Gaceta del Estado*, de que al bajar a los ocho grados sobre cero deben ponerse el abrigo.

Después hablaron de los numerosos usos del papel, del teléfono directo entre ciudades muy distantes, de la circulación urbana. Pero Spalatto se separó enseguida para acercarse a una silueta femenina que cruzó a cierta distancia por un sendero transversal y que Espejo reconoció dolorosamente como la de Karin. Sin querer, guardó silencio un momento y entonces temió que Gyula se hubiera dado cuenta.

El paseo les había llevado junto a un banco a la orilla del agua, donde había una persona sentada. La india contestó a su saludo y se detuvieron con ella un momento. Cerca se alzaba el pedestal de un grupo escultórico en bronce. En lo alto, en tamaño natural, una desnuda mujer arrodillada, con el más amoroso y a la vez más hierático de los gestos, cubría con sus manos los ojos de un hombre también desnudo, tendido o vencido en el suelo, y con sus espaldas reclinadas sobre la mujer. Ninguno sabía lo que la pareja de bronce representaba.

Mientras tanto, en Estocolmo, otra pareja de carne y hueso se recortaba a contraluz sobre las aguas del lago. Jöhr se sentaba en el suelo, junto al banco donde estaba Klara. Una canoa de turistas cortó las aguas y el aire con sus estampidos e hizo pensar a Jöhr en el profesor Espejo. ¿Por qué precisamente en él, de todos los que participaron en la excursión por Estocolmo? Al oír a Klara comprendió por qué.

—Mattis —dijo ella—, tengo que irme.

La miró un instante, chupando profundamente en su larga pipa lapona de tibia de reno. Veía cuánto esfuerzo le costaba a la muchacha mirarle y decir aquello. Pero veía también que los ojos azules sostenían la mirada.

—Lo sabía —contestó—. Sabía que llegaría. He hecho todo lo posible por tu bien; tú lo sabes...

Se detuvo al verla llorar. Klara había sentido una depresión inmensa, una desgarrada desesperación sobre su destino al no ver en los ojos de Mattis ningún dolor, ningún coraje, sino solamente bondad, dulzura, comprensión y, sí, compasión. Y luchando con sus lágrimas le dejó para escapar ladera arriba, hacia la casa.

Jöhr permaneció inmóvil y siguió fumando. ¡Pobre pequeña fracasada Klara! ¿Por qué ignoraba lo primero que hay que saber? ¿Por qué su pequeño cerebro era demasiado grande?

El sol rasaba ya los tejados, a la otra orilla del agua, cuando Hilma descendió la escalerita de piedra. Era siempre voluptuoso para Jöhr ver andar a Hilma, y más todavía verla bajar escaleras. Cerró los ojillos oblicuos en un gesto instintivo de satisfacción. Pero no gastó ninguna broma. Hilma estaba muy preocupada.

—¿Ya lo sabes? —dijo él; y añadió—: ¿Cuándo encontrará esa muchacha su camino?

—Sufre mucho —dijo Hilma.

—¿Por qué no es como tú? Para ir contra el río hay que ser salmón. Y aun el salmón sabe a lo que va y sabe que vuelve.

Pero Hilma quería mucho a Klara y no sonrió con su profunda sonrisa telúrica, como hubiera hecho en otro momento. Después de hablar un rato, juntos subieron lentamente la escalera, y en la borrosa luz del crepúsculo. El hombre ceñía con su brazo de oso ágil la cintura llena y a la vez flexible de la mujer.

Por la noche, Sigrid Jensen, que tomaba siempre el último tren para Estocolmo, no fue hasta el andén sola, sino acompañada por Gyula, que permaneció hablando con ella hasta la salida. En un tren anterior había salido Spalatto, que ya había descubierto el Trianón, uno de los pocos sitios de Estocolmo donde se podía bailar de noche, salvo en los restaurantes.

A la mañana siguiente, miércoles, Klara se despertó en una pequeña habitacioncita de Estocolmo. Miró el reloj y comprobó en el horario del Congreso que en Saltsjöbaden faltaba casi un cuarto de hora para servir el desayuno. Llamó a Espejo y sintió un profundo sobresalto al oír su voz. Estaba excitada tras una noche de insomnio y angustia vital.

—Soy Klara, Klara Lund, la cuñada de Jöhr. Perdone que le llame, pero tengo que darle una noticia importante —sentía ganas de llorar—. No vivo en casa de mi cuñado. Me he marchado anoche. Es importante... Por lo menos para mí.

Espejo captó la gran desesperanza que había en la voz femenina y creyó ver la aniñada cabellera rubia y el cuello frágil más tronchado que nunca. Comprendió que era muy importante, no sabía por qué. Y accedió a verse con Klara en Estocolmo aquella misma tarde.

11

Si hubiera conocido Sigrid la lengua lapona no hubiera dicho a Gyula que era un hombre, sino un hombre-hombre. Pues a él debía ya la ardiente emoción de la cierva cazada en el bosque por el macho, después de huirle sin demasiada prisa, con más ansia de elegir bien el sitio y el momento que de escapar. La emoción de ser al fin alcanzada y sentir la dura caricia de los cuernos en los flancos, el excitado aliento de los ollares en el cuello, la presa de las nerviosas patas sobre el lomo. Sigrid, a solas en la pequeña guardilla del Gran Hotel donde se cambiaban de traje las camareras de piso, revivía el momento, como lo revive la cierva recostada, sintiendo ya casi germinar su vientre, mientras el macho, pronto desocupado de ella, despliega cerca su agilidad ramoneando por la pradera.

La víspera, al ir a dejar el cuarto después del repaso diario, recién acariciadas por su mano las blancas sábanas, él abrió la puerta, se detuvo en el umbral, cerró cuidadosamente y la miró. Ella contestó en silencio, entregándose con casi bíblico «Hágase tu voluntad». Y él aceptó el presente sin orgullo satisfecho, con gratitud sin exceso y con muy activa aceptación. De aquel diálogo de miradas ella sacó la excitante impresión de descubrirse prodigiosamente sensible para captar matices, para encontrarse una inédita sensibilidad a la que nadie había ofrecido nunca la gama indecible de los colores y las notas en las relaciones entre ambas mitades humanas.

Rápidamente convinieron comer juntos en Estocolmo al día siguiente. No era la única ocasión después de su divorcio en que Sigrid se dejaba acompañar por un hombre. Sin embargo, sentía como si fuese la primera vez en toda su vida. Mientras, acodada en la ventanilla del último tren, él le hablaba desde el andén diciéndole sabidas cosas prodigiosamente nuevas; ella conocía todo lo que iba a pasar al día siguiente, pero al mismo tiempo lo aguardaba como una aventura por lo desconocido.

Cuando él llegó, casi a las doce, a la plaza de Gustavo Adolfo, ella estaba ya esperándole bajo el sol filtrado por el fino ramaje de los tilos. Desde el turbante verde que ceñía sus cabellos y alargaba su rostro, hasta los finos zapatos, la silueta resultaba encantadora. Y, sobre todo, ella no se sentía interiormente la mujer fatigada y sin ilusiones de estos días, sino joven y tensa en todos sus músculos.

Se fueron a comer al Gildene Freden (La Paz Dorada), caminando por la soñadora callecita de Osterlonggatan, que Sigrid recorría como si no la hubiera visto nunca, curioseando los escaparates de las tiendecillas de antigüedades, conmoviéndose ante la hiedra sobre una fuente rumorosa. Cuando llegaron al famosísimo restaurante, en cuyas bodegas medievales se reúne los jueves a comer la Academia Sueca y donde se cambian las primeras impresiones sobre los Premios Nobel, Sigrid descubrió con asombro que Gyula era allí muy conocido. La dueña, con su largo traje negro, dejó la caja y se precipitó a saludarle, doblando ligeramente la rodilla con gesto anacrónico. Horvacz la recibió como un gran señor y ella llamó a una de las camareras vestidas con los alegres trajes de Vermland, mientras el húngaro, al saber que Sigrid no conocía el lugar, la precedió por la estrecha escalera. Llegaron así hasta la larga sala abovedada tallada en la roca y cubierta de una espesa capa de humo dejada a lo largo de los siglos por las teas, las bujías y las pipas de los alegres bebedores. Seguían siendo bujías, en antiguos candelabros sobre las mesas, las que alumbraban a los clientes, sentados en bancos corridos y obligados a permanecer inclinados por comenzar muy abajo la curvatura de la bóveda. Sigrid, embelesada como niña en país encantado, contemplaba aquel extraño cuadro mientras oía a Gyula contar, cual si hubiera vivido en todas las edades, cómo eran las grandes cubas de los monjes, las gentes que allí se refugiaron durante las guerras de Gustavo Vasa, las báquicas tertulias dieciochescas del poeta Bellman, las noches presididas por Valerius y las modernas reuniones de la Academia.

Pero no se sentaron en la gran sala, sino en un hueco lateral, con una sola pequeña mesa, que únicamente se ofrecía a los más privilegiados huéspedes de La Paz Dorada. Quizás allí, contaba Gyula, se había convertido en esqueleto un monje emparedado por amar a una niña. Sigrid lo veía todo allí mismo, mientras levantaba la copa de *snap* para brindar con aquel hombre, que había dicho simplemente: «Por la vida.»

Y después de la tranquila comida de amigos, profundamente íntima y no muy cargada para poder saborearla, fue cuando un taxi les dejó ante una gran casa. Pasaron junto a unos niños, que saludaron a Gyula, y mientras éste les daba un caramelo, Sigrid lamentó por vez primera no haber sido madre nunca. Ya en el piso, Gyula abrió la puerta de un cuarto con dos habitaciones de claras ventanas sobre los veleros atracados en los muelles viejos. Allí se desprendió Sigrid de sí misma definitivamente, como la fruta madura cuya hora ha llegado se desprende del pedúnculo, y fue recibida en los brazos del hombre.

Después, mientras tomaban junto a la ventana —luz sobre las dulces flores del verano sueco— el té que ella misma había preparado con doméstica felicidad, no pudo dejar de decirle, ojos serenos contra ojos en calma:

—¡Ay! ¡A cuántas mujeres has tenido que conocer!

Y el decirlo le dolía, y le hubiera dolido mucho más no acertar. Él sonreía.

—¿Qué has podido encontrar en mí esta tarde? —añadió—. Sólo lamento lo imposible de haber sido para ti lo que tú has sido para mí.

—Has sido la única —respondió él, gravemente—. Siempre sois la única. Ninguna mujer es igual.

Ella dudaba, triste, reprochándose su insignificancia.

—No al final —insistió él—, sino antes, en los ojos. Cuando uno ya posee la mirada femenina, mientras la trémula mano todavía se resiste. Cuando aún las palabras en la boca dicen no, pero los labios y los ojos ya se han rendido. Los ojos deslumbrados y asustados, maravillados y confusos, que ven llegar al hombre como una marea inmensa. Con tal que él sepa llegar siempre por vez primera y no deje nunca de convertir en amante a la más ocasional de las parejas. Sí, siempre la mujer es única cuando ve llegar lo que para ella eclipsa el mundo entero, porque es su mundo; siempre el amor bien hecho es el descubrimiento del amor.

«Con tal que él sepa llegar siempre por vez primera y no deje nunca de convertir en amante a la pareja», evocaba ella. Y eso sí que había sido verdad. Se había sentido más virgen que cuando materialmente lo fue. Y le besó las manos que le acariciaban y se refugió castamente en sus brazos, y así, en silencio, los dos quedaron contemplando la ventana mientras descendía la tarde.

La tarde, que también declinaba en aquellos instantes para Klara y Espejo, cuyo paseo alcanzaba un momento decisivo. Llevaban tres horas esforzándose por dar nueva vida a un contacto interno que, por razones desconocidas, agonizaba. Entre los dos, sin decirse nada, querían sostener una llama irremediablemente moribunda. «¿Por qué —pensaba Espejo mientras subían la cuestecita del Skansen hacia el cercado de los renos— desde el mismo instante de encontrarnos esta tarde la sonrisa de Klara ha resultado frustrada y no ha logrado mi mano transmitir mi mensaje? ¿Por qué aquella importante noticia de Klara, tan vibrante por el teléfono, ha quedado tan lejana como la primavera de cien años antes?» Él había acudido impetuosamente a proteger y alentar; ella —bastaba ver su mirada y su vestido— había encendido sus mejores ilusiones para el momento. Pero todo se marchitó inmediatamente y, como dos buques a los que la niebla impide verse, habían pasado de largo ignoradas posibilidades.

Esfuerzo muy penoso el de sostener, en esas condiciones,

una conversación que inútilmente pretendía alcanzar la intimidad. Nada más doloroso que las veladas justificaciones de ella por su vida anterior con Mattis, que las frases comprensivas de él e incluso que las desviaciones del diálogo hacia más ligeros temas, para ver si de un campo más fácil las palabras volvían con fuerza para llegar al alma. El frágil cuello no era delicado, sino enfermizo; los ojos no eran claros, sino pálidos; el ademán no lánguido, sino moribundo. En la mente masculina, dominándolo todo, retumbaba la implacable condenación de un «¡Pobre Klara!». Y para resucitar el interés fue, quizás instintivamente, por lo que él quiso acercarse a recibir otra vez la lección del viejo reno.

—Ha muerto —les dijo sencillamente el lapón Linnio cuando les reconoció. Y tuvo que repetir otra vez duramente, para romper los oídos de Espejo, deseosos de cerrarse—. Sí; ha muerto. Anteayer.

Espejo miraba el inmenso espacio vacío del mundo. Aquella muerte, ¿qué significaba? Entre todas las reses del cercado, ¿cuál era la hembra joven? Aquel volumen de aire bajo el abeto, ¿cómo no conservaba más claras huellas del viejo reno? La mano de Klara, que había cogido la de su acompañante, estaba helada. Linnio volvió a salir de su choza con una gran cornamenta de reno.

—Carne, no —dijo—. Dura. Pero cuernos buenos. Grande mango cuchillo. Grande cosa.

Y sostenía en sus curtidas manos aquel muerto ramaje seco.

Ya no pudo intentarse nada. La misma Klara se apresuró a separarse del hombre. Daba pena ver su mirada al despedirse y, más aún, escuchar las animadas palabras con que concertaba otra imposible cita próxima.

Y Espejo, sintiéndose a la deriva, comprendiéndose a sí mismo menos que nunca, entró en un cine próximo. Pasó dos horas como si no fuera él mismo y estuviera siendo informado de las sensaciones de otra persona. A la salida, ya de noche, cenó sólo unos pasteles y dos tazas de café y echó a andar por Vasagatan totalmente abstraído. En su imaginación contemplaba una enorme ciudad lejana, llena de inmensos bloques de construcciones aceldilladas. Una ciudad totalmente ajena a él, a aquel hombre más solitario en ella que en los hielos polares, a aquel hombre que monologaba intensamente mientras sus pies cumplían la obligación de andar.

«¿Qué hacía yo antes en un cine de Estocolmo? ¿Qué es, por qué suena así la palabra Estocolmo? Esa película realista italiana, de mujeres explotadas en una recolección de arroz y casi acuarteladas en graneros y desvanes; mujeres viejas que rumían su tristeza; jóvenes exasperadas que buscan hombres por la noche; una muchacha cuyos muslos llenan el primer plano, que siembra la desgracia y que muere... Los altavoces hablaban en un idioma que no es el mío y que sólo entiendo a medias; los rótulos resultaban incomprensibles para mí, las gentes de alrededor me eran extrañas... Tenía la sensación de ser muy pasada la media noche y eran sólo las nueve... Ahora, por la calle, todo inexplicable y ajeno: la oscuridad, los anuncios, los que se cruzan conmigo, los roncos autobuses vertiginosos, el agua negra bajo los puentes...»

Terminado Vasagatan, y después de haber caminado un poco a la orilla del Mälar, que ocultaba en la noche su impetuosa corriente diurna, Espejo se detuvo ante un jardincillo. Su corazón tenía extrañas palpitaciones.

«¿Y esto qué es? —volvió a decirse—. Oscuridad. Dos novios tranquilos en un banco. Un desnudo hombrecillo de negro bronce derramando desde su ánfora un chorrito de agua en la fuente... Un caminante que silba, solitario, con las manos en los bolsillos. Que silba la música de la soledad; de la vida, cuando pende sólo de un hilo delgadísimo... ¿Qué es todo eso? ¿Qué soy yo? ¿Cómo estoy aquí?»

Ninguna de sus preguntas tenía contestación.

12

¿Quiere usted un cigarrillo?

Era al día siguiente, momentos antes de desayunar. En la terracita común habían coincidido Espejo y el joven Romero, que ofrecía tabaco. Acababa de verse la figura de Karin abriendo la ventana de su oficina —el día estaba hermoso— y disponiendo sus papeles. Inmediatamente después habían sonado pasos sobre la grava —retumbando en el aire tranquilo— y Mattis Jöhr había cruzado hacia la oficina. Quizás por eso Espejo, en otro golpe contra sus costumbres, aceptó el cigarrillo.

—Ayer hubo una conferencia muy interesante de Clarence Gubrin, el norteamericano, desarrollando los trabajos de Wiener sobre cibernética. Ya sabe usted, problemas de comunicación y control. Electrónica. No es mi especialidad, pero me interesó mucho. Desde el automatismo de las fábricas hasta el manejo de aviones supersónicos, que nadie podría pilotar sin electrónica. A veces no percibimos exactamente la trascendencia de algunas cosas. ¿Será ésta la era de la electrónica, o la de los plásticos, o la de los antibióticos, o la de algún descubrimiento recentísimo que todavía ignoramos los demás y cuya importancia hasta quizás desconoce aún su propio autor?

—Será era de cualquier cosa, menos la del hombre —repuso Espejo.

Romero se le quedó mirando inquisitivamente, incorporado a medias en su butaca de lona.

—¡Qué curioso! Exactamente eso mismo dijo ayer la señora Rawenanda —y viendo que Espejo no contestaba, continuó en otro tono—. Ayer no asistió usted a las deliberaciones. Perdone que haya de decirle una cosa. García Rasines me encargó le transmitiese su deseo de que no falte usted a los actos del Congreso, porque...

Por las vidrieras de la oficina se veía reír a Karin mientras escuchaba a Jöhr, inclinado sobre ella.

—García Rasines es tonto. Perdone que se lo diga si es usted su amigo. Pero no puedo soportarlo.

La violencia de su interrupción le sorprendió a él mismo. No se conocía. Y contempló el celeste azul hacia el que subía el humo del cigarrillo. Amargura. ¿Por qué?

—Francamente, no es muy amigo mío. Pero como le preguntará usted si se lo dije, me he visto obligado a transmitirle el encargo. Lo lamento, porque, además, yo no soy la persona indicada para ello. Soy demasiado insignificante para hacer a usted ninguna indicación, aunque sea en nombre ajeno.

Espejo protestó. Precisamente Romero era el más simpático de todos sus compatriotas. Y el diálogo se hizo amistoso. El joven empezó a contar su aventura de la tarde anterior en la peluquería de Saltsjöbaden. Al entrar le recibió una señorita con una bata rosa, como para prometérselas muy felices. Pero la encantadora señorita no usaba las tijeras a mano, sino solamente máquinas y más máquinas, que pasaba por la cabeza como los aparatos esquiladores sobre el vellón de un pobre borrego. Le recorrieron la nuca unos cortahierbas de progresiva penetración, que acabaron dejando el cuello de Romero completamente dolorido.

—Fíjese —dijo, agachando la cabeza.

Efectivamente, el cuello estaba lleno de rasguños.

—Siempre le suceden aventuras. A mí no me ha ocurrido nada extraordinario que contar.

—Es que yo las busco —respondió con una sonrisa que quería ser ligera, pero que hacía pensar.

Y, como la hora del desayuno había llegado, Espejo entró en su cuarto, pensativo. Nada que contar desde luego; pero no era cierto que no le hubiese ocurrido nada extraordinario. Al contrario, todo lo era. Todo, menos acaso las cartas de María, depositadas en el cajón de donde sacó sus llaves. Llegaban con la regularidad de un constante recuerdo, domésticamente fiel. «También mis contestaciones salen cada día, pero su regularidad sólo es mecánica», se confesó a sí mismo.

Después de reunirse la ponencia de Matemáticas, a la que asistió Espejo porque no tenía ganas de hacer nada, regresó por el puentecillo rehuyendo toda compañía. Pero al seguir deliberadamente un camino desviado cruzó junto al grupo escultórico en bronce. Había dos personas sentadas en el banco, pero Espejo pasó de largo sin verlas.

Gyula se dirigió a la dama.

—Parece increíble que no nos haya visto. Pero así es...

—Seguramente —contestó ella, componiéndose un pliegue del *sari*—. Ese español vive ensimismado.

—Sí. Es de los que siempre quieren encontrar algo más allá de lo que tienen delante.

Tras una pausa, Gyula volvió a la interrumpida conversación.

—Lo que no comprendo —dijo— es cómo se encuentra usted aquí, si piensa, como yo, que este Congreso carece de sentido.

—¿Y usted?

—¡Oh! Yo... Tengo mis razones. Suelo venir a Escandinavia en el verano, y este año decidí aprovechar este pretexto. Pero usted...

—Estaba haciendo un viaje por Europa y me atrajo un tema que se va a discutir mucho: la química de los esteroides... ¿Le hace a usted gracia?

—Me parece tan tonto como el Congreso. No puedo creerlo —tiró al agua una piedrecita—. Es imposible que le interese la química de los esteroides.

—En realidad, me he explicado mal. La estructura de sus moléculas, que he estudiado bastante, me tiene completamente sin cuidado. Pero es que me preocupan mucho los niños, y me interesan las nuevas aplicaciones de esas sustancias.

—¿Los niños? ¿Suyos?

—No tengo hijos ni los tendré.

—¿No es usted casada?

—Lo fui. Claro está que mi marido no me recibió a los cuatro años, cuando me casé, sino a los ocho. Pero entonces él tenía ya treinta y ocho. No tuve hijos ni los tendré, pero los niños me preocupan mucho. Usted se preguntará por qué le cuento estas cosas. Es porque usted y yo estamos aparte de todo esto.

Gyula, siempre impasible, sentía permanentemente turbación ante aquella mujer. No era la sensación de un peligro, que advertiría en el acto, ni una emoción sentimental, sino inquietud intelectual. No sabía nunca lo que ella había podido ya descubrir. ¿Lo sabría? Desvió nuevamente el diálogo hacia ella.

—Entonces, ¿esos niños?

—Son de mi hospitalito de Madrahpore. Cuando dejé mi cátedra de química en Colombo, después de licenciarme en medicina, me retiré a mi pueblo y dediqué la casa de mis padres a hospital.

—¿Y acoge usted niños?

—Todos lo son. No movería un dedo por curar a un adulto. Es un error absoluto. A usted, occidental, le parecerá insostenible mi opinión; pero todos los esfuerzos de la medicina, de la bioquímica, de la cirugía y de las drogas me parecen sencillamente ridículos. Una inexplicable y fundamental inadaptación de medios afines. El mal es otra cosa. La enfermedad tiene sentido y su objeto es muy otro que curarla. El dolor es una experiencia que hay que vivir y superar en vez de amortiguarla. Los adultos deben hacerlo.

—¿Y los niños?

—Los niños, no. Ni cabe pedírselo. Son larvas de hombres. Antes del sexo y de la vida no pueden comprender el dolor y la muerte. Mueren sin darse cuenta, como los animalitos. Y hay obligación de curarlos. Al menos, mientras ignoremos el sentido de su sufrimiento.

—Es curioso. No estoy de acuerdo con usted y, sin embargo, la encuentro muy próxima a mí. Toda la ciencia de estas gentes no resuelve nada de lo que es importante. Supongo que una persona sinceramente religiosa diría exactamente lo mismo.

—Yo lo soy y, efectivamente, lo digo. Aunque no sé lo que pensará usted de mis creencias.

—Pienso lo mismo de todas. Hay mucha más diferencia entre creer o no que entre las diferentes creencias. Y, en definitiva, cada cual se encontrará con el Dios en el que ha creído. No soy religioso más allá de lo que realmente vivimos cuando se está impulsado por lo religioso. De otro modo, esa persecución detrás de lo sensible es uno de los espectáculos más cómicos imaginables. Es absurdo ir detrás de las moléculas cuando nunca podremos vivirlas directamente. Y en cuanto a la ciencia, al conocer, ¿qué es eso? No, no hay más verdades que las que pueden vivirse. La ciencia suprema, o la única, o el arte de vivir, como usted quiera llamarlo, porque no tenemos una palabra para designarlo...

—Los occidentales, quizás no. Los hindúes la poseemos: *Udinadsha* es saborear la inmensa eternidad que habita siempre en nuestra alma.

—Eso hay que hacer —repuso Gyula—, saborear. Todo el mundo pasa, sin verla, por la inmensa profundidad que tiene la superficie de todo. La corteza de una manzana, la pupila de una mujer, el tacto de su piel, el color del cielo, el olor del mar, tienen, en su capa más eterna (la única que llega hasta nosotros), una profundidad como para abismarse en ella. Si yo fuera un místico, también se me hubieran pasado cien años sin sentir, oyendo el canto de un pájaro.

—Usted es un místico. Pero lo que ha explicado no es lo que yo estaba pensando. No es *Udinadsha*. Es *Ghadinadsha*.

—¿Qué significa?

—No es abismarse en el alma. Es abismarse ella, el alma. Es la perfección interior.

—Para mí es la única. Y sí, es posible que en ese sentido sea yo un místico o algo semejante.

—Por eso nos entendemos. Como dice uno de nuestros

libros, la cabeza y la cola de la serpiente coinciden cuando se enrosca. Y es que usted hace habitar en el mundo que sentimos todo el espíritu existente.

—Sí; habita en el mundo que vivimos, en el que tocamos. Toda el alma del mar está en su orilla, no en su fondo; toda la de la mujer está en su beso. Si lo comprendo bien, somos sabios auténticos, somos felices.

—¿Y por qué no, si sabemos lo contrario: que el alma no está en la mujer, ni en el mar, sino en el Todo? ¿O, lo que es igual, en la Nada?

—Esas palabras son de otro idioma que el mío, aunque la cabeza y la cola de la serpiente pueden aproximarse entre sí más que el resto. Para mí lo esencial es que todo sea una aventura, es descubrir siempre lo desconocido que nos espera absolutamente en todo —y Gyula pensaba en los ojos color pizarra de Sigrid Jensen, cuando se le entregaron como los de una virgen—. Lo desconocido es el gran resorte de la vida.

—La muerte es justamente la mayor aventura.

—La veré venir con tranquilidad. No me preocupa. Lo más natural sería que cuando pasara el basurero tocando el cuerno de buey, como antes hacían en mi país, para avisar a las criadas que deben bajar las basuras, echasen también mis restos en el carrillo, como los de un perro atropellado. ¿Por qué más?

—Desde mi punto de vista, sus creencias son un error inmenso. Pero, al menos, son congruentes. A los que no entiendo es a los que no son ni cabeza ni cola.

—Ni yo tampoco. No comprendo la religión a medias. Usted sería la única persona que podría, si fuera posible, llegar a hacerme religioso. Vivir con la frente por encima de la mecánica en otro mundo misterioso, el de los ángeles y lo sobrenatural...

—Pero las ideas religiosas no son exactamente eso.

—Yo me entiendo. Ángeles y, naturalmente, demonios. ¿Usted cree en el demonio?

—Nosotros creemos en los malos dioses, que es lo mismo.

—¿Por qué se sonríe usted?

—No importa que se lo diga. Sé que no se enfadará. Se me ha ocurrido repentinamente que el demonio es lo que he dicho antes: la espiritualización de todo lo no-Dios, el espíritu de las cosas, de todo lo que no tiene espíritu. El diablo es el espíritu del mundo y el de la carne. El diablo es usted, por ejemplo.

Horvacz se echó a reír con toda su alma. Después, sus negros ojos penetrantes seguían centelleando de regocijo. Fue una risa franca, la más pura y cristalina risa que podía imaginarse. Tan neta risa de niño que la mujer se asustó al oírla en aquel hombre.

—¿De veras cree que soy el diablo? —dijo él al fin.

—Bueno; no se enorgullezca demasiado. He dicho «por ejemplo».

—No importa, no importa. Es estupendo. Y perdone, pero esto me recuerda que tengo prisa. Tengo que ocuparme de mis diabluras, como usted comprenderá.

Y se alejó. La dama vio perderse entre los árboles una silueta de mujer. Parecía una de las señoritas de Secretaría, la más joven. De todas maneras, eso carecía de interés. Y, por fin sola, tras de compadecer unos momentos a su curioso interlocutor, perdido en la selva sin salida de las cosas, se abismó en la contemplación del agua eterna. El cabrilleo del sol hacía más fácil comprender que la verde superficie líquida era una irrealidad. La india permaneció largo tiempo inmóvil. Sobre su cabeza, la amorosa y grave mujer de bronce vendaba los ojos, con sus manos, a un hombre medio en reposo, medio vencido.

Después de comer, Espejo no se refugió en su cuarto como otros días, sino que, huyendo de su pesada soledad, se acercó a la galería del hotel y se incorporó a un grupo. En aquel momento, en torno a la mesita cargada de bebidas, hablaba un joven biólogo norteamericano. Al parecer, discutía con Spalatto, tan risueño como siempre.

—El Kinsey Report es uno de los estudios más trascendentales de nuestra época. ¿Por qué le parece a usted mal que se hagan encuestas y se recojan datos estadísticos sobre la conducta sexual del macho humano? ¿Por qué vamos a estar más documentados sobre la vida amorosa de las mariposas que sobre la del hombre?

—El hombre siempre ha sabido lo necesario sobre la materia sin que se lo enseñara nadie. Y, naturalmente, también ha sabido lo preciso acerca de las costumbres amorosas de la mujer, más interesantes todavía. A menos —añadió Spalatto— que los biólogos americanos necesiten asistir a unos cursillos para eso.

—Todos deberíamos asistir a unos cursillos —insistió el joven biólogo con solemnidad a pesar de algunas risas.

—Pues, la verdad, a mí nunca se me ha quejado ninguna, y no estoy doctorado por Yale —replicó el italiano.

Y aprovechó las risas para empezar una historieta subida de color que venía mal al caso.

Espejo se desentendió un poco y cogió una revista mientras le traían su *acquavit*. Este fuerte alcohol sueco le producía, con una sola copa, una cierta... No; la única palabra exacta era la *griserie* de los franceses. Verdaderamente, el idioma francés resultaba insustituible para ciertas cosas. En su juventud se le había grabado, turbándole la mente mucho más que cualquier otra sugerencia erótica, una expresión de Montaigne, en el capítulo que comenta el temperamento especial de algunas mujeres: *Les douls esbats d'amour*. Palabras que zumbaban en su imaginación como un abejorro insistente encerrado en un cuarto. Y *esbat, s'ébattre*, contenían una fuerza sugestiva y una capacidad interpretativa de la realidad verdaderamente formidable. Posteriormente se había tropezado con el conocido verso de Góngora: «A batallas de amor, campo de plumas», pero no era lo mismo. Y *griserie, se griser*, resultaban insustituibles.

La revista que acababa de coger era un *Look*, y las páginas centrales venían dedicadas a una competencia entre el jersey hasta el cuello y el escote exagerado. «Cuál tenía más *sexappeal*?», preguntaba el periódico. Y para que decidieran los lectores, presentaba a famosas actrices de cine, unas con escote y otras con el busto subrayado por ceñido jersey cerrado.

La llegada de Romero le hizo volver la cabeza. Venía a decirle, de parte de García Rasines, que todos los españoles estaban invitados aquella tarde por el ministro a una recepción en la Legación española. Espejo se levantó y caminó hacia su cuarto acompañado por Romero.

—Uno piensa en eso —aludía a las fotografías de la revista— y en el *American way of living*, si es que lo es, y en el Kinsey Report, y no lo comprende.

En realidad, había pensado «y se tortura», por lo que vaciló un momento. Pero continuó:

—Piensa en la naturalidad sueca y tampoco. Piensa en todo el psicoanálisis y percibe la revolución que encierra, porque antes la represión de sí mismo era justamente la medida de la talla moral, y ahora, ¿es que debe uno soltar enteramente las riendas?

Pensaba en Klara, que le habría llamado por teléfono y que con toda evidencia quería vorazmente asirse a él como a un clavo. Romero no contestaba, y subía las escaleras un poco retrasado. Pero Espejo no podía callar.

—Usted es muy joven, naturalmente. Quizás estos problemas no existen para usted. ¡Pero cuando se ve la muerte más cerca —súbitamente, veía un reno moribundo tratando de tenerse en pie y cayendo al fin— son las cosas tan distintas…!

Se separaron para entrar cada uno en su cuarto. «¿Psicoanálisis?», seguía pensando Espejo. Romero apareció en la terracita común, y Espejo creyó necesario no dejar a la juventud en plena duda.

—Escuche usted a un viejo, amigo mío. Eso no se puede admitir. La grandeza del hombre y su dignidad han consistido siempre en «comerse las penas». Un hombre sin problemas y sin tirar de sus riendas es un hombre vacío. Yo no quiero que nada de lo engendrado por mi alma sea dispersado por el viento o por las palabras. Quiero llegar con ella, virtud y pecado, hasta el final. Así es únicamente como se puede llevar la cabeza alta.

Al quedarse solo se preguntó a qué respondía toda aquella parrafada un poco literaria. Y al recordar que había hablado de la proximidad de la muerte, que se había llamado a sí mismo viejo, que había evocado la figura del reno, sintió un viento frío como si se asomara a un pozo profundo. ¿Era eso, entonces, todo lo que le sucedía estos días en que no se conocía a sí mismo?

No quiso explorarse más, y empezó a prepararse para la recepción en la Embajada. Le reventaba, pero no podía rehuirlo. Lo peor sería García Rasines. Al menos, en esta ocasión la obligación le ayudaba a olvidarse, y, además, le permitiría telefonear a Klara, dejando para otro día la entrevista.

Al pensar en Klara recordó a Karin. Hacia tiempo que no la veía. Bueno; no mucho. La había visto por la mañana. Sí; justamente cuando estaba Jöhr hablando con ella, inclinándose sobre ella como un halcón. Los lapones cazan con halcón o águila. Así se inclinaba Mattis, como un hombre de presa. El cuello duro era una lata, pero no había más remedio. ¡Aquellos jerseys hasta el cuello, en *Look*! Karin no llevaba esos jerseys, pero Spalatto lo había dicho la noche de la cena de bienvenida, el domingo (¡parecía años atrás!): que llevaba los pechos como sin querer. Eran un poco grandes para su tipo esbelto, y, sin embargo, aun sin renegar de ellos, la muchacha parecía ignorar que los tenía. ¡Cómo acertaba Spalatto en esas cosas! ¡Ése sí que se preocupaba poco de las ponencias! Debía tener ya algún plan, decía Morales.

García Rasines no ahorró a Espejo ninguna de sus tácticas. Ni su actitud de gallina rodeada de polluelos, ni su manera indulgente y protectora de decirle a Espejo que «también para él» había conseguido la invitación de Paco (Paco era, naturalmente, el ministro de España, de quien García Rasines no podía dejar de ser también un viejo amigo). ¡Había que verlo pavoneándose con el ministro! Afortunadamente, una vez en la Legación, que era un edificio antiguo de bastante empaque, Espejo pudo escurrirse un poco entre las gentes.

La recepción se celebraba para despedir a un diplomático sueco que marchaba a España como consejero comercial. Y había una razón importante para que de antemano tuviera éxito: los vinos españoles que ofrecía la Legación y que los suecos no tenían muchas ocasiones de paladear. Con su ayuda pudo Espejo soportar una conversación con la presidenta de la Asociación para el voto femenino en todos los países, con el burgomaestre del distrito y con la anciana lectora de español en la Escuela Comercial de Estocolmo, que le traspasaron sucesivamente otros más hábiles que él en el arte de esquivar interlocutores pesados. Afortunadamente, un joven sueco acabó salvándole de la lectora —gran admiradora, por cierto de Ricardo León—, y Espejo, agradecido, empezó a decir elogios a Suecia. El joven adoptó al principio una actitud reservada; después sonrió como si lo comprendiera todo, contemplando la copa de jerez que Espejo sostenía en la mano; y, finalmente, cuando se dio cuenta de que los elogios no eran ni adulación ni euforia jerezana, replicó asombrado en español:

—Me encanta oírle, porque usted es de un país mucho más hermoso.

—No crea.

—Naturalmente. Yo he vivido allí un año con una beca. ¿Cómo va usted a comparar este jerez con nuestro *acquavit*?

—Quizás siempre preferimos lo que no tenemos. A mí me gusta mucho el *snap à la suédoise*.

—¿De veras? ¿Y el *amour à la suédoise*?

—Pues no lo sé. No tengo elementos de juicio.

Espejo adivinó en su interlocutor un sincero «¿Por qué?». Pero en su lugar oyó un discreto:

—¿Y las suecas? ¿Le gustan a usted?

—Desde luego.

—Pues fíjese en aquellas dos señoritas. Son las sobrinas de su ministro.

Eran dos morenas preciosas, sentadas en un diván y rodeadas de suecos admirados. Se reían como Espejo no había visto reír a ninguna mujer en Escandinavia. Sin ruido, pero intensamente, sabiendo poner una sombra de algo más en la pura simpatía.

El joven sueco, naturalmente, acabó acercándose a ellas. Espejo, a solas, pensó en Karin, morena también. Y casi se asustó al descubrir que Jöhr estaba al otro extremo del salón. Antes de que el lapón pudiera verle y entablar con él una conversación sin importancia o, lo que sería peor, afectuosa, reclamó su gabardina en el vestíbulo y salió al jardín que rodeaba el palacete, envuelto ya en las sombras de la noche.

Un poco delante de él, debajo de los primeros abetos que un claro de césped separaba de la escalinata, un hombre vuelto de espaldas silbaba una melodía desconocida y conmovedora, seguramente improvisada en aquel momento. Era triste y, a la vez, aquietadora. Espejo quiso acercarse un poco más y la grava rechinó bajo sus zapatos. El silbante calló y se volvió. Era Romero.

—¡Ah! —dijo al ver a Espejo—. Si es usted, no me importa.

13

Klara comprendía que a Espejo le había sido imposible verla. Lo de la recepción del ministro de España no fue un pretexto, como pudo averiguar telefoneando a la Legación. Y, sin embargo, aquello la hería como una traición.

Permaneció sola en su casa, tratando en vano de leer o de entretenerse. Al atardecer llegó a serle insoportable la idea de que habría españolas guapas en la Legación, y salió a la calle. Dio unas vueltas y acabó refugiándose en Kunstbarnen. La luz amortiguada, las pinturas abstractas del muro, los *whiskies*, las parejas que entraban, las miradas masculinas sobre ella y todo el ambiente, consiguieron, como otras veces, tender un velo sobre las garras encarnizadas en su corazón.

Regresó a su casa bastante tarde, casi a las doce. En el restaurante de la Ópera y, a lo lejos, en la iluminada terraza del Gran Hotel, las gentes sin problemas bailaban alegremente. En el opuesto asiento del tranvía, un hombre con gorra de visera y sin corbata contemplaba obstinadamente con cara estúpida sus cruzadas y rugosas manazas, sin siquiera una desviación de la mirada hacia las pantorrillas de Klara.

Y luego... ¡Ah, ya estaba! A la puerta de su casa, el *Volvo* negro, el cochecito de Mattis. Pues se iría a dormir a otro sitio, a casa de Ebba. Sí; era el cochecito. Pero, justo cuando iba a dar media vuelta, Klara advirtió sobre el asiento delantero los guantes de conducir de Hilma. Estaban uno sobre otro, cuidadosamente puestos en cruz, llenos de significación.

Era la señal que ambas se hacían en la casa para no estorbarse una a otra. Guantes puestos paralelamente, como tendidos uno al lado de otro —se reían como buenas hermanas el día en que lo convinieron—, querían decir: «Señal roja. Estoy con Mattis, ya sabes.» Guantes en cruz eran la señal verde, el paso libre. Y era la única condición que había mantenido Klara, con cierta extrañeza de los otros dos: que no le hicieran falsamente la señal. Las dos a la vez, no.

Por tanto, Hilma estaba sola. Era lo mismo, pero ya estaba cansada de todo y no tenía ganas de emprender otra marcha por las calles hasta la lejana casa de Ebba. Puesto que no estaba Mattis... Subió a su piso.

Ya desde la puerta vio las espaldas de Hilma. Más anchas que las suyas, más seguras. Hilma no se movió mientras Klara dejaba sus cosas, se quitaba en el dormitorio la falda y la blusa, se ponía una bata ligera sobre la combinación. ¿Por qué no hablaba? Sin quitarse los zapatos, Klara ya no pudo resistir más y entró en la habitación bruscamente.

—¿Qué pasa? ¿Qué queréis otra vez? ¿Cuándo me dejaréis en paz?

Hilma habló sin alterarse. ¡Oh, su horrible voz segura, implacable en dulzor!

—No queremos nada. Mattis no sabe que he venido. Ya ves, es un secreto entre nosotras. Le engaño en estos momentos.

—No me interesan los secretos entre nosotras. Déjame en paz.

—Hay algo que ni tú misma negarás, Klara. Yo te quiero. ¿Qué puedo hacer por ti?

—Nada. Voy a acostarme.

—Te quiero, Klara. Siempre. Piénsalo. Tiene que haber algo que lo arregle. Será sencillo. No quiero ni que vuelvas ni que no. Pero quiero que seas feliz. ¿Por qué no lo eres?

—¿Por qué no vas preguntando a la gente cosas así? ¿Por qué está usted loco? ¿Por qué no le funciona bien el riñón...? ¿Por qué no eres feliz? Parece mentira que me preguntes eso, siendo tan inteligente.

—Yo no soy inteligente, Klara.

—Es verdad. Y eso te salva, seguramente... Pero ¿qué haces ahora?

Mientras Klara se dejaba caer en el diván-cama, Hilma se había levantado y se había metido en la cocina, donde manipulaba cacharros. Desde allí contestó:

—Tisana.

—Pero ¡no seas estúpida!

Caía el agua del grifo por toda respuesta.

—No lo eres, claro. Tienes que hacerme algún bien. Te hace falta. Y se te ocurre una tisana. Para la niña con mimos.

Hilma volvió y se acercó a Klara. Pero sintió que no debía sentarse junto a ella y permaneció en pie, enfrente.

—Hago lo que puedo —dijo—. Siempre te he querido.

Klara miró aquel erguido cuerpo que respiraba plenitud. Aquel cuerpo no significaba en absoluto amor fraterno. Hilma se sentó a su lado.

—Daría mi felicidad porque tú la tuvieras.

—Tú no puedes ser desgraciada. Es tan imposible como que un río sea bueno o malo. No sirves para serlo.

—Utilízame para lo que quieras. Ordena, como cuando jugábamos juntas de pequeñas.

¡Qué monstruosas mentiras! ¡Y las decía convencida de que eran verdad! ¡Qué don extraordinario! En cambio ella...

—¿Te acuerdas? —continuaba Hilma—. Estábamos siempre juntas en el jardín, emparejadas como novios...

—¡Vete de aquí! No me abraces, no puedo soportarlo. No me hagas ninguna caricia. Es una destrucción lenta... ¡Como novios! Entonces empezó todo. Tú entonces eras ya la mujer y nada más que la mujer... Y me hacías jugar al hombre.

—Yo no te hacía nada.

—No, claro. Tú eras la mosquita muerta. Te dejabas ser, existías nada más. Hacer, nunca has hecho nada. Tenías siete años y eras ya la mamá. Y yo venía de la oficina y te traía unos trocitos de rama de aliso, que eran barras de labios, y piñas, que eran frascos de perfume. Y tú hacías un mohín y me besabas. No era nada más que eso, ¿verdad? ¡Y, sin embargo, ya era todo, ya se incubaba todo! Ya Klara empezaba a ser extraña... ¡Cuántas veces lo habréis dicho Mattis y tú! Os veo, entre abrazo y abrazo, diciendo: «¡Pobre Klara, qué extraña es!»

—No seas sarcástica, Klara. Eran juegos inocentes...

—¡El principio de todo! ¡Eso eran! Ya empezaba yo a ser diferente. Y ahora que encuentro a alguien que también lo es, ¿qué queréis de mí, por qué no me dejáis en paz?

—Te lo suplico, Klara. Hablemos tranquilamente, tratemos de resolver las cosas. Dime: ¿quieres mucho a ese hombre?

—No supliques, no representes la bondad. Sabes muy bien que puedes hablar tranquila, precisamente porque eres la más fuerte, la dueña de la situación y de todas las situaciones. ¡Sí; le quiero! O no sé si le quiero, pero no puedo estar sin él. Es el único de mi mundo, el único que he visto que pide algo más que el amor, algo más. Es distinto, te digo. Lleva diecisiete años casado y no ha conocido más mujer que la suya.

—¿Lo dice él...? Perdona.

—¡Naturalmente que te extraña! No puedes comprender que un hombre frene sus tentaciones, ¿eh? Pero lo hace y por eso es más fuerte que nosotros. Y por eso ofrece y promete más su amor... No sé si lo entenderás pero tiene alma. Y yo necesito saber lo que es el amor con alma, el amor con algo que Mattis no pondrá nunca.

—Mattis podría... —aventuró Hilma tras una pausa, pensativa; pero Klara se puso roja.

—¡Nunca! ¿Oyes? Si se le ocurre hablar con él creo que os mato. ¡Jamás! Ya son bastantes limosnas las que he recibido... ¡Es curioso! ¡Que yo haya recibido migajas de ti cuando (y tú lo sabes muy bien) Mattis fue por primera vez a casa en busca de mí! ¡Y tú me lo quitaste!

Hilma se levantó y entró en la cocina para cerrar la llave del fogón.

—Sabes muy bien, Klara —dijo luego—, que tú no hubieras sido feliz con Mattis. Y decir que yo te lo quité, es violentar mucho la palabra «quitar». Yo no hice nada.

—Justamente, nada. ¡Como siempre! Estabas allí, nada más. Estabas cuando hablábamos y cuando salíamos de excursión.

—Recuerda que os dejaba solos.

—Habías estado antes, y después dejabas tu ausencia. ¡No lo expliques, Hilma, por favor, que no puedes explicarlo! Razonas muy bien para los demás; pero, por suerte para ti, no haces lo mismo con tus cosas. Las haces sin pensar, por instinto. Y por instinto estabas, y nada más. Y te lo llevaste.

—No quisiera decírtelo, Klara, pero es que eres muy injusta. Después, tú viniste a quitármelo también, y yo hice lo posible porque fueras feliz.

—¡Que fui a quitártelo! ¡Habría que saber a lo que fui o lo que fue aquello! Era él, además... ¡Y tú, quizás tú, sí, ahora lo veo claro! Yo no fui a nada, fui sin saber, y, no sé cómo, abristeis vuestro lecho para mí, porque tú sabías que fracasaría. Y no frente a él, que es lo de menos. Sabías que fracasaría ante mí misma, que me quedaría para siempre la angustia, la desesperación... Por eso lo hiciste, ¿no? ¡Contesta!

Hilma no decía nada. No había nada que decir.

—No te he comprendido nunca —siguió Klara—. Ni tú a mí. Por lo menos, esa tranquilidad me queda. Somos hermanas, nos parecemos: las dos guapas y con un bonito cuerpo. Pero, en el fondo, no somos iguales en nada.

Hilma se dijo que era la primera verdad oída a Klara aquella noche. Entre sus caderas y las de Klara había un mundo de diferencia. Trató de ocultar todo lo posible su compasión.

—Klara —dijo—, has estudiado demasiada filosofía. No debiste ir a Upsala, sino a la Escuela Superior de Comercio. No debiste hacer tu tesis sobre Swedenborg.

—Empecé a hacerla cuando jugábamos a los novios tú y yo. La empecé entonces por tu culpa, aunque tú, naturalmente, no hicieras nada.

—Pides demasiado a las cosas. Son más sencillas.

—Pero ¡no es posible! ¡No es posible que todo el secreto de la vida, ¿te das cuenta?, el secreto de la vida se encuentre todo entero en una mecánica, como si los seres humanos fuéramos cosas! El amor tiene que ser más. ¡Tiene que ser más!

—Pides demasiado, Klara —repitió Hilma, y se levantó para ir a la cocina.

En el recipiente, aún humeante, las bayas rojas y las hojas parduscas yacían en el fondo del agua coloreada. Vertió el líquido en una taza, echó azúcar y empezó a disolverla con una cucharilla. Las palabras de Klara llegaban mientras tanto hasta ella.

—¡Qué bueno es para ti no saber! ¿verdad? ¡Qué bien estáis sin adivinar siquiera! Si os deseara algún mal, no haría más que desearos que entrevierais, que vislumbrarais. Sufriríais toda la vida, porque vuestra paz es la del ignorante. ¡Por eso no me cambio por vosotros! Al menos, si alguna vez encuentro a alguien, entonces viviré verdaderamente. Si Espejo llega a mí, te aseguro que me envidiarás. Entonces me reiré de ti y de tu paz.

Hilma escuchaba en pie, en la puerta de la cocina, moviendo la cucharilla con un dulce sonido doméstico dentro de la taza.

—Te lo deseo con toda mi alma —dijo.

—Pero... no sé... Sé que le gusto, y, sin embargo, a veces hablamos a través de velos de piedra, sobre distancias como campos de hielo... Ayer yo le veía pensar en besarme, y, sin embargo, estaba alejadísimo de mí... Y es que yo soy mala para él, soy mala... ¡Y quizás para todo el mundo, qui...!

Los sollozos le cortaron la palabra. Lloraba como si se desangrara. Hilma dejó la taza en la mesita, bajo la lámpara, y se sentó junto a Klara, que se dejó hacer, llorando sin cesar. Hilma la hizo levantarse y la pasó al sillón. En silencio le dio a tomar el cocimiento, y después, mientras Klara se mojaba en el baño los ojos con agua fría, abrió la camita del diván. Luego, cuando Klara volvió al sillón para descalzarse, ella se arrodilló y le quitó los zapatos y las medias. Ninguna decía una palabra, ni tampoco cuando Klara estuvo en la cama, mimosamente arropadita por la hermana. Pero Klara entonces miró a Hilma con ojos otra vez preñados de lágrimas. Hilma la abrazó y le dijo, como a un niño.

—Calla, calla, todo pasó... Ya lo sé, ya lo sé.

Y como los labios de Klara se redondeasen, Hilma la besó en la boca, como cuando eran pequeñas. Después redujo la luz de la lámpara, se sentó en el sillón y, sin pensar en nada, dejó que su hermana se durmiera. Luego salió silenciosamente del piso y regresó a su casa.

14

A la mañana siguiente, viernes, los seres humanos reunidos en el Gran Hotel de Saltsjöbaden comenzaron su jornada con esa gran monotonía de la vida que da tanto relieve a las pequeñas alteraciones. En la habitación de Horvacz, la recién despertada Sigrid trataba de vestirse rápidamente, entre las caricias matutinas del hombre, pensando, una vez más, en si lograría salir sin ser vista. Almberg repasaba su breve discurso de presentación del conferenciante de turno. García Rasines se colocaba cuidadosamente su dentadura postiza y ensayaba las mandíbulas. Pero Saliinen, con los ojos doloridos del insomnio, se preguntaba si habría llegado el telegrama. Holburn sacaba clandestinamente de la maleta una revista con desnudos —como si alguien pudiera verle— y, tras hojearla, volvía a encerrarla con la mayor precaución. Don Cayetano Galán hacía unos movimientos que él consideraba gimnásticos. Joseph Greemans rezaba en su librito de oraciones. Sama Rawenanda se purificaba frente, manos y pies... Y todos, más pronto o más tarde, se alegraban de que aquella tarde, en vez de una conferencia, figurase en el programa una excursión a Drottningholm.

A media mañana comenzó a llover con dulce mansedumbre. Era como una humedad descendente que ni siquiera hería las hojas de los árboles. Entre los apresurados congresistas que cruzaban el puente desde el *Sommarrestauranten* al Gran Hotel, Espejo caminaba lleno de melancolía. El día incitaba a la tristeza, con el Báltico más muerto que nunca, los balandros inmóviles, las aves silenciosas, los colores amortiguados, los senderos desiertos. En la fachada del Gran Hotel, la escasa luz diurna parecía refugiarse toda sobre los cristales del gran ventanal del vestíbulo. Allí estaba Karin. ¿Cuánto tiempo hacía que no la veía? Sentía como si llevase muchos años separado de su antigua amistad. Sin embargo, acababa de conocerla y sólo habían pasado pocos días sin hablar con ella. ¿Por qué? Karin le enviaba directamente a la habitación las cartas diarias de María. Era una atención, pero también, un alejamiento. ¿Le esquivaba? Por aquel sendero, Spalatto se separó un día de ellos para acercarse a Karin, vislumbrada entre los árboles. Él, Espejo, no la rehuía. Y ella, ¿por qué iba a hacerlo? En estas meditaciones, durante las cuales sorteaba los charquitos formados en la grava, llegó hasta el hotel. Pero por los cristales del vestíbulo vio a Mattis Jöhr repantigado en un sillón de orejas frente a la mesita donde trabajaba Karin. ¡Condenado Jöhr! ¡Pobre Klara! Espejo no quería de ningún modo acercarse a Karin, delante de él, y rodeó el edificio bajo la llovizna para entrar por la puerta principal.

Contra el temor general, durante el almuerzo cesó la lluvia y el aire se llenó de claridad solar. Los autobuses aguardaban con la perfecta organización de siempre. Cuando atravesaron Estocolmo por los muelles, frente a la islita de Skeppsholmen, con sus viejas fortalezas de la Marina Real y la gracia alada del buque-escuela de cinco palos allí atracado, el tiempo era francamente prometedor.

Entraron otra vez en la urbanizada campiña y a la media hora se detuvieron ante un palacio dieciochesco, pequeño Versalles sueco. Pasaron a una nave acristalada y sin muebles, donde sólo había unas estatuas clásicas en su desnudez blanca y pétrea. Spalatto, llegado en el primer autobús, había provocado la risa de todos tapando ostensiblemente con su sombrero el sexo de un mancebo yacente. Tras unas mesas, miss Fridhem Karim y algunas ayudantes servían el té. Espejo lo recibió de Karin y cambió con ella unas cuantas frases. Le pareció la muchacha más joven que nunca y volvió a notar el relieve de su pecho y el encanto de los dientes rompiendo un poco la unión de los labios. ¿Por qué se separó de ella sintiendo remordimiento de algo desconocido?

Después del té se dispersaron por el campo. Los jardines del palacio, donde aquellos días precisamente se reponía de una dolencia el rey Gustavo V, estaban entregados al público, salvo un pequeño parterre de flores, reservado para su majestad, sin que ninguna valla lo cerrase.

Pues lo interesante no era el palacio y los jardines, sino el teatro del Real Sitio, hecho construir por Gustavo III, el rey educado en París, para representaciones de Corte, en las que muchas veces participó él mismo. La sala y el escenario se conservaban exactamente igual que en el siglo XVIII, guardándose asimismo la tramoya, las decoraciones y el vestuario con que entonces se representaba. De no ser por los propios congresistas, que invadieron la sala con sus bárbaros trajes de americana, la ilusión hubiera resultado perfecta para Espejo. La orquesta vestía casacas dieciochescas y blancas pelucas. Los palcos tenían celosías que aún debían conservar el roce de las miradas ardientes disparadas por las ocultas damas a sus galanes, y el recuerdo de las confidencias entre ellas o de sus alfilerazos. Los asientos eran los mismos bancos de la época, con las distinciones en posición y altura correspondiente a la jerarquía de sus ocupantes. Hasta las luces, aunque eléctricas, para disminuir el peligro de incendio —pues todo era de madera—, no tenían más potencia que los hachones y bujías de cera empleados por el escenógrafo de Gustavo III.

Mientras vacilaba en la penumbra buscando sitio, Espejo recibió desde lejos la mirada de Karin, al mismo tiempo que Klara le tocaba el brazo. La saludó y empezó a hablar con ella, pero Klara cortó el diálogo bruscamente y se alejó con un «Hasta luego». Al ver acercarse a Jöhr, Espejo comprendió el motivo de la huida y saludó a Mattis con secreta gratitud. Mientras tanto, casi todos se habían instalado, y Espejo hubo de irse arriba, a uno de los últimos bancos, sentándose así con toda naturalidad al lado de Karin, que había elegido un sitio retirado en su papel de empleada del Congreso. No tenían a nadie detrás.

Todavía contento por lo sucedido, Espejo habló el primero:
—¡Cuánto me alegro de estar a su lado, Karin!
En el acto temió que fuese excesivo y miró a su alrededor. Jöhr estaba tres bancos más abajo. Pero Karin, con un fruncido ceño que él no conocía, contestó:
—No sabía que los españoles fueran hipócritas.
—¿Cómo?
Ella prosiguió cruelmente:
—Si no es por Mattis, se hubiera usted quedado con miss Lund.
—¿Miss Lund?
—Demasiado sabe usted quién es. La cuñada de Jöhr. Si él no se hubiese acercado, ella no hubiera huido. Ahora usted se encontraría allá abajo más contento. Y yo estaría mejor.
—Pero, Karin, ¡todo eso no es cierto! Estoy encantado aquí; se lo digo con toda mi alma —en su excitación hablaba realmente con la intensidad con que sentía, y así descubrió él mismo esa intensidad—. Yo no puedo olvidar...
—¡Si pronuncia usted la palabra «gratitud», me levanto y me voy a otro sitio!
En aquel momento se produjo un repentino silencio. El maestro de música, también con peluca y una lujosa casaca blanca tachonada de oro, levantaba el bastón de metro y medio usado como batuta. Los músicos suspendieron las manos sobre sus instrumentos y empezaron a derramarse los violines. Era la obertura de *Dido y Eneas*, de Purcell. Pero Espejo no pensaba en la música, sino en que su acercamiento a Karin se realizaba siempre, extrañamente, entre querellas que unían. En cambio, sus entrevistas con Klara, llenas de ternura y comprensión, sólo conducían inevitablemente a un mutuo alejamiento. Era un hombre cada vez más desconocido para sí mismo desde que aterrizó en el aeropuerto del Bromma.

La obertura había terminado y el telón se levantó, descubriendo un escenario no muy grande, decorado con un telón de fondo de jardín y una serie de trastos laterales, todos simétricos y paralelos, con idéntico dibujo de gran jarrón ornamental rodeado de frondas. Las dos primeras figuras de la

Ópera de Estocolmo cantaron allí el dúo de Don Juan y de Zerlina y otros fragmentos del *Don Juan*, de Mozart. Después la tiple cantó sola tres *bergerettes* del rococó francés. La voz y la prodigiosa escuela de la artista resaltaban mejor con la ternura de las canciones. La última, sobre todo, tenía una letra exquisita: *Maman, dites-moi ce qu'on sent quand on aime*, comenzaba. Una muchacha describía a su madre sus nuevas sensaciones ante un hombre, y con la más limpia inocencia expresaba el ardor más sensual. Todo el siglo XVIII.

Cuando terminó estalló un aplauso cerrado. Pero Espejo vio que las manos de Karin permanecían dulcemente inmóviles sobre su falda, como alas dormidas. Y, fijándose, advirtió el resbalar de dos lágrimas por sus mejillas.

Ella se sintió observada y le miró a su vez. La boca juvenil se entreabría.

—¡Es tan perfecto! —dijo—. Es demasiado perfecto.

Sacó un pañuelito del bolsillo —sus trajes siempre tenían bolsillos— y con un decidido gesto se quitó las lágrimas.

—¡Qué tonta soy! —añadió.

Y rompió a aplaudir.

Espejo no supo hablar. Sentía un inmenso respeto y una gran ternura. De pronto vio que los ojillos oblicuos de Mattis habían sorprendido la escena. Y aunque Jöhr volvió la cabeza tan pronto como Espejo se fijó en él, no pudo ocultar al español su burlona expresión. Espejo se indignó. Aquel bárbaro de Mattis no comprendía nada.

Sonaron tres golpes de bastón y el telón se alzó nuevamente para representar el primer *ballet* de ópera que se conserva, una obra de Campra de fines del siglo XVII que lleva el entrañable título de *L'Europe galante*. La decoración de jardín cambió a la vista del público, por sustitución del telón de fondo y giro simultáneo de todos los trastos laterales sobre su eje vertical, convirtiéndose en una sala dieciochesca. Entraron los bailarines y trenzaron unas figuras hasta que, de pronto, Europa descendió del techo sobre un trono de nubes de cartón sostenido, como un columpio, por dos maromas no disimuladas. Las nubes volvieron a subir y Europa fue hasta el final la protagonista del *ballet*, coronada por nuevos aplausos.

Al salir de la sala, por galerías con vitrinas donde se exponían antiguos trajes de comediantes y maquetas de decorados, el aire parecía mucho más exquisito. Los bomberos arrastraban sobre la grava del dieciochesco parque las mangueras que, durante cada representación, se tenían enchufadas y dispuestas para funcionar instantáneamente en caso de incendio. El tenor de la Ópera salió también, vistiendo aún su blanco traje de Don Juan. Ante las miradas risueñas de todos saludó con la espada y se prestó a que algunos congresistas le fotografiaran junto a su pequeño automóvil. No se había cambiado de traje, explicaron, porque sólo disponía del tiempo justo para llegar a la Ópera y cantar el *Don Juan*. Pero añadía fantasía al mundo contemplado por Karin y Espejo, y, en cierto modo, su corpórea y hasta robusta presencia justificaba los sentimientos inoculados por la música delicada de los violines.

Espejo y Karin se sentaron juntos en un autobús. El paisaje comenzó a desfilar ante ellos, camino de Estocolmo. La agitación de Karin, cuyo silencio respetaba Espejo, acabó por calmarse. La muchacha se volvió hacia él y le dijo:

—Se reirá usted de mí cuando recuerde esta tarde, allá en su país. Si es que se acuerda.

—No la olvidaré nunca. Y ni se me ha ocurrido reírme de usted.

—No; claro que no la olvidará. Aunque España tiene mucha más historia que nosotros, este teatro no existe en ninguna otra parte. Uno cree que está realmente en el siglo dieciocho. Yo me hacía la ilusión, como decía el letrero de nuestro banco, de que, efectivamente, era una damisela de la Corte todavía no presentada en Palacio... ¿Y de verdad que no se reirá?

—Pero, ¡Karin! ¿Cómo voy a reírme de su alma, que he tenido tan cerca esta tarde? Yo también me conmovía. También me parecía demasiado hermoso y, por eso mismo, triste.

—Justamente. Nada tan bello, tan en la cima, puede durar.

—Sí; era una perfección dolorosa. Pero, Karin, yo ya no me arrebato tan visiblemente. Soy hombre, soy más viejo...

—No tanto. Ya hemos discutido eso otra vez.

—No tanto, pero soy más viejo. Además, el mundo de esta tarde era un mundo cortesano de exquisitos y delicados. De ricos, vaya. Y yo no puedo contemplarlo sin pensar que entonces también había pobres y miserables. Con eso, todo cambia.

—Tiene usted razón. Es muy importante —dijo Karin, después de un momento.

—Acaso exagero. Acaso hablo impulsado por el realismo o la austeridad que atribuyen a los españoles. Aunque más bien lo hago porque yo no he nacido para rico. Creo que me encontraría en mi centro sentado a la sombra de una casa muy pequeña, teniendo justo para comer y viendo pasar el tiempo.

—¿Y las matemáticas?

Hacía días que Espejo no pensaba en las matemáticas. Hasta le chocaba que existieran y que le hablasen de ellas. Pero, sí, ¿podría vivir sin ellas?

—Creo que no harían falta las matemáticas. Vivir es más importante y yo viviría bien así. Me gusta lo popular, casi lo plebeyo. Tengo un amigo para quien el buen gusto es una frontera definitiva: nunca va más allá. Es el juez de Burgo de Osma, un pueblecito episcopal de mi provincia; muy buen muchacho. Discutimos con frecuencia. Es, por naturaleza, aristocrático; pero yo me rindo muchas veces ante unos bebedores, una verbena realmente plebeya o una broma grosera, porque veo reventar en todo ello la vida que falta en el buen gusto. Y la vida es antes.

Hizo una pausa y continuó:

—Ahora será usted quien se reirá de mí, porque usted es exquisita. Usted...

—No; yo...

—Déjeme terminar. Hace días pensaba cómo era usted y ahora se me ocurre de repente cuál es la comparación justa: usted es la muchacha de la última *bergerette*. Usted, Karin, es a la vez...

—¿Por qué se calla? Continúe. Es muy bonito lo que me está diciendo.

—No sé expresarme. Su encanto no puede explicarse y mi inspiración es pobre. Ríase, si quiere.

—No; yo también creo que la vida es lo primero.

—¿Verdad? Mire, hasta en el comedor del hotel estoy violento. Es demasiado lujo para sentirme tranquilo. Me encuentro más a mis anchas en un restaurante popular.

—Pues…

—¿Qué? Hable, Karin.

—Iba a decir que no tendría usted interés en acompañarme al sitio donde suelo comer, en Estocolmo. Mañana podríamos, ya que por la tarde no hay nada que hacer en Saltsjöbaden.

—¡Claro que tendría interés, Karin! Un interés absoluto. Vital, como decíamos antes —exclamó Espejo. Y añadió, más serio, tras una pausa grave—: ¿Por qué vacilaba en proponerlo, Karin?

—No sé. Me parecía… No lo sé, pero me arrepentí al pensarlo.

Espejo calló un momento. Karin se volvió rápidamente hacia él y exclamó:

—¡Ah! Usted tiene que confesar también lo que ha pensado ahora.

—Es justo. Pero no he pensado nada más que esto: Dios la bendiga.

Ella guardó silencio. Y como llegaron a Estocolmo y el autobús se detenía para dejar a los que quisieran quedarse en la ciudad, Karin descendió, estrechando la mano de Espejo con un gesto franco, casi varonil. El aire perdió entonces toda la fantasía y el encanto que había tenido, pero Espejo permaneció pensativo. Y justamente, cuando arrancaba su autobús, se detuvo otro al lado y vio apearse a Klara acompañada del chino de Formosa, el doctor Lao-Ting.

Espejo se extrañó, porque ignoraba que Klara y Lao-Ting fueran amigos. Y, efectivamente, antes no se conocían; pero cuando Klara dejó a Espejo para esquivar a Mattis, buscando un sitio alejado, quedó sentada frente al chino. Durante la representación no cruzaron ni una palabra, y al final quedaron separados por la corriente de los congresistas que salían. Pero, sin buscarlo, volvieron a encontrarse juntos en el autobús. El chino, ya sentado, sonrió al llegar ella. A Klara no le hizo mucha gracia. Aquel hombre de ojos negrísimos y estatura no muy alta la había mirado demasiado en el teatro.

—Permítame presentarme —dijo en aquel momento el oriental—: doctor Lao-Ting, de China.

Klara respondió convencionalmente.

—Quizás le parezca atrevido presentarme a mí mismo. Pero, si reflexiona, comprenderá que eso será menos tenso que permanecer otra vez callado, después de haberlo estado durante la representación. Es extraño este nuevo encuentro, pero no deliberado, se lo aseguro. No me lo hubiera permitido, a pesar de lo mucho que lo celebro.

Klara pensó que tenía razón y se volvió a mirar al hombre. Además, aquello era nuevo y necesitaba no pensar. No pensar.

—Entonces me presentaré yo también. Soy miss Lund, Klara Lund.

—Muchísimas gracias. Estaba seguro de que usted comprendería todo lo que le he dicho.

—¿Qué me ha dicho?

—Que lo correcto ahora es dirigirle la palabra, contra lo que hubiera creído un inglés. Y que yo no habría procurado sentarme otra vez a su lado, lo cual no es indiferencia, sino, al contrario, prueba de respeto.

Klara pensó un momento.

—Es cierto; me ha dicho usted todo eso. Pero ¿sabe que no me he dado demasiada cuenta? Ha sido la música más bien lo que me ha sugerido que usted tenía razón. El mero hecho de oírle.

—Se ha dado usted cuenta, en fin. Como una mujer, naturalmente, pero lo ha captado. A veces, los occidentales piensan que nosotros hablamos demasiado largamente y que todo es pura retórica cortés. Pero, en realidad, es que saboreamos los matices, todos los matices. Como diríamos nosotros, el espíritu de todas las cosas.

¡Santo Dios! ¿Por qué se le ocurría a aquel hombre hablar del espíritu de las cosas? Y lo decía con toda naturalidad... Reflexionando sobre las palabras que ya habían cambiado, Klara encontró otra cosa extraña, muy extraña.

—Si no es pura retórica, ¿por qué ha dicho usted que yo sería capaz de comprenderle? ¿O es un mero cumplido?

—Un cumplido sin fundamento es una ofensa cuando el que lo recibe es inteligente. Pero, para explicarle lo que usted quiere, habré de hacer una observación personal. Aunque le anticipo que puede autorizarme a exponerla.

—Desde luego.

—Adiviné que usted comprendería, después de haber contemplado su boca en el teatro. La he mirado mucho —usted se ha dado cuenta, claro— y ahora le pido perdón. No lo he podido remediar. Nunca he visto en Occidente una boca tan digna de admiración.

—¿Qué tiene mi boca?

—Absorbente. Absorbía algo durante la representación. Pero no era que los absorbiera usted, que su cuerpo aspirase por la boca, sino que eran los mismos labios los que absorbían a través de su piel. Y se henchían —¡oh, muy suave!; un europeo no lo hubiera notado— y se vivificaban. Sus labios tan finos, tan exquisitos de línea, llegaban a convertirse por sí solos en casi sensuales, sin que la voluntad consciente de usted interviniera para nada... Y perdone el vocablo «sensual». Entre nosotros es un elogio.

Aquel hombre se expresaba con la mayor mesura, pero sus palabras llegaban a poner en los labios una sensación de roce. Klara cambió de rumbo.

—Sí; disfruté mucho durante el espectáculo. ¿Y usted?

—El siglo dieciocho es lo único que acerca un poco los extraños europeos a nosotros. No es nada raro que se pusieran entonces de moda las *chinoiseries*, ni que en muchos palacios de Europa haya un salón de porcelana chinesco, que se difundiera el té y que hasta un gran creador como Chippendale construyera muebles *in the chinese mood*. No es raro el florecimiento de la literatura que ustedes llaman libertina y que es entre nosotros un clásico género literario, tan digno como cualquier otro. En esa época los occidentales no piden al Cielo lo que no hay; pero, en cambio, ¡cómo saborean todo lo que hay! Para aquellos europeos el *placer* no era una palabra nefanda, como para los horribles victorianos ingleses de sombrero de copa, sino el sagrado nombre de un arte elevado y difícil. El placer tenía dignidad humana en los libros de Casanova, uno de los pocos verdaderos sabios occidentales, y las favoritas reinaban como en China... Sí; he disfrutado mucho en el teatro, y perdone si ahora quizás arruino el placer de usted con mis palabras excesivas.

—No; excesivas, no. Le aseguro que el fondo de mi alma le da toda la razón. Siga usted. No puede imaginarse qué descubrimiento es todo eso para mí.

El chino sonrió.

—A pesar de mi relativa costumbre de Occidente —dijo—, me costaría mucho esfuerzo seguir en ese tono y, además, lo intentaría en vano. ¡Oh, no por usted! Al contrario, hace muchísimos años que yo no tenía el raro y prodigioso placer de ser oído tan esponjosamente como ahora. ¡Y por una mujer y una mujer como usted! Es un regalo que la diosa Casualidad le ha hecho hoy a este hombre sin alegrías o, más exactamente, sin placeres. Porque, entre nosotros, la Casualidad es una diosa, y todos los pequeños imprevistos, los buenos y los malos, no son azarosos resultados de la mecánica de las cosas, sino jugueteo de sus finos dedos femeninos.

La palabra «dedos» llevó la vista de Klara a las manos de Lao-Ting. Femeninas también, pero sabias. Y «sabia» no es un adjetivo para mujeres.

—Entonces, ¿por qué no podría seguir diciéndome cosas como las de antes?

—No se puede hablar así —sonrió el chino— subido en una cosa mecánica y brutal que no tiene capacidad para el placer, es decir, nada humano, y que transporta seis o siete toneladas a cincuenta kilómetros por hora. Ustedes dicen que el rasgo del hombre frente a los animales es la risa. Para nosotros lo es el placer, entendido como nosotros lo entendemos, claro. Cuando un perro recibe el sol no pone su alma en recibirlo... No; aquí no se puede hablar. Pero estamos llegando a Estocolmo. ¿Me permite invitarla a una taza de té oriental? Hará usted feliz a un hombre que hace muchos años vive sin resonancias de su mundo y de su alma, y que, por vez primera, encuentra a alguien menos bárbaro que los demás. Y perdone usted otra vez; pero llamar bárbaros a todos es la mejor manera de expresarle mi admiración por usted.

La palabra «bárbaro» evocó en Klara a Mattis. Sí; era un bárbaro. Un antiguo medieval o vikingo. Pero en aquel momento se detuvo el autobús y Klara se apeó con el doctor Lao-Ting, sin ver a Espejo en la ventanilla del otro coche, que arrancaba ya hacia Saltsjöbaden.

15

El sábado amaneció con un cielo dudoso. Espejo, despierto muy temprano, fue viendo crecer poco a poco la lentísima luz de la madrugada sueca. Cierto instante, la lluvia llegó a tamborilear suavemente en los cristales; pero después el sol alcanzó la cama con sus tendidos rayos. Incapaz de seguir acostado, Espejo se levantó y se acercó a la ventana. Grandes nubarrones amenazaban todavía los claros espacios azules. Una ardilla descendió en espiral rapidísimamente por el tronco del castaño próximo al hotel. Después volvió a salir y asomó varias veces entre el follaje. Mattis sabría seguramente si eso presagiaba o no buen tiempo. Pero Espejo lo ignoraba.

Se metió en el baño con intención de alargarlo todo lo posible e ir consumiendo el tiempo. Pero el esfuerzo de prolongar cada gesto acicateaba su desasosiego. Así es que se concentró en el aseo y logró olvidarse de sí mismo durante un breve rato.

Y entonces volvió a caer en el mismo pozo. Recorrió con la vista la jaula de la habitación para encontrar algo que hacer. Sobre la mesa estaban los últimos textos en multicopista de las conferencias próximas. Aplicaciones de la electrónica a la aviación. Nuevas fibras textiles artificiales. Relaciones entre electricidad y magnetismo... y algo de su propia especialidad: hiperespacios de Riemann. Dejó caer los papeles. Resultaban tan incongruentes en su propio cuarto como si él fuera otra persona. Y, verdaderamente, la única manera de explicarse en estos días sus estados de ánimo era la de que él se había convertido en otro hombre.

Abrió el cajón. Las cartas de María, llenas de la ternura de siempre, de la pequeña vida soriana, de ansias de regreso... Era imperdonable, pero tenía que confesarse que todo aquello resbalaba sobre él. Meditó un momento ante las cartas; hizo un esfuerzo reflexivo para recobrar su prolongada vinculación a la vieja ciudad ibérica, a su mundo de siempre... Pero su desesperada tentativa fracasó como la del pecador que quiere provocar la contrición sin conseguirlo. Aquel mundo era el de cierto profesor Espejo que todas las mañanas bajaba hacia el Instituto por la calleja de Santo Domingo y que en las tardes con sol paseaba hacia San Saturnino, allá en una perdida capital de provincia española. Pero ¿qué relación tenía con la angustia del hombre enjaulado en una habitación del Gran Hotel de Saltsjöbaden? Tenía que tenerla, se repetía Espejo; él era el mismo hombre; sólo habían pasado unos días... Sí, pero Suecia era otro mundo y los nuevos días pertenecían a otro tiempo.

En el mismo cajón estaba el pliegecito azul de Karin. «Esta carta y las otras —pensó Espejo— resultan tan incompatibles como yo mismo y mis recuerdos. Y, sin embargo, están casi juntas.» Sacó el pliegecito y, sentado en la butaca, leyó repetidas veces aquellas palabras ya sabidas de memoria. Después se quedó mirando hacia la ventana con la carta en la mano. Los pensamientos se le agolpaban y revolvían en la cabeza sin permanecer ni encadenarse.

Pero el tiempo, durante la confusión y la inquietud, camina también, como durante la serenidad. Y al cabo llegó el momento de llamar a Karin para concretar la hora de reunirse con ella. Cogió el teléfono y ella contestó. Espejo sintió repentina flojedad en la espalda.

—Soy Miguel, Karin. Buenos días —¡Qué estúpido era decir «Buenos días»!—. ¿No habrá usted olvidado nuestra comida juntos?

—No, no. ¿Es que no puede usted venir hoy?

La voz sonaba con una tranquilidad increíble. Casi oficial, como al contestar una consulta sobre algo del Congreso.

—¡Al contrario, al contrario! Quería preguntarle dónde nos reuniremos y a qué hora.

Hubo un silencio. Le parecía ver la femenina expresión concentrada con que siempre reflexionaba.

—Las ponencias terminan a tiempo de tomar el tren de las once y treinta y cinco. Pero si a usted le da lo mismo, yo preferiría no dejar la oficina hasta las doce. Nos encontraremos en el tren de las doce y catorce. ¿Quiere?

—No, no. Mejor en la misma estación, debajo del reloj. Yo habré llegado antes y tendré los billetes. Así nos encontraremos con más seguridad.

Ella se echo a reír.

—No nos perderemos, descuide usted. No es posible dejar de verse en el andén de Saltsjöbaden. Pero, de acuerdo.

Tenía razón: era imposible dejar de verse. Pero ¿por qué se había reído? A veces, aquella niña era cruelmente insensible. ¿Cómo, aun al otro extremo del hilo, no había percibido…?

Cuando Espejo vio un torrente de congresistas precipitándose hacia el tren de las 11:35 para pasar la tarde en Estocolmo, se alegró de haberse quedado para el siguiente. Corrían hacia la estación como colegiales. Sus voces hombrunas rompían el aire claro de las arboledas. Y toda aquella gente lo hubiera visto acompañar a Karin.

Tenía tiempo. Lentamente subió a su cuarto, se miró al espejo y se compuso el nudo de la corbata. Envidió un momento las magníficas corbatas de Spalatto e inmediatamente se reprochó pensamiento tan pueril. Salió al pasillo, cerró la puerta del cuarto con solemnidad, entregó la llave en la conserjería y bajó despacio hacia la estación.

La espera fue interminable, pero acabó. El insobornable reloj eléctrico sueco señalaba las 12:04 cuando Karin apareció por la avenida con su elástico paso. Espejo procuró serenarse mientras ella llegaba.

—Hola —dijo la muchacha, extendiendo su mano enguantada.

Se instalaron en un rincón de dos asientos sin nadie en el asiento opuesto. El tren arrancó enseguida. Sí, Karin tenía trabajo en la oficina. Sí, hubiera podido salir antes, pero, no siendo necesario, prefería no pedir permiso. No, claro está que a Espejo le daba lo mismo; en España era costumbre comer muy tarde. No, las comidas eran muy diferentes; por ejemplo...

—Hello! —gritó una voz femenina, demasiado alegre.

Era aquella rubita que acompañaba a Karin en la estación la tarde que hizo con Espejo el viaje desde Estocolmo. Les saludó con efusión, no compartida por los otros dos, y se sentó enfrente. Ante los ojos de Espejo quedaron expuestas las lindas piernas, cruzadas como en un anuncio de cigarrillos americanos y visibles hasta la perfecta curva de la rodilla.

—No se acuerda de mí —decía la rubia sonriendo—. ¡Qué tristeza!

—Sí, me acuerdo, naturalmente. Sólo que los nombres suecos...

—Ingeborg Holmin, señor Espejo. Pero llámeme Inge, como mis amigos. Pues la próxima vez me recordará usted, ¿no?

—Claro que sí.

—Recuerde. Inge es muy fácil.

—Perdone, no lo olvidaré.

—¡Si le he perdonado siempre! A los hombres siempre hay que andar perdonándoles cosas... ¿A celebrar el día de los cangrejos?

Ante la extrañeza de Espejo, Karin despegó los labios para explicar que el último día de agosto era en Estocolmo el día de los cangrejos. Hasta junio del año siguiente ya no volvían a servirse, y por eso los estocolmeses se despedían de ellos consumiéndolos alegremente en grandes cantidades, acompañados de licor. Los restaurantes pintaban grandes cangrejos en las lunas de sus escaparates o colgaban anuncios alusivos. Al día siguiente se cerraban ya las terrazas de verano y se abrían los restaurantes de invierno. Pero no —explicó Karin a Inge, con cierta frialdad superior—, no iban a celebrar nada. Iban a tratar de un trabajo que quería encargarle a ella el profesor.

—Comprendo —dijo Inge con aire de comprender todo lo de este mundo. E inmediatamente atacó el tema español. Cuando llegaban a Estocolmo, todos los tópicos sobre España habían asaltado ya a Espejo en forma de preguntas, mientras las piernas de la rubita seguían exhibiendo sus brillos de seda y el busto se inclinaba cada vez más hacia él. Hasta le había preguntado si era verdad que los españoles tenían mucho temperamento. Así es que Espejo celebró que terminara el viaje, violento además como estaba por la silenciosa Karin, que apenas pronunció algunos monosílabos.

—¿Qué? ¿Dónde vamos? —dijo Inge.

—Yo estoy a la disposición del profesor —dijo Karin, más fría que nunca.

—Sí —apoyó Espejo—. Tenemos que trabajar. Vamos al Consulado español, donde dispongo de material, y como no cierran al mediodía...

La rubita les miró maliciosamente.

—Me gustaría mucho seguir con ustedes —dijo—, pero comprendo que estorbo. Espero que nos volveremos a ver, profesor. Vivo en Duvnäs y mi teléfono está en la guía.

Estrechó la mano de ambos, reteniendo un momento la de Espejo. Añadió unas palabras en sueco a las que Karin no contestó, y echo a andar. A los veinte pasos se volvió y gritó: *Adjö!*

Karin estaba alterada. Demasiado, pensó Espejo, mientras detenía a un taxi que pasaba y al que ella dio una dirección.

—No le dé tanta importancia —dijo él—. A mí también me ha estropeado el trayecto, pero ya se ha ido.

—Dejándolo todo destrozado, sí. Me ha obligado a mentir.

—¡Ha hecho usted muy bien! ¡Hubiera sido horrible que no nos la quitásemos de encima!

—¿De veras? —preguntó ella con una sonrisa como de las que a veces brotan lágrimas.

—¡Qué cosas tiene usted, Karin! ¿Cómo puede dudarlo?

—¡Inge es tan atractiva! Por eso he mentido —calló un momento y añadió—: ¿No sería mejor dejar nuestro almuerzo para otro día?

—¿Por qué? —replicó Espejo, alarmado.
—Me ha deshecho interiormente. Me encuentro incapaz. Voy a resultar terriblemente sosa y estúpida. No quiero que me vea así —concluyó con un mohín mimoso.
—Al contrario. Razón de más para que yo la acompañe y trate de ayudarla.
—Estas cosas hay que pasarlas sola. Y los hombres nunca quieren ayudar. Es mejor que me deje.
—Si le estorbo, desde luego.
—No, eso no. Pero...

Y como el taxi llegaba, la cuestión quedó zanjada. Se apearon en aquella plazuelita, a orillas del Norrström, en donde Espejo se sintió tan solo la noche que fue al cine. Reconoció el jardincito triangular, el hombrecillo de bronce que derramaba agua en la fuente, el banco de los dos tranquilos enamorados suecos. justamente en la esquina había un restaurante de grandes ventanales, con un gran cangrejo de río pintado en la puerta. Estaba casi lleno, pero aún encontraron una mesa arrinconada donde Karin dejó el bolso sin sentarse.

—Aquí hemos de servirnos nosotros mismos. Acompáñeme.

Se acercaron a un largo mostrador, en cuyo extremo se alzaba una pila de grandes bandejas de madera clara. Cogieron una cada uno y se agregaron a una cola de gente que pasaba por delante de sucesivas divisiones del mostrador, servida cada una por una muchacha. Karin no pedía nada en algunas, mientras que en otras hacía que les sirvieran. Había recipientes especiales para conservar los manjares calientes, y a ellos llegaban, desde la cocina, los filetes o las patatas en grandes bateas metálicas cerradas. Al final cogieron un vaso de leche cada uno y, por último, pasaron ante la cajera, que, de una ojeada a las bandejas, calculó el importe y efectuó el cobro. Luego se dirigieron hacia la mesita. En el salón apenas se oía otro ruido que el de la única camarera, circulando entre las mesas para recoger las bandejas vacías dejadas por los comensales.

—No sé si le gustará la comida —dijo Karin—. Es la habitual.

Espejo contempló su plato de entremeses con arenques y otro con un bistec hamburgués, patatas cocidas y unas tortas muy delgadas con confitura encima.

—Estoy seguro de que me gustará. Lo que no parece es que este restaurante sea demasiado popular. El local es bonito y la gente está muy bien.

—Pues son todos empleados y de los más modestos. Hay otro restaurante mejor aquí al lado, pero yo prefiero éste. A veces llego a tiempo de elegir un sitio junto a los cristales para ver el lago. Cuando llueve, este jardincito con el puente y la antigua Casa de la Nobleza al fondo es maravilloso.

Espejo pensó que le iba bien a Karin preferir la lluvia. Al cabo de un momento preguntó, aparentando no darle importancia:

—¿Qué le dijo…, bueno, Inge, en sueco cuando se despidió?

Karin se puso seria.

—Perdone. No se lo puedo decir ahora. Quizás otro día…

—Me di cuenta de que se refería a mí.

—Y eso le halaga, naturalmente.

Ante lo cáustico de la entonación, Espejo calló y bajó los ojos un momento como si se ocupase de la comida. El pecho de Karin subía y bajaba un poco tembloroso. Alzó la vista y contempló la cara de la muchacha, que miraba obstinadamente el mostrador.

—Escuche, Karin. Quisiera decirlo lo más directamente posible: ¿usted cree que yo soy enemigo suyo? ¿Me cree capaz de herirla?

Ella vaciló. Después, con lentitud, sus manos desviaron el plato de entremeses y atrajeron el otro. Sus ojos oscuros, bajo el corto mechón caído sobre la frente, contemplaron a Espejo.

—No, no lo creo —afirmó con turbada franqueza.

—Gracias —el hombre alargó la mano y oprimió contra la mesa los dedos de la muchacha—. Gracias. Si hubiera usted dicho lo contrario, yo me hubiera despedido ahora mismo —hizo una pausa—. Siendo así, ¿por qué lucha contra mí?

—No lucho contra usted —respondió una voz desfallecida.

—Bueno; quiero decir, ¿por qué se defiende?

—Hay días malos. Ya le dije que hoy me dejara sola, que me iba a conocer en mis peores momentos.

—Pues doy gracias a Dios por estar a su lado en esos momentos. Y déjeme decirle que lo que hay que hacer es enfrentarse con ellos. He sufrido más que usted y sé lo que digo.

—Yo también sufro.

—Pues hágame caso. Repítame ahora las palabras de Inge.

—Quizás tenga usted razón en general, pero eso no. Hay cosas que no se deben decir nunca hasta después.

—¿Hasta después de qué?

—No sé. Hasta después de que puedan decirse. Siempre hay momentos para cada cosa. Sobre todo, en los contactos entre personas. Y cuando algo se dice temprano o tarde resulta espantosamente irreparable. El haber oído ciertas palabras antes de tiempo y quizás el no haber oído otras en su momento es lo que puede hacer más desgraciada a una mujer.

—Por ejemplo, si yo dijera ahora que eso es justamente lo que la hace desgraciada a usted lo hubiera dicho prematuramente, y eso le hubiera hecho daño. ¿No?

La concentrada carita sonrió un poco. Muy poco; pero fue como una puerta cerrada que se entreabre y deja escapar en la noche la luz de una casita habitada por gentes más felices.

—Aunque era prematuro, lo ha dicho usted de un modo que no duele. Pero así ha estado bien y es cierto.

—Entonces lo que ocurre es que ya somos más amigos —dijo Espejo fogosamente—. Y si es así (no me interrumpa), puedo seguir hablando. A usted lo que le duelen no son las palabras prematuras, sino las cosas, que le alcanzan demasiado pronto, demasiado fuertes para su sensibilidad. Su problema está en que para no sufrir el choque de cada nuevo paso en la vida, usted necesita irse preparando; pero con ello se anticipa lo que ha de llegar, se anticipa el dolor. ¿Es así?

—¿Cómo lo sabe? —dijo la voz niña y lenta.

—Yo también he sido adolescente.

—Me exaspera que me considere demasiado joven. Tengo casi veinte, ya se lo he dicho.

—¡Veinte años! —exclamó una voz viril, dolorida de nostalgia—. ¡Querida niña!

Ella hizo un mohín de enfado fingido. Él se dio cuenta entonces de que estaban terminando de comer. El vaso de leche se había vaciado insensiblemente. Karin le miraba y sus labios, poco más entreabiertos que de costumbre sobre los dientes encantadores apuntados hacia afuera, le hicieron caer en la cuenta de algo.

—¿Qué necesita usted decirme, Karin?

Ella hizo un gran e inútil esfuerzo para teñir de indiferencia su pregunta:

—¿Qué le ha parecido Ingeborg?

—¿Qué le dijo a usted de mí? Le conviene decírmelo.

—Puede que tenga razón. Sí; voy a intentarlo —e hizo una pausa—. Me dijo: «Me gusta tu español. Que te diviertas.»

—¿Ve usted? No valía la pena darle importancia... Permítame ir a buscar un café, si no prefiere salir ya.

Y como ella asintiera, se levantó y volvió con dos tazas llenas. Encendieron un cigarrillo y la camarera vino a llevarse las bandejas. El hombre continuó:

—Pues la señorita Holmin, cuyo nombre recordaba yo perfectamente, no me ha parecido nada. Sencillamente, no me interesa.

—Es difícil creerlo. Interesa a todos. Tiene un éxito extraordinario.

—¿Por qué?

—¿No lo ha visto? —replicó ella rápidamente, casi con irritación—. Tiene unas piernas perfectas, un bonito cuerpo, y es muy expresiva de cara.

—¿Y qué?

—Y su manera de ser. Me intriga mucho cómo es. ¿Dónde radican sus resortes, su técnica y sus trucos? Soy mala, pues la trato más que nada por descubrirla. Soy mala, sí. Y he averiguado que tiene una agresividad captora. ¿Ha visto cómo le ha preguntado a usted... eso: si los españoles tenían mucho temperamento? ¡Cómo sabe lo que quiere! ¡Cómo va a por ello, no con cegadora pasión, sino con objetiva inteligencia! La he observado mucho, pero es inimitable.

Espejo percibió el acento trágico de las palabras que sonaban al unísono con ciertas notas de su propia alma en aquellos días.

—Quisiera usted ser como Ingeborg, ¿verdad?

—Sí —contestó decidida—. Sí que lo quisiera. No sufriría. Sí; quisiera no tener las piernas feas, quisiera tener una melena rubio lino, quisiera conquistar a los hombres, quisiera no pensar demasiado...

Durante unos momentos él no contestó nada. Era preciso esperar a que el aire entre ambos se enfriase un poco y fuera invadido por ecos más impersonales, menos encendidos. Apuró su café y luego dijo, como desde lejos:

—Usted no podrá comprender nunca lo que yo daría por ayudarla. No podrá creer hasta qué extremo me destruiría a mí mismo por servirle de algo. Le ayudaría como... Yo no sé: como un padre.

—¡Oh! ¡Cállese!

—Sí; a usted, que, según dijo, se casaría con Jöhr, un hombre que podría ser su padre, yo quisiera ayudarla así.

—Ya sé que dije eso. Pero ahora ya me sería imposible casarme con Jöhr.

Él distinguió en el latir de su corazón un enorme golpe de alegría. Ella continuó:

—¿De veras quiere ayudarme? ¿Soportaría un paseo conmigo por los muelles?

—¡Claro que sí! —replicó, levantándose.

—No es sencillo. En momentos como ahora camino sola horas enteras sin despegar los labios, reconcentrada, sin ver nada ni a nadie. Se lo advierto.

—Vamos.

Salieron juntos y costearon la impetuosa corriente verde de Norrström, huyendo rabiosamente hacia el mar. En el muelle, los alegres turistas internacionales embarcaban en las canoas para una vuelta por los canales de la ciudad. Bajo el puente se afanaba en su pequeño bote verde un pescador de cangrejos. En aquel momento le daba al molinete de la pequeña cabria de popa y elevaba poco a poco la enorme red circular, atirantada por la corriente. Pasaron junto a la gran estatua del Adorador del Sol, y luego la muchacha torció hacia la derecha del Palacio Real y se metió por las callejuelas de la ciudad vieja, con sus casas de agudos techos, fuentes, tiendas de anticuario y de efectos navales y viejos escritorios mercantiles. Salieron luego al laberinto de Slussen y, pasando junto a la estación de Saltsjöbaden, continuaron a lo largo de los muelles. Al otro lado del agua, a los lejos, se erguía la roja torre del Ayuntamiento, con su dorada cúpula centelleando al sol.

Espejo había caminado al lado de la muchacha incluso ligeramente detrás de ella, como una escolta muy amiga. Cuando ella echaba el brazo hacia atrás, en su elástica marcha, la curva del pecho se recortaba contra un fondo de lago. No habían cambiado ni una sola palabra. Pero, al llegar a unos jardines que descendían por un talud rocoso hasta las aguas, ella se detuvo junto a un banco y le miró.

—No tengo derecho a hacer esto —dijo—. Es usted demasiado bueno.

—Uno siempre sospecha algo triste cuando una mujer le llama bueno. Pero usted conmigo tiene derecho a todo. Sigamos mientras quiera.

—No sé. Me encuentro mejor. Me ha hecho bien su compañía. Vamos a sentarnos.

Lo hicieron. Ella guardó silencio, pero le miró.

—Habíamos quedado en tutearnos —dijo Espejo—. Como tú me hablas en inglés, no sé si lo recuerdas. Pero yo lo voy a hacer, Karin. Pienso que ahora es oportuno.

—Sí, Miguel.

—Bien. ¿Y por qué quieres ser como Ingeborg? Quizás te conviniera; no lo sé. Pero no es posible que realmente lo desees. Tú sabes que sufrirías menos, pero perderías la capacidad de gozar. Si en algún sentido la vida es absolutamente justa, es en el hecho de que cada hombre o mujer solamente es capaz de gozar hasta el límite en que es capaz de sufrir...

Resulta una justicia muy extraña e incomprensible, porque la vida nunca deja de producir sufrimiento y, en cambio, no siempre ofrece gozos. Pero es absolutamente justo. Aunque no haga más que padecer, sin una sola alegría, en el mero hecho de tener talla bastante para sufrir así, ya está la compensación dada y la justicia hecha.

—Alguna vez he pensado eso, Miguel; pero ¿no será una idea que nos hacemos para consolarnos?

—Aunque así fuese, ¿acaso no consuela real y verdaderamente? Para mí no hay otro modo de explicar el sostenerme en pie.

Karin le miró dándose cuenta de que el hombre ya no hablaba en el terreno de las ideas generales. Y se conmovió ante las nacientes canas en la sien y ante las venas azules abultadas en el fino dorso de la mano, ya un poco huesuda.

—Quisiera estar seguro de que es para ti el momento de hablar —añadió él—. Y de que se puede hablar de todo.

—Sí; ahora lo necesito. Y puedes. En Suecia, y a mi edad, el acto de amar y sus consecuencias no tienen secretos ya. No me revelas nada que en vuestro país deba ignorar una jovencita. No, no hay secretos. Pero, en cambio, el secreto... —hizo una pausa—. No es posible que en el momento en que justamente nace la vida no nos fundamos totalmente con la vida misma y no seamos otra cosa que vida. Tiene que ser así. Y, sin embargo... No puedo ni siquiera empezar a aproximarme...

Pasaron unos instantes. Miguel no habló ni se movió, procurando desaparecer todo lo posible. Ella continuó con dificultad:

—No puedo ni sospechar que me acerco. Una mirada codiciosa, un simple pensamiento mío, me petrifican. Es como si mi vida entera dependiese de que yo condujera un automóvil y, aun conociendo perfectamente el manejo del coche, algo inexplicable me impidiera oprimir el botón de arranque. No es ninguna fuerza opuesta, sino una nada; unos brazos de aire, una telaraña, como en las pesadillas. Y sigo sentada en el coche, inmóvil, sabiendo que allí acabaré desmoronándome de vejez sin haber vivido nunca. Es horroroso conocer la sencilla mecánica necesaria y, sin embargo, ser impotente para aplicarla... Haría falta la fuerza de mil hombres para romper el fragilísimo hilo de araña que me inmoviliza... Yo salía de paseo alguna vez con un estudiante de ingeniería que se reía de mis problemas. «¡El secreto de la vida!», decía, y no le cabía en la cabeza. Pero tiene que haberlo. De lo contrario, el Universo entero, con la gran máquina interior nuestra, sería un tonto armatoste sin sentido... Pero ¿por qué me ocurre a mí eso? Muchas veces pienso que algo, sucedido hace mucho tiempo, cambió la dirección de toda mi vida, así como una pequeña roca junto al nacimiento de un río basta para desviarlo hacia un mar en vez de a otro... Yo adoraba a mi padre. Cuando tenía cinco o seis años me recuerdo abrazándole y diciéndole: «Estoy entusiasmada contigo.» A los once años descubrí que mi padre era, hacía tiempo, el amante de mi mademoiselle... Jamás pude asimilar, admitir, ese hecho... jamás he podido tratar de comprender ni de que me fuese explicado... Aquel estudiante amigo mío me decía que fuese al psiquiatra, pero eso es depresivo. Esas cosas no se pueden decir ni se pueden imprimir y leer en los libros... Es absurdo que diga esto una muchacha sueca, ¿no? También puede ser porque he vivido hasta la adolescencia en el extranjero. Ingeborg tiene unos libros, repulsivos de puro científicos, que una vez quiso prestarme y que ella lee sin alterarse. No sólo los lee, sino que los sigue. Y así es feliz. Sí; así es feliz.

Karin guardó silencio. De pronto se volvió hacia Espejo. Su cara estaba llena de asombro, los labios un poco más entreabiertos que de costumbre.

—¿Cómo he podido hablar? ¿Cómo se me ha escapado todo eso? Nunca había sido capaz ni siquiera de pensarlo con palabras. ¿Por qué ahora?

La respuesta a aquellas preguntas entristecía melancólicamente a un Espejo que se veía a sí mismo más viejo que nunca, confidente ya de muchachas. Pero se alegraba por ella —y ella era lo primero—; así que contestó:

—Porque progresas, porque maduras —dio un tiempo para que la palabra penetrase y continuó—. Escucha, Karin: si desmontas a Ingeborg te darás cuenta de que si sabe con tanta agudeza lo que quiere es simplemente porque lo que quiere es sencillo. Sólo aspira a *faire l'amour*, sin preocuparse de más, sin sospechar siquiera que existe algún secreto vital. Para un hombre que no busque otra cosa, Ingeborg podrá ser una maravilla, al menos por unas semanas. Es eficaz como una daga, sí. Pero una daga no es más que un frío hierro. Y la vida es ardor; el amor es una huella candente, un sello de fuego. Eso en mi patria lo sabemos bien, y no por causa de lo que ella llama «temperamento» —sonrió—. Es significativo que en nuestro idioma no haya una expresión objetiva y fría que traduzca exactamente el *faire l'amour* o *making love*. Los equivalentes son ya soeces. No asociamos nunca la palabra «amor» con un simple hacer, casi como externo al hombre. No es una técnica, es la vida. Y la vida siempre tiene secretos. Eso es lo que ignora Ingeborg —concluyó— y lo que es absolutamente vital para ti, Karin.

Había rendido todo su esfuerzo. ¿Sería fructífero? En el perfil de Karin no se notaba nada. Lo iluminaba a contraluz en aquel instante el mismo sol que ardía en los oros de la cúpula del Ayuntamiento, el mismo que habían contemplado los velados ojos del reno de Skansen, el mismo que durante milenios había envuelto en luz a amantes y a moribundos. La melenita morena se rodeaba de un halo dorado. Las manos yacían sobre la falda como la víspera, después de la representación de Drottningholm. Entonces una de aquellas manos se movió, tanteando casi como la de un ciego, y asió la del hombre sentado junto a ella.

—Gracias, Miguel. Quisiera creerte. Sí; aunque entonces todo sea tan difícil.

Se levantó y él la imitó. Empezaron a caminar; él otra vez un poco detrás. Pero ella le dejó alcanzarla y tímidamente le cogió del brazo.

—¿Me permites?

Prosiguieron en silencio durante un rato. Luego continuó:

—¿Sabes? Cuando yo era joven, siempre que me sentía interiormente como hoy, después de marcharse Ingeborg, necesitaba dar sola estos largos paseos. Era mi manera de asimilar. No podía tolerar absolutamente a nadie. Y ahora resulta que tú... ¡Cómo se ve que has tenido que resolver ya todos tus problemas, iguales que los míos! ¿Es posible que se puedan superar? Apareces para mí... no sé, como un Júpiter o un Goethe.

Sí; fue una puñalada. El hombre se sintió herido en la médula del alma, como un toro apuntillado. No había manera más tajante de subrayar distancias, de gritar «imposible». Era un foso irreparable. Abierto en el mismo instante en que daba exacto nombre a lo que había ido germinando en él desde el primer día, desde que la vio alzar los brazos para colocar un archivador en su sitio.

—¿Goethe? —sonrió él, doloridamente—. ¿Recuerdas el episodio de la elegía de Marienbad? Ningún hombre ha resuelto todos sus problemas hasta que no ha muerto. No; hasta que no ha muerto.

Entonces fue ella la que no se atrevió a hablar. Solamente acercó levemente su cuerpo al brazo en que se apoyaba. En él suscitó aquel gesto gratitud y súbito temor, pues era exactamente el mismo de la hembra joven contra el viejo reno en el final de su vida. Pero a poco ella comenzó a hablar, ya sin ninguna dureza, con una voz de niña que serenaba la pena.

Y siguieron caminando a lo largo del muelle, tras de sus propias sombras, tan alargadas por el muy tendido sol de la tarde. Se fueron alejando juntos lentamente, entre el agua verde que se ennegrecía poco a poco y las altas colmenas humanas.

16

El domingo amaneció más sereno, y todos se alegraron por la excursión a Skokloster. La víspera, por conducto de Romero, García Rasines había hecho saber a Espejo que, como la excursión comenzaba a media mañana, la delegación española iría en corporación a la primera misa de Santa Eugenia para dar en el extranjero claro ejemplo de catolicidad. Espejo dudó en acompañarles, pero prefirió soportar la compañía antes que discutir después.

A la salida de la iglesia se les unió Joseph Greemans, tan untuoso como siempre, y Espejo, en su afán de rehuir a Rasines, tuvo la desgracia de caer en el asiento inmediato al del belga, cuando los autobuses, en parte ocupados ya desde Saltsjöbaden, les recogieron en la plaza de Gustavo Adolfo. No podía soportar a aquel individuo rubicundo como un cerdito y de manos morcilludas que hacía permanente alarde de religiosidad adulando, de paso, a la gloriosa España. Espejo contestaba con monosílabos, mirando obstinadamente al paisaje, hasta que, de pronto, oyó decir al belga:

—En mi país, dentro de una o dos generaciones, ya no existirá el problema del protestantismo. Vamos a anular a los herejes a fuerza de hijos. Ellos son casi todos matrimonios sin hijos, o, todo lo más, con uno o dos. En cambio, los católicos..., ya ve, yo tengo nueve —concluyó orgulloso.

Espejo sintió asco. Y, harto ya, contestó sin poder ocultar su indignación:

—Es repulsivo. ¿No piensa usted que si ése fuera el único procedimiento para propagar la religión, los musulmanes o los hindúes acabarían prevaleciendo sobre los católicos?

Con eso, el belga guardó silencio y trabó conversación con el congresista del otro lado del pasillo. Afortunadamente, pronto llegaron a Sigtuna y todos se apearon de los autobuses para seguir hasta Skokloster por el lago Mälar.

Los congresistas caminaron por entre las pequeñas casitas de madera de una de las ciudades más antiguas de Suecia, fundada hacia la nebulosa época del año 1000. Llegaron así hasta la orilla del lago, donde les esperaba un blanco barquito de los que atracaban frente al Gran Hotel de Estocolmo. Aquel día se celebraba en Sigtuna un campeonato de *outboards* sobre el Mälar, y las pequeñas embarcaciones aplastadas se alineaban en la orilla, ante un amplio corro de público, mientras los contendientes, con sus trajes ceñidos, sus cascos, sus anchos cinturones de cuero y sus números en la espalda, se preparaban y revisaban los motores. La presencia de los congresistas era otro motivo de diversión local; pero, de todos modos, los niños suecos no se excitaban demasiado al ver al doctor Lao-Tsing o al birmano.

Al embarcar, cada congresista recibía una cajita de cartón y una botella de cerveza, entregada por Karin, miss Fridhem y otras señoritas. La caja, dividida en compartimientos, contenía la comida del mediodía y hasta un pequeño tenedor de cartón prensado, todo dispuesto con la meticulosidad sueca. Espejo subió al puente superior y se sentó a popa.

Del lago llegaba un aire muy fresco, y los que no se habían traído gabardina estaban casi ateridos. Abajo, la plancha de madera resonaba rítmicamente con los pasos de los congresistas que embarcaban. La voz de las muchachas destacaba luminosa sobre las más sordas conversaciones masculinas. Se oyó el ruido de la tabla al caer sobre el muelle, y las máquinas golpearon con más fuerza. La hélice comenzó a girar y las removidas aguas verdes se llenaron de fango amarillento, que ensució la estela hasta que navegaron ya por aguas más profundas.

Las casitas de Sigtuna, esparcidas entre el verdor, remontaban el lago y se iban empequeñeciendo. Las márgenes eran colinas bajas y onduladas que producían una extraña sensación de soledad. A veces el lago se estrechaba hasta convertirse casi en un canal y el barco parecía rozar a cada lado la ancha franja de juncales que bordeaba la orilla. Alguna casita de campo emergía entre los árboles y un largo embarcadero de madera avanzaba entonces sobre los curvados y espesos juncos hasta el agua libre. Alguna vez se cruzaron con una canoa o un balandro. Las conversaciones fueron languideciendo poco a poco, y empezaron a comer demasiado temprano, más bien por distraerse.

Tomaban todavía el café, servido caliente, en el entrepuente, cuando se avistó ya el castillo. Todos se dirigieron a proa, las máquinas fotográficas empezaron a funcionar y la animación se generalizó.

A popa, en la cubierta principal, permanecía solamente la india casi en la misma postura en que se sentó al embarcar, en un sitio resguardado del fresco viento. Entonces apareció Gyula.

—¿Usted tampoco se afecta mucho por la llegada? —dijo ella.

—Pchs... Una llegada más a un sitio más.

—Habla usted a veces como nosotros.

—Soy medio gitano por mi madre. Y dicen que procedemos de la India. No suelo contarlo a nadie, pero a usted no me importa. Además, sé que piensa como yo.

—Así es —replicó la dama, con una inflexión risueña que inquietó ligeramente a Gyula—. Como creo que le dije una vez, lo único que me ha hecho asistir al Congreso ha sido la necesidad de averiguar todo lo posible sobre la synterona, un complejo de esteroides derivado de la cortisona. Ya sabe lo que es, puesto que es usted químico.

—Tengo idea; pero la verdad es que no estoy muy al día de los progresos científicos.

—Pues resulta muy eficaz para curar una enfermedad que padecen la mayor parte de las enfermitas de mi hospital. Es decir, que se conoce el remedio y, sin embargo, no se les puede curar porque la cortisona básica es todavía carísima; su síntesis no se ha realizado aún en escala industrial, y el hígado de buey, como primera materia, hace imposible utilizar la droga por su elevadísimo coste. Ahora bien: yo estoy convencida de que Ratman, el químico norteamericano que asiste al Congreso y presenta una ponencia en colaboración con Kaltenbraun, conoce una primera materia más barata. El año pasado permaneció varios meses en la India, recogiendo plantas, y se sabe que varias especies tropicales son muy ricas en esteroides más o menos semejantes en composición a la cortisona. Estoy segura de que conoce ya un vegetal apto para la producción a más bajo coste, y yo esperaba que lo comunicaría en su conferencia de anteayer. Pero no dijo más que generalidades y experiencias poco reveladoras.

La mujer hablaba apasionadamente, clavando sus negrísimos ojos en los de Horvacz, que se sentía como alcanzado por un fluido.

—¿Por qué? —preguntó.

—Trabaja para un sindicato industrial norteamericano, y la prioridad en las patentes supone para ellos la fortuna. Y como no les conviene solicitar la patente hasta no ultimar el procedimiento, porque entonces podrían anticipárseles otros en idear perfeccionamientos muy importantes todavía patentables, mantienen secreto su hallazgo.

—Pero eso parece normal, ¿no?

—Hasta cierto punto. De todos modos, me tiene sin cuidado enjuiciarlo éticamente. Lo que no puedo olvidar son las caritas enfermas de las niñas de mi hospital. No puedo, no puedo olvidarlas.

—¿Entonces ha fracasado su viaje?

—Me queda una esperanza. Es de suponer que Ratman, indudablemente obsesionado por el tema, haya traído aquí notas y papeles con los más importantes datos. Yo esperaba que los utilizara en la conferencia, pero no se ha atrevido. No obstante, aún confío en poder consultar esos papeles.

Los ojos bajo el tatuaje le miraron tan fijamente, que

Gyula se estremeció. En aquel momento quedó convencido de que ella le había descubierto.

—¿Qué conseguiría usted con eso? —dijo—. Es casi seguro que, de todos modos, la obtención de la droga requerirá un costoso proceso industrial que usted no puede abordar.

—No; pero la publicación en una revista científica de algún dato suficientemente orientado, como procedente de estudios realizados independientemente, pondría sobre la pista a todos los investigadores de las grandes casas mundiales de estos productos y aceleraría el descubrimiento. Pronto tendríamos cortisona y, por tanto, synterona a precios asequibles, sin esperar a que el Sindicato norteamericano de Ratman patente su procedimiento y lo explote luego exclusivamente. ¿Comprende?

—Bien; pero no veo claro cómo podrá...

—Sí; porque *usted* es esa esperanza mía. No, no lo niegue. Yo no le pido que me confiese nada, sino simplemente que durante unas horas ponga en mi poder esos papeles o me facilite lo que dicen. Sé que no le será difícil.

Gyula no intentó negar. Ya sabía que a ella no podía ocultarle nada. La mujer continuaba hablando como inspirada por Dios.

—He estado dándole vueltas a esto desde que anteayer abandoné el salón de conferencias. La presencia de usted aquí, no sé para qué ni quiero saberlo, es providencial. Ha venido usted sólo para ayudarme, ¿se da cuenta? No ha podido ser más que para eso.

Gyula reflexionaba. Un poco supersticiosamente pensaba que algo probaba la razón de la india y le obligaba a hacerlo. Pero no que él hubiese venido, sino que ella hubiera logrado lo irrealizable: descubrirle.

—Durante los días que quedan yo estaré a todas horas en mi cuarto —continuaba ella—. Esperándole a usted a cualquier hora del día o de la noche. Me bastará disponer de esos papeles durante unos minutos, si no puedo más tiempo. Eso lo adelantaría todo un año o dos. Y uno o dos años son muchas vidas. Vidas de niños.

El barco se acercaba a la orilla. En la explanada entre el castillo y el agua jugaban unos rubios niños suecos. Una pequeña, ya espigada, se asomaba hacia el barco desde la barandilla. «Tiene un poco los ojos de Sigrid Jensen», pensó Gyula. «Algún día amará como ella, si antes no muere.»

Gyula tomó la mano de la dama y la llevó a sus labios. A sus ojos había vuelto la risueña expresión burlona de siempre.

—No sé si en su país se saluda así —dijo.

—Yo le diré entonces cómo se saluda entre los míos —replicó ella.

El barco había quedado inmóvil, y el aire, en torno a ellos, habíase también aquietado, como creando un espeso ambiente de complicidad. La dama se alejó en dirección contraria a un marinero que venía para asegurar una amarra. Gyula siguió tras ella lentamente, pero no volvió a hablarle en toda la tarde.

Mientras tanto, en grupos casi estudiantiles, los congresistas ascendían hacia el castillo, entre parejas de antiguos cañones. Era un edificio cuadrado muy grande, con un patio central y cuatro torres en los ángulos, coronados por las clásicas cúpulas suecas. Algunos iban consultando el folleto distribuido la víspera por el meticuloso Comité del Congreso. Así se enteraban de que fue construido, entre 1654 y 1679, por el mariscal conde Carl Gustav Wrangel, famoso guerrero que recorrió Europa combatiendo en la guerra de los Treinta Años. Leían también que el arquitecto fue Nicodemus Tassin el Viejo, y seguían atiborrándose las mentes de la letra impresa en vez de mirar por sus propios ojos.

Romero, al llegar junto a la fachada, se encontró con Espejo, que, de espaldas a ella, contemplaba el lago. Se saludaron.

—Estaba mirando el paisaje que vería el conde de Wrangel —contestó Espejo a la pregunta del joven—. Hace sol y, sin embargo, parece que hay niebla o alguna forma de letargo. ¿No nota usted?

Romero miró, y hasta él llegó también, por encima de las voces de los excursionistas, la misma lejana nota de queja de la tierra.

—Sí; parece todo aún demasiado quieto y frío —dijo

Romero—. Pero no creí que los matemáticos tuvieran ideas así.

—También la gente del pueblo tiene su corazoncito —replicó Espejo, volviendo la espalda al paisaje.

Y pensó en el acto que aquella cita popular de *La verbena de la Paloma* le resultaba a él mismo, al pronunciarla ahora, tan absolutamente extraña como si fuera una sentencia de Confucio.

Entraron tras el guía. En las galerías al patio, debajo de cada ventana, estaba escrita una máxima caballeresca, muchas francesas, alemanas e italianas; muy pocas inglesas, algunas españolas. Los techos y los suelos eran de madera y casi todas las habitaciones tenían una enorme estufa de cerámica. Las pinturas eran, en general, toscas, y los muebles, de grandes proporciones, así como las gigantescas copas de plata o de cristal de las vitrinas. Sólo las camas —la del mariscal, sobre todo— parecían cortas, al menos para la actual estatura media de los suecos, aunque por estar todas bastante inclinadas hacia los pies resultasen más largas de lo que aparentaban.

En el segundo piso, dedicado a los huéspedes, cada habitación llevaba el nombre de una ciudad europea y contenía algún recuerdo de ella. La mayoría era de ciudades francesas, italianas o flamencas: París, Florencia, Amberes, Bolonia, Leyden, Turín. Desde una de aquellas ventanas, Espejo contempló otra vez el paisaje lacustre, indefinidamente quieto y triste bajo el sol. Mientras tanto, todos los demás pasaron a la habitación inmediata. Y, al volverse, se enfrentó tan súbitamente y a solas con el delicado retrato de una dama, que sintió la viva impresión de que tenía un mensaje especial para él. Era la señora Catherine de Neville, condesa de Armagnac, y la habitación estaba puesta bajo la advocación de Ginebra.

Pasaron después, en el último piso, a las muchas salas de la colección de armas de la época. Veintenas de arcabuces que eran obras de arte —con sus marfiles en la culata y sus niquelados en el acero—, pero que habían matado de verdad; arcos de la altura de un hombre, llevados hasta las filas enemigas de Wrangel, en Hungría y Polonia, por mogoles de lejanísimas estepas; mazas y hachas, pistolas, dagas, cuya hoja triangular se abría como una flor de hierro al sacarla de la herida; lanzas y espadas... Panoplias y panoplias de acero bien trabajado para dar la muerte. Y, desde una ventanita, Espejo y Romero contemplaron un espectáculo que casi no vio nadie más y que no enseñaron los guías: la tienda de Wrangel.

Aquella ventanita del castillo daba, en efecto, a un cuerpo lateral del palacio, vaciado enteramente de pisos y habitaciones, sin más que las paredes y el tejado en toda su longitud. Y sobre el suelo de tierra se alzaba, montada desde el siglo XVII, la inmensa tienda turca con que recorrió Europa el mariscal; casi un edificio de lona y cuero de veinte o treinta metros de largo, con mástiles sosteniendo un dosel ante la puerta y un cordaje casi tan complicado como el de un navío para sostener los diferentes lienzos. Detrás de la tienda estaban, varas en tierra, los dos carros que la transportaron por toda Europa, desde Copenhague hasta Pisa o Siena. Delante, un caballo de madera en tamaño natural sostenía los jaeces y montura que usó el mariscal.

Era impresionante ver la tienda levantada bajo techado en aquella inmensa nave polvorienta. Dentro estarían aún los cofres de campaña, los almohadones y los cortinajes, las vajillas y las armas personales. Y Espejo se imaginó entonces al viejo mariscal, ya gotoso, recorriendo las habitaciones que le recordaban a las ciudades conquistadas, defendidas o gozadas, cada una con recuerdos particulares llenos de elocuencia para el viejo guerrero. Después, el mariscal entraría en su tienda solo, y allí, reclinado en la penumbra sobre el lecho de campaña, evocaría su alma enemigos y cadáveres, víctimas y mujeres, colores de uniformes y rosadas blancuras de carne femenina, fuegos de saqueos y de vivac, estrépitos de fusilería y músicas de honor del vencedor. Caminos y ríos, batallas, campamentos, victorias y derrotas, gallardías y humillaciones... Todo el torbellino de la guerra en torno a un joven caudillo de fuerte brazo que, tras una jornada agotadora, todavía bebía y cenaba copiosamente y daba contentamiento a un par de hembras. De pronto, un cañonazo retumbaría cerca; el joven guerrero tendría un sobresalto, y, en el acto, el viejo, viejo mariscal, se daría cuenta de que sólo era, en la terraza sobre un helado lago sueco, el cañón que él había mandado disparar a cada mediodía. Y un compañero de armas, transformado en criado e igualmente viejo, vendría a la tienda a buscarle para ayudarle a llegar al comedor, donde el conquistador conde de Wrangel hallaría a la vieja y arrugada mariscala.

Como el cañonazo a Wrangel, a Espejo le sacó de su ensimismamiento una bocanada de aire fresco. La visita al castillo había terminado y se dirigían a tomar el té en la *Skokloster Inn*. Cuando llegó estaba ya ocupado casi todo; pero aún encontró sitio en la esquina de una mesa, junto al italiano de la admirable testa romana.

—¿Le ha gustado el castillo? —preguntó Espejo, sintiéndose mirado y pensando que debía decir algo.

—Estos suecos... —replicó Canteroni con superlativo desprecio—. Quizás para ellos esto vale algo, pero para nosotros... Cualquier museo nuestro es mejor. Las pinturas son malísimas, ¿no?

Espejo calló. Pensaba que aquello no era un museo, sino un monumento a la nostalgia. A la nostalgia del Sur, de la tierra donde crece el limonero; a esa nostalgia que explicaba tantas cosas del mundo nórdico, incluso las galerías italianas y los bizantinismos del Ayuntamiento. Nostalgia que obligó a Wrangel a edificarse una Europa paseable por él en su vejez, y que vive y perdura hoy cada día. Y entonces, al levantar la vista, encontró otra huella conmovedora. Sobre la mesa, en el muro, estaba colgado un grabado antiguo. Al pie leyó Espejo lo siguiente: «La Plaza de San Antonio en el R. Sitio de Aranjuez. Vista desde la entrada por el Puente de Barcas. Por D. Domingo Aguirre, Capitán de Infantería, Ingeniero Ordinario de los R. E. Plazas y F. Delineada en el año de 1773.» Sí; allí existe ese grabado, llegado —imposible saber cómo— del lejano mundo español al que Espejo sentía haber pertenecido como en otra existencia.

Al regresar en el autobús, Espejo quedó al lado de Gyula. No habían tenido muchos contactos los dos durante el

Congreso, y, sin embargo, el húngaro era para el español un personaje imborrable. Se sentía a veces, desde aquella llegada juntos, como obligado a rendirle cuentas. Y, durante la conversación, Espejo planteó el problema de aquella nostalgia sueca y habló de cómo él mismo pensaba a veces, también con dolor, en que existían sobre la tierra miles de comarcas diferentes y prodigiosas que no podría conocer jamás.

—Le comprendo —respondió Gyula—, porque yo tengo una nostalgia semejante. Pero se refiere a las mujeres. Hay un cálculo numérico que con frecuencia me obsesiona. ¿Ha pensado usted que en la Tierra hay más de dos mil millones de habitantes y que de esa cifra la mitad aproximadamente son mujeres? Si de ese total toma usted algo menos de un tercio, correspondiente a mujeres entre quince y treinta y cinco años, quedan trescientos millones en edad atractiva. Selecciónelas, limítese a tomar una de cada mil o una de cada dos mil. Todavía le quedarán ciento cincuenta mil mujeres exquisitas, bocados deliciosos. Y frente a eso, ¿qué es un hombre? Suponiendo una vida activa de cuarenta años, ¿sabe usted cuántos días son? Yo sí, porque lo he calculado muchas veces: no llegan a quince mil. Es decir, que necesitaría uno que pasaran por sus manos diez mujeres diarias... Verdaderamente, el hombre es muy limitado.

Y al ver que Espejo se quedaba pensativo, Gyula añadió, con su sonrisa de astuta comprensión:

—Pero no hay que pensar demasiado en que existen muchas mujeres y paisajes. Después de todo, un solo paisaje y una sola mujer bastan para encontrar el secreto de la vida. ¿No cree?

Era que Espejo había hecho un gesto.

—No es que no lo crea. Es que me extrañaba que empleara usted precisamente la palabra «secreto».

—¿No me va?

—¡Oh, sí! A veces, y perdóneme, usted parece incluso lleno de secretos. Pero es que... Bueno; es que es una palabra casi obsesiva para mí. No puedo explicarme mejor.

—Ahora me toca a mí extrañarme. ¿Sabe quién me decía

el otro día que estaba preocupada por lo secreto? Miss Wikander, la muchachita morena de la Secretaría. ¡Ya la conoce usted, claro!

La seguridad de que la conociera era molesta; pero gracias a Dios lo mitigaba el no haberla llamado Karin. De todas maneras, a Espejo le disgustó oír su nombre, y su rostro no pudo dejar de demostrarlo.

—¡Oh, no se preocupe! —dijo Gyula—. Sólo hablé con ella unos instantes y de nada importante. No soy yo el hombre adecuado, de ningún modo. Pero como tengo mucha experiencia llegamos a pronunciar esa palabra que, lo comprendo, no es para conversaciones banales. No se preocupe, no, querido amigo.

En la expresión «querido amigo» había verdadera cordialidad, un afecto humano que realmente calmaba la inquietud. Pero, de todos modos, Espejo se situó a la defensiva.

—¿Por qué me había de preocupar?

—Usted lo sabe. Y si quiere creerme, no vacile. No es que tenga derecho, es que es su obligación vital.

Gyula parecía a veces como si diabólicamente lo supiera todo. Especialmente lo que pasa en las almas. Y horas más tarde, Espejo se dormía pensando en aquellas palabras.

17

El otro lado de la cama estaba tibio y oloroso aún después de la rápida escapada de Sigrid, y Gyula, echándola de menos, se descubrió en la mente el absurdo pensamiento de casarse con ella. Se levantó asustado. ¿Se estaría volviendo viejo? Salió a la terraza y aspiró profundamente el aire húmedo y verdeazul, como el paisaje. Después de todo, si es que envejecía, tampoco había de asustarse. Era natural.

Al otro lado de la mampara se oía el movimiento de una persona. Más que el rumor de tela, delataba su presencia una como repercusión del aire por los desplazamientos de un cuerpo. «La india está rezando —pensó Gyula—. Estará implorando una reencarnación mejor que la suya actual.» Y entonces recordó vivísimamente lo que ella le había pedido. Tenía que hacerlo; era ya cuestión de complicidad, de chantaje —puesto que le había identificado— y de amor propio. Era gracioso también. Averiguaría por el jefe de piso los movimientos de Ratman. Seguramente sería muy sencillo.

Quizás no era que estaba envejeciendo, pensó mientras se arreglaba para el desayuno. Quizás era la influencia del matemático español. Era un hombre conmovedor e indignante a la vez, con sus condenados prejuicios y escrúpulos. Daba pena verle debatirse en aquella tela de araña como una mosca y, al mismo tiempo, daba rabia verle sufrir y ver cómo hacía sufrir a la pequeña. Total, por unas estúpidas convenciones que eran simple cuestión de latitudes. ¡Un hombre de su categoría y de su personalidad! Porque evidentemente tenía gran talla. «Por eso pienso tonterías —concluyó Gyula satisfecho—. Que se me pegó algo de él ayer en el autobús.» Y salió a desayunar.

Como todos los días, los congresistas entraban en el comedor, se sentaban, se saludaban con frases absolutamente corrientes, se comían su huevo pasado por agua, su café, su mantequilla y su mermelada, entregaban el cupón color rosa y se marchaban entre nuevos saludos. Los camareros se movían despacio y el jefe de comedor miraba a través de sus lentes de cristales montados casi al aire. Todo parecía vulgarmente normal; así que el rayo estalló sin previo aviso. Una sirvienta casi anciana, o más bien envejecida prematuramente por la vida, entró con una pila de platos, y de pronto, al ver a Saliinen, que desayunaba en silencio entre sus dos jóvenes acompañantes, se quedó petrificada. Dejó los platos sobre una mesa, se irguió increíblemente y con una voz enérgica lanzó unas palabras en finlandés. Saliinen sólo tuvo tiempo de levantar el rostro, verla y palidecer. Antes de que nadie pudiera preverlo o impedirlo, la sirvienta había escupido a la cara al Premio Nobel finlandés.

Los dos jóvenes fineses quisieron levantarse, pero Saliinen los sujetó en sus sillas. El jefe de comedor, pasado su estupor, acudió a echar a la mujer, innecesariamente, puesto que ella se despedía ya, desatándose el lazo del delantal. El Premio Nobel se limpió despacio con un pañuelo, mientras una oleada de sangre invadía sus mejillas pálidas, aumentando el contraste dilatado y doloroso de los ojos grises. Guardó silencio un momento, mientras el jefe de comedor acumulaba las excusas. Al fin, como si recobrara la palabra, dijo lenta, profundamente, en sueco:

—No se preocupe, no tiene ninguna importancia. No estoy ofendido. El marido de esa mujer y sus cuatro hijos murieron a mi lado, bajo mi mando, durante la campaña con Rusia. Necesito que no la echen del hotel.

El jefe de comedor se volvió a quedar estupefacto. Empezó a negarse a la petición. Saliinen se levantó, hablando apasionadamente, entre excitado e implorante:

—Tiene usted que prometérmelo. Que no le pasará nada. Es lo único que le pido. Está prometido, ¿eh?, está prometido. Se lo pido yo, Eero Saliinen, Premio Nobel, presidente de la Academia finesa y ex comandante de... Bueno, está prometido.

Y al terminar su frase estrechaba ya la mano del jefe de comedor con un gesto que impedía resistirse. Después, el finlandés se sentó entre sus dos inmóviles compañeros y terminó dignamente el desayuno.

Un rato más tarde, Espejo caminaba hacia el vestíbulo, tratando de cambiar unas palabras con Karin, a quien no logró acercarse durante la excursión a Skokloster. Se cruzó por la escalera con Mattis Jöhr y quiso rehuirlo, pero Mattis le detuvo, poniéndole una mano en el hombro con gesto tan lleno de amistad, que Espejo se avergonzó.

—Hace tiempo que no hablamos mucho, amigo mío —dijo Mattis.

—Perdóneme, profesor Jöhr. Me encuentro un poco desconcertado y no sé si estoy muy bien de salud.

El interés de Mattis fue inmediato y sincero.

—¿De veras? Si podemos servirle en algo o cree usted que se encontraría mejor atendido en mi casa, cuente con Hilma y conmigo. Klara, ya sabe usted, no vive ahora con nosotros. Tiene temporadas, a veces...

—Lo sé. Me lo dijo ella. Pero tampoco la veo mucho.

—También lo sé.

Guardaron silencio, desplazándose a un lado del descansillo mientras bajaba uno de los australianos.

—Acabo de ver a Karin —dijo Jöhr—. Me ha preguntado dónde se metió usted ayer durante la excursión... Le ha impresionado mucho usted a esa muchacha —continuó Mattis; pero al ver la expresión del rostro de Espejo se despidió—. Bueno; deseo que se encuentre bien para mañana, pues todos esperamos su conferencia.

Espejo sintió aumentar su confusión. Apenas desapareció Mattis escaleras arriba, deseó correr tras él y darle explicaciones con una franqueza a la altura de la de Jöhr. Pero una fuerza más poderosa que su voluntad le retenía. Asociar de algún modo a aquel hombre con Karin le desataba en las entrañas como una especie de odio o envidia... Aquel hombre con quien ella no hubiera tenido inconveniente en casarse. Aquel hombre que la trataba con tanta confianza... Mientras bajaba cabizbajo por la escalera y cruzaba ante la conserjería, a tiempo de sorprender una insinuante conversación de Spalatto con la señorita, su memoria puso el acento en otra palabra: su conferencia. Se había olvidado por completo de que le tocaba al día siguiente. Se había olvidado de las matemáticas, del Congreso, de todo.

Al acercarse a la puerta de cristales del vestíbulo, vio que Karin estaba sola, en pie tras una mesa, de espaldas a él. Pero Espejo no se atrevió a entrar porque frente a él y frente a Karin estaba Saliinen hablando a la muchacha en sueco, imprecando casi. Y la expresión de angustia en el rostro detuvo a Espejo en la puerta, llenándole de ese respeto que exige todo gran dolor humano.

Saliinen tampoco vio a Espejo. Y, ante las negativas de Karin, se dejó caer en un sillón con la cabeza entre las manos. Karin se le acercó rápidamente y como ofreciéndole algo. Pero entre los anchos hombros de oso finés, la abatida cabeza se movía a un lado y a otro negativamente. Y Espejo, temiendo ser visto y no queriendo aparecer como curioso, se retiró.

En el jardincito del hotel, frente al embarcadero, charlaban Morales y Galán Esquiruz. Espejo había de pasar junto a ellos, y como a veces se reprochaba el escaso contacto mantenido con sus compatriotas, decidió acercarse. En efecto, el saludo del biólogo fue alusivo.

—¡Hola, amigo Espejo! ¡Qué poco le vemos!

—Realmente —contestó Espejo, sentándose con ellos—, parece mentira que viviendo juntos tengamos tan pocas ocasiones de reunirnos. Pero es que entre las conferencias, las excursiones colectivas y todo lo demás... Estos suecos han confeccionado un programa agobiador.

—No hay que echar toda la culpa a los suecos —replicó

Morales—. Ellos no sabían cómo era García Rasines. No, no se disculpe usted. Si lo comprendemos, ¿verdad Cayetano?

—Hombre, yo... —comenzó el botánico.

—Tú también lo comprendes. Espejo no está obligado a soportarle y hace perfectamente escurriendo el bulto. Decir lo contrario es ser tan convencionales como de costumbre.

—No crea usted —respondió Espejo—. Yo les acompañaría con más frecuencia, pero temo que el señor García Rasines me atribuya propósitos de aparentar que pertenezco a la delegación oficial española. Como él siempre procura subrayar que no es así...

—Es usted demasiado buena persona, Espejo. Pero supongo que se alegra de poder escabullirse. De lo contrario, sería tan poco avisado como él, que aún no ha notado el aprecio especial manifestado hacia usted por los suecos. Rasines es listo, pero poco inteligente. Además, como no se preocupa más que de sí mismo (lo cual explica sus éxitos, llamando así a sus muchos cargos y emolumentos), le cuesta percibir a los demás y valorarlos. No protesten ustedes; es la pura verdad. Yo le conozco muy bien porque, como habrán notado, le cultivo mucho. Claro que es para poder figurar en la delegación para el próximo Congreso, sea en Bombay o en Valparaíso.

—Comprendo que esto te interese —dijo Galán—. ¡Qué información se logra en estas reuniones! ¡Qué relaciones personales! ¡Cómo se anima el espíritu a seguir laborando infatigablemente por el progreso de la ciencia!

—¡Qué ciencia ni qué zarandajas! Eso me tiene sin cuidado. A mí lo que me importa de los Congresos es que me dan la vida. Porque pierdo de vista Madrid, los compañeros, las amistades y, sobre todo, la familia.

—Siempre le gusta soltar exabruptos —dijo Galán a Espejo—. No le haga mucho caso.

—¿Exabruptos? ¿Acaso tú no estás aquí encantado de poder hablar todo el día de las gencianáceas y las ranunculáceas sin que nadie te distraiga? Y usted, Espejo, ¿echa de menos a su mujer?

Espejo apenas murmuró un monosílabo. La pregunta le cogía de sorpresa y no la podía contestar, sencillamente porque no sabía. No es que hubiese olvidado a María, no. Era otra cosa completamente distinta. No sabía. Y volvió a repetirse que todo era extraño.

—¿Lo ves? —continuaba Morales—. Seamos sinceros, siquiera por una vez, aquí estamos lejos de todo. La familia es el lastre del hombre, la enorme piedra pendiente de la soga que le amarran a uno al cuello cuando se casa; al menos, en España. ¡El matrimonio! ¡Es todo tan estúpido en ese asunto!

Galán bajó al suelo sus ojos aguanosos. Espejo tampoco dijo nada. Tenía la sensación de que no había manera de parar a Morales. Éste prosiguió, avivados los ojos grises, nerviosas las manos vulgares.

—En mi ciudad, la verdad es que uno se casa sencillamente porque llega un momento en que eso es lo que hay que hacer. Nos empuja la familia, el ambiente y cierto temporal cansancio de patronas y mujerzuelas. En cuanto a la elección, cien casualidades hacen que uno se case con ésta en vez de con aquélla. En el fondo, da lo mismo. Empieza el noviazgo, y, a pesar de todo, somos tan necios y aborregados que hasta sentimos cierta emoción. Claro que sólo dura la luna de miel, el primer hijo, quizás el segundo... Pero llega el momento en que uno contempla las angustias de su mujer durante el parto de otro más y permanece absolutamente indiferente. Yo trataba de interesarme por ella, pero en vano. Pensaba en que podía morir, y me quedaba tan tranquilo. La moral dice que eso es desalmado y cruel; pero ¿qué marido no ha llegado a desear la desaparición de su familia y no ha pensado qué rápido accidente le evitaría incluso las molestias de soportar una larga enfermedad de la mujer y los hijos? No lo confesamos por lo mismo que ocultamos el miedo, cuando resulta convencional ser valiente; pero ésa es la verdad. Se piensa eso, y entonces se atraviesa una crisis, combate uno contra todos sus estúpidos prejuicios, busca escapes y compensaciones que a veces no cuajan por lo que llamamos oficialmente bondad y en el fondo no es más que cobardía, como me pasó a mí con una alumna que quería caer en mis brazos. Y, al final, la mayoría se hunde en el máximo fracaso, en el fracaso biológico, único que no podemos ocultarnos a nosotros mismos. Un escritor ignorado puede consolarse, como Stendhal, diciéndose que la posteridad le alzará monumentos; pero el fracaso biológico no tiene excusa y padece cada vez más, sobre todo en su vejez. Pues sólo el saciado puede luego ver sin amargura las magníficas frutas que la Naturaleza sigue creando y poniéndole ante los ojos, verdes para él como las uvas de la fábula... Y no hablemos si se obstina en olfatearlas o acariciarlas de algún modo, salvo el ya imposible mordisco. ¡Qué posible degradación le acecha entonces!

Galán hizo unos gestos de interrupción que no fueron, naturalmente, la causa de que Morales terminase. Espejo callaba. Todo aquello era brutal, pero hacía pensar. Era terrible. Fue el propio Morales quien cortó la pausa.

—¡Vaya parrafada! Bueno; a veces se queda uno mejor después de soltarlo ante un par de testigos. Es la técnica de la confesión católica que introdujo el psicoanálisis con veinte siglos de adelanto. Muchas gracias, Espejo, por soportarme. Me resulta más eficaz ante quien no tengo gran confianza. Decírselo a Galán ya no sirve de mucho, la verdad.

Se interrumpió un instante, miró a lo lejos y continuó:

—Ahora mismo le voy a demostrar mi gratitud. Por allí nos amenaza García Rasines. Iré a su encuentro para desviarlo de aquí, ofreciéndome a despacharle unas cartas de ésas que él escribe a todo el que considera un personaje. Los dioses me aconsejan como víctima propiciatoria.

Cuando Morales se alejó, Galán se atrevió a alzar los ojos.

—No le haga usted caso —dijo—. Casi todo lo que dice es por el gusto de escandalizar.

—Ya me lo figuro —mintió Espejo—. Además, después de todo, es un punto de vista.

Espejo tenía en la imaginación una estampa provinciana: los señores sentados en sillones de mimbre, ante la fachada del Círculo, a la hora en que las mujeres vuelven de misa. ¿Qué era el matrimonio para ellos?

—Hombre, por Dios. No trate usted ahora de escandalizarme a mí. Usted es de otra manera, no hay más que verlo.

Sí; él era de otra manera. Pero, por más que se esforzaba, no veía en aquellos rostros de casino nada más que la sensación de dominio sobre otro ser humano, o el goce sensual de las formas graciosas, o inocentes, o lujuriosas, o simplemente opulentas o con cualquier otro matiz, del cuerpo femenino. También, a veces, la estimación de sí mismo, a través de la envidia social, pues una buena mujer era para muchos el «valor reconocido» en la hoja de servicios de la virilidad. Y nada más. Realmente, por cada pasión auténtica había miles de meras convivencias, tolerancias, costumbres.

—¿Sabe usted? —continuaba Galán, mirándole por sus gafas de concha—. Muchas veces pienso que usted es un poco a mi manera. La otra mañana herborizaba yo y le vi frente al lago meditando profundamente. Supongo que las matemáticas deben ser tan hermosas como la botánica, aunque no sé, no sé... ¿Sabe usted que ya por estos alrededores he encontrado la *Phyllodoce coerulea*, que es una planta ártica y subártica? Cuando distinguí sus florecillas me arrodillé. Créame, la botánica nos bombardea de emociones. Desde mis dieciocho años no he vivido más que para la botánica.

Espejo contempló aquel rostro inexpresivo como una careta ocultando la faz conmovida de un actor. Quizás los blandos ojos tenían en aquel instante un poco más de energía, pero...

—Comprendo su emoción —dijo, procurando ser amable—. Si no ha estado usted nunca en latitudes tan altas, esto tiene que resultar lleno de sorpresas para usted.

—¡Nunca! ¡Figúrese cómo voy por el bosque! Vuelvo siempre con mi caja llena. Y luego —añadió velando la voz— está Linneo.

—¿Linneo? —se extrañó Espejo.

¡Linneo! Mañana, los botánicos hacemos una excursión a la casa de Linneo en Hammarby, cerca de Upsala. ¡Qué emoción religiosa! No siendo botánico es difícil reconocer lo que fue Linneo.

Espejo admitió que, en efecto, así era. Y entonces se desató Galán Esquiruz, don Cayetano, hablando de aquel nombre ungido por Dios, de sus viajes, de sus descubrimientos, de sus aportaciones a la ciencia, de sus luchas para difundirlas... Él también, concluyó modestamente, aspiraba a aportar su granito de arena en la construcción del magno edificio cuya primera piedra pusiera el genial Linneo. Y nada ni nadie podría separarle de servir a la botánica hasta el fin de sus días, no.

Aquel hombre hablaba de buena fe, impulsado por móviles de los más altos y puros. Espejo lo reconocía y, sin embargo, tenía la sensación penosa de estar escuchando a un traidor. ¿Por qué aquella abnegación científica no sonaba más que a música mediocre?

Al fin, aprovechando la llegada de un eminente botánico de los jardines londinenses de Kew, consiguió separarse. Sus pasos le condujeron, un poco sin saber, hacia la extraña pareja de bronce. Lo mismo que otras veces, allí estaba la india, envuelta en un *sari* color melocotón. Espejo la saludó.

—¿Le gusta a usted también este sitio? —dijo.

—Sí. Me encuentro bien aquí.

—El punto de vista es bonito.

—Sí lo es. Pero a usted le diré que lo que me gusta es estar al pie de la estatua.

Espejo miró a la dama, a sus negrísimos ojos de diosa exótica en el rostro fatigado y, sin embargo, joven. Contempló desde el grupo. La actitud del hombre cada vez parecía distinta, así como la expresión de la mujer que cubría con sus manos de bronce los ojos de su compañero.

—¿Qué significa la estatua? —preguntó.

—No lo sé. Y es muy extraño aquí en Suecia. Es misteriosa.

—Sí lo es. Yo no la comprendo bien.

—Para mí es muy importante la actitud de la mujer. Vea usted el rostro de ella —continuó la dama sin volverse—. Es evidente que hace un bien al hombre al vendarle los ojos.

—Sí que se lo hace. Pero ¿él está cayendo o levantándose?

—Es lo mismo. De todos modos, ella le ayuda. Porque los

ojos del hombre generalmente no saben ver. Se pierden demasiado hacia afuera.

—Y la mujer, ¿ve mejor?

—Sin duda. En nuestra religión, o en la mitología hindú, como usted dirá, la diosa tiene un papel mucho más importante que en Occidente. Quizás por eso usted no lo comprende. La Virgen-Madre es, desde luego, un misterio trascendental, pero no es la mujer. Escamotea el amor esencialmente femenino y, por consiguiente, toda la cósmica sabiduría de la diosa simplemente mujer. La diosa-mujer conoce grandes secretos. Y esa estatua me dice a mí, mujer de muy lejos, algo que tengo muy sabido y que me extraña encontrar afirmado aquí en bronce: que el hombre ignora algo muy importante hasta que unas manos de mujer no le impiden perderse en lo que ve.

Espejo meditó un momento.

—¿Y si la mujer hace equivocarse al hombre?

—¿Qué quiere usted decir con «equivocarse»?

—Errar. Faltar gravemente. En fin…: pecar.

—¿Y quién ha de juzgarlo?

—Dios, naturalmente.

—¿Usted cree en Dios, entonces?

Espejo vaciló. Pero aquel rostro envuelto en un lienzo exigía bondadosamente continuar.

—Actualmente, no sé si lo que creo es creer en Dios.

—Siempre que se cree profundamente, sin saber por qué y quizás sin saber muy bien en qué, se cree en Dios. Y si Dios ha de juzgar no es posible que lo haga como un juez terrenal, siguiendo un código al pie de la letra. Aun los jueces de este mundo distinguen, siquiera sea burdamente, los casos límites. Así el de los locos, a quienes aplican otra ley. Pero ¿quién marca el límite entre el loco y el que tiene, por ejemplo, un desajuste hormonal cualquiera? ¿Quién distingue entre el educado de una manera y el de otra? No; hay una ley para todos, pero tiene que haber un juicio particular para cada uno. Y eso es lo que sabemos muy bien nosotras: lo particular. No haremos errar al hombre cuando le hagamos mirar a través de nuestras manos, habitadas por nuestra sangre. Lo que el hombre juzgue quizás un error no lo juzgará Dios así. Dios no puede castigar las faltas «inevitables». Porque para el hombre existe lo inevitable.

—¡Inevitable!... —murmuró Espejo—. ¡Si uno supiera cuándo está en lo inevitable, se quedaría tranquilo quizás!

—Uno lo sabe siempre si es honrado. De pronto, algo se alza y sabemos que es inevitable.

Guardaron silencio. «¿Por qué me dice usted eso a mí? —hubiera querido preguntar Espejo—. ¿Por qué precisamente hoy?» Pero no dijo nada. Ella le miraba recordando su conversación con Gyula aquella misma mañana sobre el español solitario. Ambos le tenían cariño.

—Mi raza —dijo al fin— tiende siempre a hablar demasiado de temas religiosos. Perdone que me haya dejado llevar de esa inclinación. Y discúlpeme también si me retiro. Tengo que recluirme en mi cuarto. Espero un mensaje importante.

Se retiró dignísimamente. A la orilla del agua, el borde de su manto se deslizaba como si ella flotara sobre la tierra. Pero lo que permaneció grabado en Espejo fueron los ojos negrísimos, clavándose en él casi hipnóticamente, durante aquel largo segundo en que él no le preguntó por qué le hablaba así. De aquel modo y aquel día.

18

Al atardecer, Horvacz entró en su cuarto. Nada más salir a la terraza, sintió, al otro lado de la mampara, la presencia de la india. Llamó cautamente a la puertecita y oyó la voz anhelante que le animaba a pasar. Introdujo la ganzúa en el ojo de la llave y entró en la terraza contigua, cerrando tras él.

La dama, sentada en un sillón de lona, le miró sin moverse; Gyula le dirigió su humana sonrisa de siempre.

—Aquí está —dijo, sencillamente.

—Lo sabía —exclamó ella. Y continuó—: ¿Los originales?

—No. Era arriesgado. Pero mientras Ratman estaba en Estocolmo he podido tomar notas durante un par de horas. Lo importante es esto: ¿qué significa en hindostaní, o en lo que sea, la palabra *zemm*?

—Es una especie de cacto silvestre que abunda mucho en la India media. ¿Es eso?

—Sí. Ésa es la materia prima que piensan utilizar para la synterona. Y aquí —añadió sacando unas cuartillas— hay notas suficientes para que cualquier químico, después de analizar la planta para dar la sensación de que es un trabajo original, justifique su importancia como materia prima industrial. Eso lo puede hacer hasta un químico malo como yo. ¿Es lo que usted quería?

—Exactamente —replicó la india. Se levantó, cogió las cuartillas y, poniendo la mano sobre la cabeza de Gyula, exclamó—: Que su Dios le bendiga.

Gyula quitó de su rostro la sonrisa divertida mientras la tierra, el fuego, la mar y los vientos le bendecían. Después, a invitación de la india, se sentó.

—Permítame, a cambio de este pequeño servicio, preguntarle una cosa. ¿Cómo supo lo que era yo?

—Por sus gestos, por sus manos, por su escondida cautela aparente. En fin: por intuición ante su manera de ser. Tenga en cuenta que en mi país los...

—Dígalo. No me molesta. Los ladrones.

—Eso iba a decirle, que en mi país tampoco molesta. Porque los ladrones son una profesión. Más todavía, son una casta. Y tienen ya casi un tipo característico, con rasgos tan distintos como la mano del pianista o el ojo del relojero.

—Ahora comprendo. De todas maneras, le felicito. Llevo muchos años y nadie lo ha sospechado nunca.

—Soy mujer —añadió ella sonriendo.

—Bueno; reconozco que las mujeres lo han sospechado alguna vez. Pero después de experimentarlo a su propia costa; antes, no. Y, por su propio interés, se cuidaron de no descubrirse. Es más: si me permite la vanidad, la mayoría pensaron que la pérdida material sufrida no era demasiado precio para lo que recibieron en cambio. No sé si es un lenguaje de su agrado.

—Usted tiene todo mi cariño ya. Le debo demasiado.

—No le dé importancia. Ha sido sencillísimo. La gente cree que uno va por los pasillos del hotel vestido de malla negra y que es una especie de acróbata escalando balcones y recorriendo cornisas exteriores a treinta metros del patio empedrado. Nada de eso. Yo siempre entro por la puerta, salvo cuando ciertas situaciones exigen algo más romántico. La base de mi actividad es el personal del hotel y la absoluta falta de cómplices. Esa soledad es lo más penoso. ¿No le cansa que le hable un poco? Me convendrá desahogarme. En realidad, eso es lo que he venido a hacer al Congreso.

—Hable cuanto quiera.

—Sí; necesito desahogarme. En realidad, estoy aquí para eso. Llevo muchos años viviendo, no diré tanto del robo como… No se puede describir; los lenguajes civilizados no tienen palabras para eso. Vivo explotando la selva, sencillamente. Una gran ciudad moderna, tanto más cuanto más refinada y organizada, es, si se mira bien, algo tan enmarañado, intrincado y lleno de posibilidades como una selva virgen. No hay más que salirse de la red de convenciones organizadas para estar en otro plano. Por ejemplo: uno sale para estar en otro plano. Por ejemplo: uno sale de la estación de Estocolmo y quiere un taxi. Hay una larga cola esperando taxis, con un guardia a la cabeza que distribuye los coches que van llegando. Todos aguardan con gran virtud cívica, pero a mí no me dice nada la virtud cívica. Finjo que me desmayo y el propio guardia me ayuda a subir en el primer taxi. Una vez en marcha, me repongo. Pero ¿para qué voy a explicarle? Usted lo comprende perfectamente.

—Sí; perfectamente.

—Los códigos se han alejado tanto de las normas naturales, que uno puede infringirlos considerablemente sin sentirse culpable en absoluto. A mí me buscan en muchos países; pero jamás he hecho otra cosa que luchar por la vida en medio de la selva urbana, sin infringir nunca las leyes sagradas y divinas del juego. He jugado siempre limpio, créame.

—Estoy segura.

—Eso es lo que me ha hecho ser así, no otra cosa. Quizás viene de mi madre. Como ya le dije, era gitana, y me tuvo de un conde, gran señor con tierras a la orilla del Danubio. Mi gran orgullo es que mi madre era hermosísima. El conde me dio una buena educación; soy realmente licenciado en Ciencias fisicoquímicas por la Universidad de Viena. Me dejó también dinero; pero, naturalmente, no me duró nada. Jamás he comprendido el valor del dinero en sí mismo. Es verdad que el dinero sirve para vivir, pero se puede vivir sin dinero mejor que con él. Eso es todo.

—¿Pero el Congreso…?

—¡Ah, sí! Eso es la soledad, precisamente. Lo malo es que para subsistir como yo es preciso no tener ni un solo cómplice, no tener nadie que comparta el secreto. Hay que vivir absolutamente solo; es la única forma de estar seguro. Claro que hay compañías transitorias a las que no llega uno a revelarse nunca como yo lo hago ahora, pero no descargan del peso, no acompañan. Y uno vaga siempre en solitario de hotel en hotel, de amistades en amistades, conocido por muchísima gente y sin nadie en quien apoyar el cansancio. Pues a veces, ¿por qué negarlo?, el vivir fatiga. Eso es lo que acaba con los que viven como yo: la fatiga de estar solos. Y como yo la sentía agudamente en estos últimos tiempos, antes de hacer alguna tontería, se me ocurrió la idea del Congreso. ¿Por qué no jugar, por una vez, a que uno respeta todas esas zarandajas convencionales inventadas por el hombre? Y aquí estoy haciendo una cura de gentes, haciendo de fisicoquímico, oficialmente interesado por ese juguete que es la ciencia y pendiente de las grulladas que se les ocurren sobre los átomos a estos señores impotentes para vivir sumergidos hasta el cuello en un sucedáneo cerebral de la vida. Mi plan requería no ser descubierto, pero usted...

—No ha sido descubierto, no necesito decirlo. Pero su soledad... ¿No decía que se apoyaba en el personal de los hoteles?

—¡Ah, pero sólo como instrumento de trabajo! Usted no sabe cómo llega uno a moverse entre los huéspedes de un hotel y cómo llega a tenerlos, por así decirlo, al alcance de la mano cuando se incrusta adecuadamente entre el servicio. El servicio y los clientes son dos planos distintos que se entrecruzan por los puntos de contacto más extraordinarios. Yo podría decirle muchas cosas de nuestros colegas científicos que ellos tienen en gran secreto. Por ejemplo: el eficiente Holburn esconde en su maleta unas revistas pornográficas parisinas que repasa deleitosamente por las noches. Los dos acompañantes de Saliinen no son finlandeses, sino, en realidad, rusos carelianos, y no vienen a acompañarle, sino a vigilarle. Y así por el estilo... Es como levantar los tejados y verlo todo desde el aire. Ya ve, hasta nuestro buen amigo Espejo duerme todas las noches dejando sobre la mesilla una carta que le escribió miss Wikander. Es un tipo. Incomprensible para mí, pero un tipo. Me admira. Me hace pensar siempre en lo miserable de la grandeza humana.

—O en la grandeza de la miseria humana. No es lo mismo.

—Quizás tenga usted más razón que yo. Para el resultado, da igual. Y en cuanto al resultado... Quisiera que fuese feliz como yo.

—Nunca será feliz como usted. Su felicidad es de otra manera.

—Es cierto. Cada uno tenemos nuestra felicidad. ¡Que usted alcance la suya!

—La mía ya la tengo. Son unos papeles que me ha traído un buen genio. O, como ustedes dicen, un ángel.

—¡Un ángel! ¿Pero no me dijo una vez que...?

—¡Chist! —interrumpió ella—. Esta vez he dicho un buen genio.

—Recuerdo que en aquella ocasión —contestó Gyula, tras silencio empapado del verde marino y del balanceo de los balandros— me marché inmediatamente. Ahora también tengo que irme.

—Espere —dijo ella, levantándose. Prometí enseñarle cómo saludan las mujeres de mi país al hombre a quien están obligados como yo.

Y, prosternándose en el suelo, tomó un pie de Gyula y lo puso un instante sobre su cabeza. Gyula quiso impedirlo.

—No quede confuso. Este gesto no lo he hecho más que otra vez con el hombre que dispuso de mí. Era mi marido y yo tenía cuatro años y él treinta y ocho. Cuatro años después se consumó el matrimonio y yo estuve tres días entre la vida y la muerte... No se extrañe; eso es todavía corriente en mi país. Léalo en algún libro auténtico, no en los de viajes pintorescos. Mi marido mostró después la inmensa paciencia de esperar resignado tres semanas, y por poco me cuesta la vida otra vez. En vista de eso, como era demasiada molestia y no compensaba, haciendo uso de un derecho legal, me llevó hasta la selva que había cerca de sus posesiones y me abandonó allí. Mi madre me colgó al cuello tres esmeraldas espléndidas para que algún extraño pudiera tener interés en recogerme, ya que a ella se lo prohibía la ley. Debía de ser mi madre una mujer muy especial, y yo he debido heredar sus reacciones contra todo aquello, porque es difícil comprender sus sentimientos a la luz de nuestras costumbres. El caso es que alguien me recogió: un matrimonio inglés sin hijos que iba de cacería con unos amigos. Quizás su educación me hizo también ser lo que soy. De todos modos, no me recogieron por las esmeraldas. Al morir ella, dos años después que su marido, me las entregó. Dos se consumieron en mi hospital. Guardaba la tercera para una gran ocasión que ha llegado ya: aquí está.

Y su mano sacó de debajo del *sari* una soberbia esmeralda colgada al cuello por una cadenita. La alargó hacia Gyula.

—No, no; de ninguna manera —dijo éste—. Parecería que me paga usted un trabajo, y eso es lo que más aborrezco. Es lo más estúpido que hace el hombre: trabajar sin interés por su trabajo, sólo por la paga. Venderse, prostituirse. No, no acepto.

—No es eso. Es un recuerdo mío. Y a usted le ha divertido lo que ha hecho.

—Sí; me ha divertido, especialmente porque Ratman tiene una cara de caballo intolerable. Pero si me lo da como recuerdo, es peor. Está usted pensando en que lo guarde y en que será la solución de mi vejez. Es triste eso. No me lo merezco. Y, además, le prevengo que no lo guardaré. No sé guardar.

—No he pensado ninguna de esas cosas. Sé que usted no conservará esta piedra. Sé que la «quemará» enseguida. Pero no me disgusta pensar en que será para esa muchacha que arregla mi cama todas las noches y charla tan amablemente conmigo. Es más: desde hace unos días la encuentro diferente. Da la impresión de haber florecido. Ni siquiera parece escandinava.

Gyula sonrió francamente.
—¿Usted también levanta los tejados?
—No. Son los arquitectos, que hacen los muros de papel.
Gyula sonrió todavía más.
—Espero, al menos, que no la habremos escandalizado.

—¡Escandalizar! Los arqueólogos occidentales son los que se escandalizan de los bajorrelieves de nuestros templos, donde las diosas de rasgados ojos aparecen con los potentes dioses en todas las posturas del amor. Pero ni una niña de cuatro años se escandaliza de eso en mi país.

—Acepto —dijo al cabo Gyula, cogiendo la piedra—. Y muchas gracias, amiga mía.

—No me dé las gracias. Es feo.

19

Con la obsesión de su olvidada conferencia, Espejo durmió mal. Desde su llegada a Suecia, y salvo sus conversaciones con Arensson, no se había preocupado para nada de las matemáticas. Pertenecían a su otra vida anterior, aquella de la que sólo guardaba como ajenos recuerdos. En realidad, no había pensado en nada científico, y los textos de las disertaciones (que antes de su lectura eran facilitados en ejemplares multicopiados, con el ruego de que no se leyeran durante la conferencia) le producían mortal aburrimiento, a pesar de su innegable valor. Si alguna vez trataba de leerlos, sentado en la terracita frente al mar, se le caían de las manos. También su propia conferencia estaba ya multicopiada. Un ejemplar yacía sobre la mesita de noche, con sus signos de sumaciones, diferenciales e integrales, que había sido preciso trazar pacientemente a mano sobre el clisé.

Sí; allí estaban las hojas de rugoso papel con lo que iba a decir. Ése era, poco más o menos, el fruto resumido de sus ideas, de sus cavilaciones en otra existencia decorada por paisajes abruptos del alto Duero. Era, poco más o menos, la mayor parte de la vida interior de un hombre. Pero visto así, reproducido mecánicamente sobre unas hojas, resultaba un espectáculo tristísimo. Era un cadáver muy acartonado ya. ¿Y eso justificaba la vida de un hombre?

Debía repasarlo para poder exponerlo por la tarde con seguridad y maestría. Pero le era absolutamente imposible.

Casi le repugnaba. A veces, durante sus paseos a San Saturio, mientras su mano trazaba números rigurosos, su imaginación se había desatado como la de un poeta, y aquellos números habían sido nuevos y lejanos horizontes, luces diferentes para la especie humana, prodigios de revelación. Algo sublime, flotante desde la eternidad en los principios pitagóricos de los números, y que él, un oscuro hombrecillo soriano, había capturado con el más inmaterial de los gestos aprehensores del hombre. Pero imposible revivir tales sentimientos ante aquella veintena de hojas caídas, secas ya, del árbol de las tardes exaltadas que integraban su vida y que habían pasado para siempre.

Ya leería como fuese, ya le saldría bien el inglés. No podía tocar aquellas páginas. Y quedaron lo mismo que las había dejado la noche anterior, al recogerlas del buzón de la puerta, donde las había depositado la mano omnipotente del Comité organizador. Allí quedaron, mientras el hombre se acercaba al amplio cristal de la ventana, atraído por el dulce, aunque un poco frío, azul del cielo.

Al desplazarse su mano pasó junto a un insecto que no se movió. Lo examinó. Era una avispa, con su lindo cuerpo aterciopelado de franjas amarillas y negras, el compacto y casi redondo tórax, la cabeza de grandes ojos inmóviles. El hombre estaba cerca, pero el insecto no huía. Y, sin embargo, la avispa estaba viva. ¿Viva? Contemplada más de cerca, se advertía un movimiento en las antenas, pero su inmovilidad no era la de la vida. La cabeza estaba unida al tórax por un punto casi, y sobre ese apoyo, bastante para volverla enérgicamente a un lado y a otro en pleno vuelo, ahora la cabeza se sostenía trabajosamente, cayendo a veces, volviendo a ser levantada con esfuerzo por una pequeñísima voluntad tenaz. Espejo revivió de golpe la visión de un viejo reno tratando de sostener erguido el cuello. Comprendió que la avispa moría, y tuvo la revelación de esa verdad vulgar: que los insectos también mueren.

Sobre las tapas satinadas, coloreadas por el arte publicitario, de la guía telefónica, la avispa agonizaba. Sus diminutas mandíbulas se acercaban y separaban, en movimientos laterales, como si jadease. Su abdomen se incurvaba, en ocasiones, como en el gesto de la fecundación, pero sólo por el dolor o por la reacción nerviosa. ¿Le dolía morir? Espejo contemplaba aquel final con el corazón agarrotado. ¿Debía rematarla por piedad? Lo pensó un momento, escrutando el rostro viejísimo, que se irguió como si le mirase de frente. Mirar de frente, sin embargo, era una expresión extraña en aquel caso, pues Espejo se sabía contemplado por unos ojos compuestos. Su propia figura se repetía en aquel momento una cincuentena de veces sobre pupilas cuyos nervios no acertaban seguramente a combinar bien todas las imágenes y transmitían una versión borrosa al pequeño ser en trance de agonía. En aquel instante, el rostro en forma de apuntado corazón, con los dos óvalos amarillentos de los ojos, resultaba casi burlonamente humano. Y aquel rostro sabio, viejísimo —tan apurado su ciclo vital—, disuadió al hombre de rematar por piedad. Hay que vivir la muerte, le enseñaba. Hay que vivirlo todo.

Espejo volvió hacia la ventana con respeto. La avispa no estaba herida, no sufría un accidente. Era el invierno de su vida. Era inútil reflexionar y quitar importancia al hecho. Aquella avispa que había traído a su cuarto el drama vulgar de su morir en medio de la inmensidad del mundo... La miró una vez más —nada había variado—, y se fue a desayunar.

En el comedor, y lo mismo sucedió durante el almuerzo, le pareció a Espejo que algunos le miraban de otro modo que en días anteriores. Al cruzarse un momento en el pasillo, Mattis Jöhr le dijo: «Su conferencia será magnífica. Hay gente muy interesada.» Y a mediodía sonó el teléfono.

—Me gustaría ir a tu conferencia esta tarde, Miguel —pidió la voz de Karin—. ¿Te importa? ¿Me lo permites?

—No la he preparado casi. No va a ser nada de particular.

—Pero, si no te importa, quisiera ir.

—¿Cómo va a importarme? Muchas gracias.

—¡Oh! ¡Ya estás con tus gratitudes! —replicó ella medio riéndose.

No; ¿cómo iba a tener inconveniente? Al contrario, aquella petición, aunque descargaba en sus hombros una nueva responsabilidad, le llenaba de ternura y le hacía sentirse como protegido por un manto invulnerable. Pero no percibió realmente la expectación despertada por su conferencia hasta que, media hora antes, no salió de su cuarto, como siempre, solitario y meditativo, para dirigirse al Sommarrestauranten. Ya en el vestíbulo del hotel le abordaron varios científicos capitaneados por Thoren Almberg, con su escarapela de presidente en la solapa. Estaba Mattis Jöhr, naturalmente, y Axel Prag y otros tres o cuatro que le fueron presentados como famosos matemáticos suecos.

Espejo se sintió intimidado, mientras se dirigían al salón de conferencias. El sendero con su puentecito le pareció un camino de banquetas. Jöhr se daba perfecta cuenta y Espejo lo sabía, sintiéndose por eso todavía más molesto. Pero al avanzar entre las mesas de los congresistas para llegar al estrado, Espejo agradeció que Mattis le oprimiera el brazo casi violentamente con su sincera amistad de oso.

«Como yo no soy matemático, puedo hablar con toda objetividad y capacidad de juicio sobre la matemática y las aportaciones del profesor Espejo. Porque...» Thoren Almberg, con su habitual maestría, ofrecía uno de sus ingeniosos discursos de presentación. Espejo, mientras tanto se sentía blanco de todas las miradas. La estimulante de Mattis, junto a la afable de Axel Prag, en primera fila; la expectante y superior de García Rasines; la cordial de Romero; y la de tantos otros conocidos y hasta de algunos «con los que no se había encontrado antes» todavía. Justo enfrente, recto como una avenida cuyos bordes convergieran en cierto punto del insondable negro de la pizarra, el camino entre las dos mesas. Y al final, uno a cada lado, sin duda por un azar benévolo, Karin y el joven Arensson.

Los aplausos le sacaron de su ensimismamiento. Almberg había terminado, y Espejo, al levantarse, encontró en sus nervios algo de la costumbre de la cátedra, que le permitió empezar con tranquilidad, pese a la extrañeza del idioma inglés.

Pero a medida que avanzaba en la lectura, su desánimo crecía. Aquello le resultaba vulgar, conocido, tan inexpresivo como una ruina arqueológica. La sensación de fracaso le hacía titubear en el idioma, lo que, a su vez, le hacía leer con progresivo desinterés y alejamiento de su propia obra, de su sangre y creación.

La mitad de las páginas transcurrió así. Era imposible no percibir la pesadez del aire en la sala, el cansancio de las miradas. El mismo Mattis parecía extrañado, y, durante una pausa, Espejo sorprendió el regocijo en los ojos de Rasines. Quizás hubiera suspendido entonces aquella repelente lectura si no hubiera sido porque, en el mismo instante, sorprendió a Arensson tomando notas. ¡Tomando notas si tenía el texto delante! Pues sí, escribía febrilmente. «Algo digo, entonces», pensó Espejo. Y por eso pudo terminar, aunque con la misma desgana que tanto había hecho perder a la formulación de sus ideas.

Sonaron discretos aplausos, y Almberg, después de unas palabras corteses, declaró abierto el período de preguntas al conferenciante. Mattis Jöhr formuló la primera sobre un punto sin duda preparado cuidadosamente, para dar una oportunidad a Espejo. Pero éste no la aprovechó; no sentía interés ninguno, y sólo deseaba terminar cuanto antes. Otro congresista hizo una pregunta trivial, que Espejo contestó en dos segundos. Entonces se produjo un silencio, mientras Almberg recorría con la vista el decepcionado auditorio, por si alguien quería decir algo. Espejo suspiró; aunque fuese fracasando, se alegraba de haber terminado.

Pero alguien se alzó. El joven Arensson, que había terminado de garrapatear sus notas. Espejo distinguió casi con disgusto la espigada estatura del joven y percibió asimismo la atención con que Karin le miraba.

—Quisiera formular al profesor Espejo —dijo el joven— una pregunta que me ha sido sugerida por su importante conferencia. Quiero consignar que considero espinosa la pregunta por su gran alcance, si es que no se equivoca, al hablar así, el más modesto de los matemáticos aquí presentes. Hasta es posible que el profesor prefiera contestar en otra ocasión, porque se trata de algo que necesita ser meditado. Si después de eso me atrevo a interrogar es porque todos podemos obtener grandes frutos de la contestación. Se trata de lo siguiente: Al establecer su sistema de ecuaciones diferenciales, el profesor ha partido del supuesto de que...

Un rayo de luz vivificó los papeles de Espejo, mientras éste escuchaba la pregunta. Sí; era trascendental, y aquel querido joven había captado hasta el fondo, como hijo espiritual suyo que era, lo verdaderamente importante de la cuestión. Aquella pregunta era para Espejo como descorrer una cortina. Quien la descorría estaba deslumbrado aún por lo que aparecía detrás; pero Espejo veía ahora perfectamente claro, aunque hubiese pasado veces y veces ante aquel hueco de sus teorías sin reparar en él. Fue como cuando el extraviado en un laberinto se fija de pronto en una desviación varias veces desdeñada, y que, al seguirla, conduce violentamente a la salida. Espejo, de repente, lo vio todo absolutamente claro, y con sus nervios en tensión se levantó a hablar.

Su excitación, además, vibraba en toda la sala. Jöhr, Prag y los matemáticos de primera fila se volvían hacia su joven compatriota, que había enrojecido, y miraban luego a Espejo. El aire estaba electrizado y la palabra sonó como un clarín. La monotonía con que había leído su escrito estaba olvidada por todos.

—La pregunta es —dijo Espejo—, efectivamente, trascendental. Ignoro todavía hasta dónde llegaremos analizándola, pero sé que muy lejos. Presento mi máxima gratitud hacia quien la ha formulado, porque si mi respuesta descubre algo, el señor Arensson será su verdadero descubridor. Por eso, me permito felicitar a los matemáticos de este país, porque, como persona que ha trabajado este asunto largos años, afirmo que el rasgo de intuición de mi joven colega sueco al plantear su pregunta es sencillamente genial y honra a un individuo, a una escuela y a un país.

«Estoy exagerando —pensó—. El descubrimiento que voy a hacer ahora mismo, que está hecho ya, es mío.» Pero al mismo tiempo sentía un gozo inmenso en regalárselo al hijo en medio de una expectación que le turbaba la voz y le nublaba los ojos.

—Y ahora, con la misma buena fe con que me ha sido hecha la pregunta, voy a tratar de improvisar una respuesta. Puesto que ustedes han seguido mi exposición precedente, es muy fácil establecer el punto de partida de mi contestación en el sistema final de ecuaciones diferenciales a que ha aludido mi ilustre colega. Lo examinaremos ahora a base de un nuevo supuesto. Pero ese supuesto significa nada menos, nótenlo bien, señores, que...

Durante media hora, Espejo fue presa de un fuego interior. Hablaba como un vidente. Los problemas jamás vislumbrados se planteaban y se resolvían solos; las cuestiones nunca rozadas se convertían ahora en piezas importantes. Claro que, a veces, tenía que retroceder algunos pasos equivocados y tantear su camino como con temblorosas antenas de insecto. Pero enseguida continuaba su avance revelador por tierras vírgenes. La misma presencia de gente, que antes le intimidaba, ahora le enardecía. Ya no tenía delante un sombrío mar de cabezas, sino un firmamento de ojos centelleantes. Hasta un profano se hubiera sentido sugestionado por la voz y el acento. Solamente la cabeza de Arensson se inclinaba sobre sus papeles, irguiéndose apenas para seguir los blancos rasgos de la pizarra, y Karin... ¡Karin era la diosa de todo aquel cenáculo inspirado! Pues lo sucedido era justamente lo que ella había estado segura de presenciar aquella mañana. Toda su actitud tendida hacia adelante lo proclamaba.

En un momento dado, Espejo tuvo una vaga noción de que el tiempo transcurrido era mayor del que correspondía a una pregunta incidental. Se volvió del encerado y preguntó si no estaba fatigando y si no debería dejar el tema.

—Go on! —gritó Mattis—. ¡Adelante!

Y su voz de oso, reforzada por aplausos y murmullos, dio nuevo impulso a la mente febril de Espejo. Que continuó, saboreando la seguridad de que, para bucear en la eternidad, el hombre no tiene mejor instrumento que la matemática. No, ni siquiera la confusa filosofía.

Cuando terminó, los aplausos fueron atronadores. Almberg olvidó su preocupación por el ingenio de los discursos, y con sólo tres emocionadas frases agradeció a Espejo aquella histórica exposición matemática. Inmediatamente los matemáticos rodearon el estrado, seguidos por los demás congresistas. Espejo se sentía envuelto en una aureola y, al mismo tiempo, extraordinariamente cansado.

García Rasines abrió como un rompehielos el círculo de felicitaciones y abrazó a Espejo, dándole fuertes palmadas en el hombro. Sus ojos brillaban con el más vivo entusiasmo.

—¡Magnífico, querido amigo, magnífico! ¡No esperábamos menos de usted! Y ¡qué nuevo campo de aplicación para las matrices cuadradas!

Spalatto estaba allí cerca. Dios sabe por qué. Y exclamó:
—¿Ha dicho usted raíces?
—¡Matrices, señor mío, matrices!

Los ojillos de la gente brillaron de regocijo ante el breve diálogo. Espejo se apresuró a huir. Rompió a su vez el círculo y se acercó al joven sueco, que había seguido escribiendo todavía unos momentos y, levantado ya, permanecía inmóvil junto a su asiento.

—Gracias, muchas gracias —dijo Espejo.
—¿Gracias? —replicó, asombrado, Arensson—. Pero... ¡Mi más profunda admiración, profesor!

Espejo le abrazó. Inmediatamente se le acercaron los ojos de Karin, húmedos, prodigiosos.

—¿Puedo felicitarle, profesor? —dijo la niña—. No soy capaz de seguir sus ideas, pero ha resultado impresionante.

Durante un instante, dos manos temblorosas estuvieron unidas.

Ya se aproximaban todas las personalidades presentes. Espejo sentía un miedo absurdo a olvidar lo que había dicho, y sólo le tranquilizaba pensar que las notas tomadas por Arensson le permitirían reconstruir sus ideas. Y, de pronto, la felicitación de Gyula logró infundirle, por fin, la sensación de éxito. Almberg le llevó, en el comedor, a la mesa presidencial, y Espejo se sintió envuelto en un aura de prestigio. Cuando Holzingen, el Premio Nobel alemán, vino a pedirle una entrevista porque lo que había oído era muy importante para sus trabajos físicos, Espejo llegó a su cima. Sí, flotaba sobre la atmósfera del comedor, sobre las conversaciones, sobre las miradas y hasta las ideas de todos los congresistas reunidos para la cena.

No se despidieron sus acompañantes hasta la misma entrada de su cuarto. Espejo cerró la puerta y quedó inmóvil un momento. Tanteando, llegó a la mesita y encendió la lámpara. El golpe de luz cayó sobre la guía telefónica y subrayó la ausencia del cadáver de una avispa. La portada del grueso volumen ostentaba la alegría de sus letras y colores, como si no hubiese sido poco antes un campo de agonía.

Las cortinas corridas oscurecían el cuarto; pero al salir a la terracita, Espejo se sintió envuelto en la opalina luz del largo crepúsculo. Se movieron las hojas del árbol y la ardilla se asomó un instante. La luz moría, como había muerto el reno, como había muerto la avispa. Se oyeron pasos en la grava del jardín y pasó Karin, reflexiva y alegre. Dos firmes temblores bajo una blusa. Nada más: dos firmes temblores. Saludó con la mano y pasó. Su silueta destacó sobre el fondo quieto y gris del agua.

Por la puerta del cuarto contiguo salió Romero a la terracita. Se detuvo ante el hombre silencioso que dejaba consumirse el cigarrillo entre sus dedos.

—¿Puedo felicitarle con toda mi alma?

—Gracias —repuso con voz tan helada, que Romero añadió en el acto:

—¿No se encuentra bien?

—No me pasa nada. Me pasa que no comprendo por qué me felicitan.

—¿Que... no lo comprende? ¡Es imposible! Yo no soy matemático, pero ha sido asombroso. Una exhibición impresionante de estatura humana.

—Humana...

—Pero... ¿qué quiere usted más? ¡Si es usted un genio!

—¡Un genio! —repuso la voz llena de tristeza—. ¿Y qué?

—¿Y qué?

—Querido Romero, usted es demasiado joven para sufrir este espectáculo. Déjeme solo.

—Si es que le estorbo...

—No, pero le desilusionaré. Le haré perder su fe en la vida... ¿Un genio? También mueren. Como los insectos. ¿Nunca ha visto usted morir a un reno o a una avispa? Esta mañana he visto yo agonizar a una. Ahí mismo, en mi habitación, sobre mi guía telefónica. ¿Un genio? De todos modos moriré. Y ni siquiera sé si he vivido. Más aún: sé que no he vivido. No, no soy un fracasado. Soy algo mucho peor: soy un traidor. Un traidor a la vida. Mire ahí: el cielo, la tierra, el mar... Mire bien: ¿Qué quiere decir «genio»? ¡Genio! ¡¡Genio!!... ¡Una palabra vacía, incomprensible, sin significado!... Soy un traidor, un proscrito... ¡Qué amargura corrosiva!... ¡Miro los árboles y me avergüenzo de mis fórmulas y mis teorías!... ¡Déjeme, por favor, déjeme!

La quebrada voz era inapelable. Romero se retiró, cerrando la puerta en silencio. El hombre soltó el cigarrillo y hundió la cabeza entre las manos. Lágrimas violentas reventaron en sus ojos. Irguió la cabeza y borrosamente vio que la luz del día estaba ya casi extinguida. El mar no era luminoso, sino una opaca lámina. Un día más había muerto. Dentro de la habitación, el timbre del teléfono llamaba inútilmente.

20

El teléfono quedó, por fin, en silencio, como agotado. Espejo había recobrado la calma exterior, aunque su congoja era insondable. Vio arriar la bandera sueca y le pareció un símbolo. No podía retirarse porque le fascinaba como un abismo la creciente negrura de las aguas. Por fin se decidió a entrar y se detuvo junto a la mesilla de noche. En el cajón, a un lado, había ido engrosando el montón de cartas de aquella mujer que le escribía desde otro mundo. Al otro lado seguía, frágil, íntegro y solo, el plieguecillo azul marcado con una K. Lo tomó y se dejó caer en la cama. De repente llamaron a la puerta. Espejo se levantó, y al decir: «Adelante», se puso un poco de espaldas para evitar que la camarera descubriese la agitación de su rostro. Oyó abrirse la puerta, pero no escuchó pasos. Extrañado por el silencio, se volvió. En el umbral estaba Karin.

—¿Puedo pasar? —dijo tímidamente.

—Sí, sí —repuso él aún más agitado, sin saber qué hacer con el plieguecillo azul y dejándolo por fin sobre la mesa, junto a la guía donde había muerto la avispa.

Karin cerró la puerta y permaneció inmóvil.

—Perdóname, Miguel —dijo—. Me he asustado horriblemente. Por eso estoy aquí. Te llamaban por teléfono desde Gotemburgo y no contestabas... Era muy urgente, decían... Como yo te había visto en la terraza al pasar, pensé que estarías con Romero y llamé a su cuarto... ¿Te sucede algo?

—No —repuso él, hurtando un poco el rostro.

—¿He hecho mal en venir?... Romero me dijo que querías estar solo, pero eso justamente me asustó... Si lo prefieres...
—No.
Él no pudo decir más por el momento. Se abandonó en el sillón, un poco de espaldas a la luz. Ella descubrió el plieguecito azul sobre la mesita. Avanzó silenciosamente hacia el centro de la habitación y permaneció allí, procurando no hacerse notar.

Pero su presencia llegaba hasta el hombre abatido. Ya no se rebelaba, ya no sabía. Y dijo, logrando casi dominar la voz:
—Permanece aquí un poco, Karin. Si puedes soportar el final de un hombre. Permanece. Sólo te pido que estés.

Ella no contestó.

«Pequeñito —pensaba—, querido pequeño.» Inmóvil bajo la lámpara contemplaba la habitación. Los libros, los papeles. Habitación impersonal de hotel, convertida en «la de él». Y el plieguecito azul.

—¡Ah! —dijo al fin Espejo, levantándose—. No sé con qué derecho... Harías mejor en dejarme... Basta que hayas estado aquí... No lo olvidaré. No lo olvidaré nunca.

Ella se acercó hasta la espalda del hombre y tocó su brazo.
—Miguel —dijo muy suavemente, comprendiendo que su voz debía sonar, pero sin herir nada—, ahora puedo pagarte nuestro paseo. Y quiero hacerlo. ¿Quizás sólo yo puedo hacerlo?

Él inclinó la cabeza. Ella le condujo hasta el sillón y le hizo sentarse. Permaneció en pie a su lado, a su espalda. La mano femenina descansaba en el hombro fatigado. Infundía fuerzas sin pesar.

—Ha sido demasiado esta tarde. Ha sido sobrehumano. Te has dado entero, has ardido, has transmitido tu llama a un centenar de hombres... Soy torpe para decirlo...

La voz suave descendía de lo alto benéficamente. La congoja interior ya tenía fondo tangible.

—No me he dado todo, no —repuso el hombre sin mirarla, tanteando—. Nunca me he dado todo: eso es lo que sucede. Y ahora sé que no me he cumplido nunca, que he llevado mi arado por tierras estériles, donde ninguna profundidad podrá dar fruto. Se me debe abandonar. No acerques demasiado tu juventud. Contamino.

«Mis propios problemas —pensaba ella en silencio—. Es como si yo hubiera tenido ya cuarenta años.»

—Jöhr ha estado magnífico —prosiguió él, porque tenía que confesarlo—, y yo te he dicho alguna vez que le odiaba. No era eso. Es envidia. Tremenda envidia irremediable ya. Él tiene razón. Él será mejor maestro para ti. Y cualquiera... Gyula... Hasta Spalatto. Eso es lo que hay que hacer, pero ya es muy tarde. Ésa es mi angustia.

La mano femenina se atrevió incluso a acariciar los cabellos. La voz contestó sin reservas.

—Escucha y no me hagas la ofensa de pensar que es para consolarte. Yo también te he dicho que me hubiera casado con Mattis. Pero era sólo el remedio del desesperado que prefiere aniquilarse antes de seguir igual. Estás equivocado, Miguel. No es buen maestro. Hay algo más que él no sabe. Y yo nunca me casaría ya con él, porque a su lado me faltaría todo.

La mano se retiró al respaldo del sillón. Él podría haber estado exactamente lo mismo solo. Pero no lo estuvo durante los lentos y rezumantes minutos que siguieron. Después era natural que ella hablase ya con ligereza, y así lo hizo.

—Estás fatigado y tienes que descansar. Llevas demasiada vida interior. ¿Me atrevo a proponerte una cosa?

Brotó como algo impensado, tan recién nacido en aquel momento, que por primera vez desde que ella entrara él la miró a los ojos.

—Naturalmente.

—Pasado mañana, jueves, no hay conferencia por la tarde. Yo voy a salir en el balandro de papá; muchas veces lo hago sola. Voy a la islita donde tenemos un pequeño refugio de verano. ¿Por qué no me acompañas? El mar da mucha fuerza, te sentará bien. Un paseo de camaradas...

—Sí.

Hubo todavía un silencio más.

—Buenas noches —dijo ella—. ¿Ha pasado ya?

—Sí. Creo que ha pasado. Muchas...
—¡Oh! ¡Déjate de gracias! —dijeron los dos a la vez. Y sonrieron.

Cuando la puerta se cerró tras ella, él cogió el plieguecito azul y lo llevó hasta la mesilla de noche. Sabía que Karin lo había visto. Lentamente, pero ya convertida su congoja en resignación definitiva —«un paseo de camaradas», había dicho ella. ¿Y qué otra cosa podía ser?—, empezó a acostarse. Sólo quedaba morir, pero lo haría. Y en la ventana del profesor Espejo se apagó la luz.

21

A la mañana siguiente, poco antes del desayuno, sonó otra vez el teléfono de Espejo. Lo cogió inmediatamente. Era Karin.

—¿Has descansado?

—Sí; tardé un poco en dormirme, pero ya estoy bien.

—Yo también tardé en dormirme.

—¿Qué tienes que hacer esta tarde? —dijo él súbitamente tras una breve pausa.

—No tengo más remedio que ir a Estocolmo.

—¡Ah!

—Pero nos veremos mañana, ¿no? Haremos la excursión.

—Sí, sí.

«La excursión de camaradas», pensó Espejo después de haber colgado. Cuanto antes se resignara hasta el fin de su vida, mejor. Pero no tuvo tiempo de abismarse en ello, pues casi enseguida volvió a sonar el teléfono. Le llamaban desde Gotemburgo, cuya Universidad, a la que pertenecía uno de sus oyentes de la víspera, le invitaba a dar otra conferencia. El honor era grande y las condiciones económicas de la oferta muy interesantes. La dificultad estaba en la fecha, porque los españoles ya tenían el billete de regreso para el lunes. Pero le propusieron dar la conferencia el domingo, saliendo de Estocolmo en la tarde del sábado, lo cual sólo le hacía perder la ceremonia final de elección de Comité Internacional para el Progreso de la Ciencia. El lunes por la mañana podría tomar el avión de Gotemburgo o Copenhague, con tiempo suficiente para ocupar allí su propia plaza reservada en el Estocolmo-Madrid.

Espejo meditó un momento. Se ahorraba el domingo entero en Estocolmo, sin hacer nada y uncido a García Rasines. Pero era terrible perder un día de ver quizás a Karin. Aunque ¿no era lo más cuerdo acabar con aquello cuanto antes, puesto que no podía conducir a nada? Aceptó, colgó el teléfono con un suspiro y salió a desayunar.

En una mesita para dos estaba sentado el italiano de la romana testa. Rogó a Espejo, con grandes extremos, que le acompañara.

—Carísimo profesor...

Con estas palabras comenzó Canteroni una calurosísima felicitación personal, que poco a poco derivó hacia un canto a la raza latina. Espejo procuraba cubrirse, como un boxeador, con algunos monosílabos, hasta que al fin vio claro en las intenciones de su interlocutor. Toda aquella evocación de la latinidad sólo tenía por objeto persuadir a Espejo de que el presidente del Comité Internacional para el Progreso de la Ciencia había de ser un latino, y, más exactamente, Canteroni, para lo cual sería muy interesante el voto de un matemático tan ilustre, distinguido y excelso como el profesor Espejo. Que, contemplando con asombro aquella nobilísima cabeza donde, por toda ambición, sólo había la Presidencia de un Comité, disimuló como pudo su desprecio, prometió cualquier cosa y se retiró a su cuarto lo antes posible, divirtiéndose en pensar que no asistiría a la votación.

Pero pronto llamaron a su puerta, y casi antes de que diera permiso, entró como una tromba García Rasines con un telegrama en la mano.

—¡Albricias, querido amigo, albricias! He estado buscándole por todo el comedor... Vea, vea... No quise decirle nada estos días pasados, pero al fin han tenido éxito mis esfuerzos para conferirle a usted la dignidad que merece.

Y le tendió el telegrama. Las letras azules decían:

«Ministro Educación Nacional a Presidente Delegación

Española Congreso Estocolmo Punto Conforme su propuesta nombramiento Catedrático Miguel Espejo Gómara miembro delegación oficial española.»

Espejo miró a Rasines casi con buen humor.

—¡Ya está, ya lo he logrado!... Bien, bien, bien... Si ya lo decía yo; se lo había advertido a todo el mundo: «Esperen, esperen a la conferencia de mi querido colega el profesor Espejo.» ¿Vio usted ayer cómo hice asistir a Axel Prag?... ¡Gran amigo, gran amigo! Y Canteroni, y Holzingen... Le preparamos bien el auditorio. Hoy comeremos juntos en una mesita, ¿eh? Y el domingo, cuando haya terminado el Congreso, nos reuniremos todos y redactaremos un copioso informe de nuestras actividades...

Espejo estuvo a punto de decirle que el domingo daba una conferencia en Gotemburgo. Le hubiera gustado verle la cara; pero, aparte de que aquel hombre lo encajaba todo perfectamente, era casi seguro que le estropearía su proyecto de irse solo. Así es que se limitó a decirle:

—Le agradezco mucho sus atenciones, pero hoy almuerzo con el joven matemático que me planteó ayer su problema. Tenemos que discutir la cuestión.

—Si considera usted que puedo ayudarles, estoy a su disposición. Porque las matrices cuadradas...

—Se lo agradezco mucho, pero me ha invitado en Estocolmo.

—No importa, no importa. Ya se lo diré a él. Es un chico muy simpático y me invitará también.

Tan pronto como García Rasines dejó el cuarto, Espejo se precipitó al teléfono para invitar a comer a Arensson, advertirle de la conversación con Rasines y decirle que de ninguna manera les acompañase. Quería hablarle también de la conferencia de Gotemburgo.

Salió más temprano para dar un paseo por los bosques y eludir a la gente. Pero aún tuvo que soportar el abordaje de un norteamericano madrugador que, sin el menor preámbulo, le ofreció un soberbio contrato para explicar matemáticas en la Universidad de Wisconsin. Se quedó algo asombrado cuando Espejo la rechazó de plano, y más todavía cuando escuchó la razón de la negativa.

—No, no, si la oferta es muy buena —dijo el español—. Pero es que quiero morir en Europa.

—¿Morir? ¿Por qué habla usted de eso?

—Porque es lo único absolutamente seguro de todo mi futuro. No estoy cierto de ninguna otra cosa.

—Pero eso es absurdo. Así no hace uno nada.

Justamente. Nada más que respirar. Es lo que dice la gente de mi tierra, aunque pierde mucho al traducirlo:

> *Cuando me pongo a pensar*
> *que me tengo que morir,*
> *tiendo la capa en el suelo*
> *y me harto de dormir.*

Espejo dio las gracias al americano y se alejó. Bajo la extraña estatua que tanto le intrigaba no había nadie. Y, contemplándola, descubrió su significado; es decir, uno de ellos, pues indudablemente tenía muchos. Pensó sencillamente, como en un sueño maravilloso, que Karin le vendaba los ojos con sus manos, mientras la muerte se le acercaba a él, velándole así su llegada. Pero no era más que un sueño, un imposible sueño frente al Báltico y a las lejanas islas del archipiélago. Siguió andando por los bosques y pasó gran parte de la mañana tendido en una roca soleada, bajo los abetos. Era maravilloso ver las nubes. No sólo verlas pasar, como suele decir la gente, sino verlas transformarse mágicamente ante la mirada. Y, más todavía, verlas nacer. De repente, en un limpio espacio de cielo, aparecía un puntito blanco. Quizás un frente o una columna de aire más frío condensaban allí los vapores. Pues poco a poco el puntito se dilataba, cobraba consistencia, y era una nube recién surgida del azul que empezaba a navegar. Espejo no lo había visto nunca y dejó pasar las horas con la melancolía de una despedida. Hasta que, al cabo, hubo de regresar para tomar el tren de Estocolmo y reunirse con Arensson. Aquella tarde, el doctor Lao-Ting descendió lentamente hacia la estación y tomó a su vez el tren para Estocolmo. Días antes, el nuevo ministro chino (comunista) había presentado sus cartas credenciales ante la Corte sueca, y una de sus primeras iniciativas había sido la de organizar una exposición de arte chino, clásico y moderno. Lao-Ting había invitado a Klara a visitar la exposición y se dirigía a Estocolmo para reunirse con ella.

Camino de la sala de arte, Klara se extrañó de que el doctor hubiera recibido invitaciones. «¿Por qué no?», se asombró a su vez el chino. «Porque son comunistas y usted viene de Formosa.» Entonces él rompió a reír.

—Sólo ustedes son capaces de dar importancia a las etiquetas políticas y hacer que todas las manifestaciones de la vida humana hayan de estar coloreadas de rojo o de blanco. El ministro de China me ignorará oficialmente, pero le complacerá mucho que yo asista, lo encontrará muy correcto y se alegrará de que yo haya pedido la invitación y lleve a una amiga sueca. En fin de cuentas, ¿qué es el comunismo? Una manifestación moderna de ideas formuladas ya en la más remota antigüedad, que responden a ciertas apetencias humanas, y que, por anhelos espirituales de unos y deseos materiales de otros, han venido inspirando religiones o revoluciones según las épocas. El comunismo apenas tiene medio siglo, mientras que China cuenta milenios y ha digerido toda clase de invasiones e innovaciones. ¿Dejaremos de ser lo más profundo y auténtico por ser lo superficial? Sólo el loco que caía de una torre podía pensar que era pájaro en vez de hombre.

Las tres primeras salas de la exposición albergaban arte chino clásico, mientras que las otras dos contenían obras modernas de jóvenes artistas revolucionarios. A estos últimos se hallaba oficialmente dedicada la exposición, pero los organizadores habían desplegado el máximo talento en disimular la existencia de tales salas, y así poca gente llegaba a ver, en dos habitaciones más estrechas y peor iluminadas —salvo en el momento ineludible de la organización—, los desnudos, escenas de lucha y cuadros alegóricos más o menos modernistas enviados desde Pekín. En cambio, las tres primeras salas ostentaban piezas de museo en cerámica, jades, bronces y pinturas. Sobre estas últimas se extendió largamente Lao-Ting, subrayando ante su amiga lo exquisito del pincel al tratar la cresta de una ola, una rama de pino, la posición de un insecto o de un pájaro, la caída —de pronto reprimida por un brusco enebro— de la ladera de un monte. Naturalmente, se opuso a que Klara viera las dos últimas salas y, al salir, la invitó a una taza de té.

—No puede usted imaginarse, miss Lund —decía más tarde—, cuánto le agradezco su compañía. Empezando por la violencia que debe suponerle acompañarme, porque, naturalmente, usted me encuentra ridículo. Sí, sí; no lo niegue cortésmente. No me molesta porque mi vanidad me permite creer que es culpa de este traje occidental en que voy embutido. Toda la deformación de la civilización europea se comprende cuando se mete uno dentro de este traje.

—¿No es racional?

—¿Racional? No sé si lo es, ni me preocupa, pero, desde luego, carece de sentido común. En primer lugar, divide al hombre por la cintura en dos partes, que se visten de diferente manera, rompiendo aún más la unidad del cuerpo al separar las piernas con los dos tubos del pantalón. Uno se siente fragmentado en vez de ser un todo frente al exterior. Perdone esta crítica, quizás apasionada, pero que continúa nuestra conversación del otro día. Lo mismo que no se puede hablar humanamente en un autobús a sesenta por hora, tampoco es posible vivir humanamente por trozos independientes.

—No me molesta lo que dice. Me resulta curioso, inusitado, y hasta, lo confieso, sugestivo.

—Además, el traje occidental impone a cada sexo las actitudes justamente más opuestas a su naturaleza. No es precisamente el hombre el que tiene que abrir las piernas en comparación con la mujer. Ustedes, sin embargo, hacen lo contrario que nosotros, que vestimos largo tiempo a las niñas con pantalones y, en cambio, ponemos túnicas a los hombres. Aquí hasta «llevar los pantalones» es una expresión de dominio, correspondiente a un traje de bárbaros y guerreros, a una prenda para montar a caballo. Pero en China el jinete siempre es un soldado inferior que monta a caballo porque no puede ir más cómodo, como van los generales o el emperador, dirigiendo la batalla desde un palanquín. Entre nosotros es ofensivo llamar a alguien «lleva-pantalones», porque se le compara con un cargador o un *culí*. Es cierto que, por ahora, las antiguas costumbres no gozan de gran favor, pero todo volverá a su cauce cuando prevalezca la sabiduría en estas cosas aparentemente nimias y, en realidad, decisivas para una nación. ¿Sabe usted que un etnógrafo inglés ha publicado hace poco una obra que explica el carácter del pueblo ruso y su obsesión por ser dirigido y obedecer, como consecuencia de la costumbre de tener a los niños estrechísimamente fajados y casi inmóviles hasta cerca de los dos años?

—Pero, mi querido doctor, habla usted de sabiduría. ¿Es sabio o era sabio impedir el desarrollo natural de los pies femeninos?

—Se reformaba la Naturaleza, es cierto; pero, al menos, en una dirección que aumentaba las alegrías de la vida. Toda mujer veía sobradamente compensados sus dolores de niña al recrearse en su mucho más atractiva manera de andar y al verse deseada por sus pies pequeños; exactamente lo mismo que ustedes se someten a muchas privaciones para estar anormalmente delgadas. Con la diferencia de que es difícil explicarse el placer que el hombre encuentra en una mujer sin formas, y, en cambio, es indescriptible el encanto que el pie vendado presta a toda la manera de ser de la mujer. Una doncella china, así reprimida en sus movimientos, gana tanto como una exquisita flor de invernadero en comparación con la misma especie en estado rústico.

—Temo, doctor, que sus opiniones tengan tanto de apreciaciones subjetivas como las que pudieran tener las de un occidental en defensa de nuestros trajes y costumbres.

—Ante un hombre, aun tan rudo como suelen serlo aquí, yo aduciría otras pruebas basadas en la técnica de gozar de la mujer. Lamento no poder convencerla a usted mediante tan decisivos argumentos.

La voz del doctor se había hecho incisiva. Estaban en el departamento chino del restaurante Berns, independiente del gran comedor y dirigido por un chino, que recibió a Lao-Ting como a un amigo digno de todos los respetos. En aquel momento, una señorita china, con pantalones y breve túnica abrochada lateralmente hasta el cuello, se acercaba con el servicio de té. La camarera depositó la bandeja sobre una mesita auxiliar. Klara la observó manipular tazas y tetera con sus manos delicadas. Contempló también sus gestos silenciosos y casi insensibles. Sabía ser en extremo diestra y eficaz sin dejar de dar a su cuerpo y a sus manos movimientos de flor. Contestaba brevemente a las preguntas lentas de Lao-Ting, y el lenguaje también era una música floreal.

—Sí —continuó el chino cuando la señorita se hubo retirado—; estoy seguro de que a un hombre le convencería yo de las ventajas de la mujer con pies vendados, y eso supondría, automáticamente, convencer a la mujer. El único problema sería la dificultad de expresar matices sensuales diferenciados en mi idioma y que ustedes ni sospechan, lo cual ya es una gran prueba en apoyo de mi tesis. Sí; yo le convencería, pese a lo burdo y grosero que es el hombre occidental para el amor... No, no; espere, por favor. No pruebe el té aún.

—Ya no debe quemar. ¡Y tiene aroma tan exquisito!

—Pero el té —sonrió él— todavía no se ha decantado lo suficiente... Sí; en Occidente se enseña al hombre a andar, a leer, a todo menos a amar. Eso se deja a la improvisación y al tanteo de cada uno, a la grosera satisfacción del instinto y a la multiplicación de frustraciones y desalientos individuales. Tienen ustedes libros sobre gastronomía, ¿por qué no sobre el arte de amar? Dios puso el sexo en el hombre, y los moralistas occidentales pretenden ordenar el mundo prescindiendo de él. Todos los miembros son llevados por el deporte hasta el extremo de sus posibilidades, pero hay órganos humanos que no existen. ¿Cree usted que esto es ya mera especulación personal o que es la más razonable de las afirmaciones?... Y ahora sí que es el momento de tomar el té: lo más denso se ha decantado ya, la tibieza se ha transmitido íntegramente a la porcelana, el aroma ha perdido la violencia de las primeras bocanadas de vapor... Saboréelo y no apure del todo la taza...

Klara obedecía como fascinada. Las muy veladas lamparitas tras las pantallas de pergamino dejaban reflejos blandos como hojas de árbol en los metales y difusas claridades en las lacas. La disposición de los almohadones en el sillón de Klara era muy sabia.

—¿Querrá usted creer (a usted se le puede hablar) que durante mis años de estudiante en las universidades europeas casi nunca fui con ninguna mujer? A pesar de mi juventud, prefería la abstinencia. Solamente en alguna vieja cortesana del gran mundo llegué a encontrar un poco de lo que sabe sin secretos una virgen amarilla, y, aun entonces, sus prejuicios sobre la indignidad me hicieron desagradables los encuentros. Quizás una mujer muy incomprendida y abandonada podría entrever algo de lo que puede ser. Ese olvido deliberado del sexo en Occidente, tan antinatural, es lo único que explica muchos fracasos individuales y permite comprender que Europa haya enterrado el sentido humano de la vida en Grecia y se abandone cerebralmente a los dioses de la máquina, de la técnica y de la organización. Si el hombre de Occidente estuviera más sólidamente anclado en el secreto de la existencia, no llegaría a considerar como nefando, por ejemplo, lo que para un espíritu tan excelso como Platón era natural y comprensible. A ustedes les pierde el cerebro... ¡Oh! Vuelvo a pedirle mil perdones. ¿Ve cómo hay mucho literario en lo que se afirma de la cortesía china? Si esa cortesía fuera tan extremada como se dice, yo no hubiera osado enturbiar su goce del té con toda esa parrafada...

—No se excuse, doctor. Yo misma pienso muchas veces algo parecido, créalo. Sobre el cerebro y la naturaleza quiero decir. Aunque sin los matices y la penetración de usted, claro está, sus palabras coinciden con mis preocupaciones.

«Sólo soy una niña —pensaba Klara al mismo tiempo—. Al lado de este hombre soy una niña sin secretos e ignorante de la vida. Y Mattis sería una especie de guerrero medieval, un rústico del amor en comparación con un abate galante del siglo XVIII. Como aquellos bárbaros normandos que raptaban dulces francesas, las forzaban y las dejaban al borde del camino, todo casi en minutos.» Y pensar de pronto en Mattis como un principiante del amor le llenaba de satisfacción recóndita.

—No me extraña que piense usted lo mismo. Por sus dotes personales y, naturalmente, por ser mujer —continuó el chino inclinándose hacia ella—. Los hombres pueden tener otras preocupaciones y quizás pueden volver más fácilmente la espalda al sexo. Si Occidente la ha vuelto tan intensamente es quizás porque las mujeres influyen menos en su civilización. Pero lo que yo no comprendo es cómo pueden ellas sobrellevar la carga de su insatisfacción. ¿Cómo soporta una mujer sensible e inteligente la insatisfacción de sus pechos, de sus manos, de sus pies, de sus orejas…?

Klara percibía la atmósfera intensamente turbadora creada por las palabras; pero al mismo tiempo todo parecía tan irreal como en un sueño. «¿Estaré hipnotizada?», se preguntó cierto instante. Indudablemente, no. En cuanto lo quisiera podría reaccionar. Pero no quería. Y las palabras del doctor continuaban fluyendo como una música, como un irresistible río lento que todo se lo lleva consigo sin violencia. Y cuando más tarde salieron del restaurante y se despidieron, se encontró con que había quedado en ver otro día al doctor Lao-Ting, en comer con él en el restaurante chino, auténticamente chino y no para el gran público, que poseía el propio gerente del instalado en el Berns. Comerían una comida china, vestidos a la china. «¿Cómo hemos quedado en eso?», se preguntaba Klara.

A la misma hora Karin regresaba a Saltsjöbaden. Había realizado unas gestiones en Estocolmo relacionadas con ciertos actos del Congreso y necesitaba volver para hacer anotaciones en su oficina, aunque fuese incómodo realizar el viaje de ida y vuelta para permanecer sólo algunos minutos. Y apenas se había sentado en su mesa cuando llamaron de la central de Telégrafos de Estocolmo y le transmitieron un mensaje que ella anotó cuidadosamente y se hizo repetir, porque le habían encarecido mucho su importancia.

Inmediatamente cogió el teléfono y marcó una habitación. Reconoció la voz fuerte, pero indiferente, del profesor Saliinen.

—Soy miss Wikander —dijo ella con cierta emoción—, de la Secretaría del Congreso. Ha llegado el telegrama para usted.

Sí; ella sabía que era el telegrama. Y la voz al otro lado se transformó súbitamente:

—¿Lo tiene usted?

—No han enviado el mensaje, pero me lo han anticipado por teléfono.

—¿Qué dice?

Era una voz alerta, viva, dinámica. Por fin, en acción.

—Viene de Helsinki, dirigido a usted. Y dice simplemente: «Liina ya se encuentra bien. Adiós. Dorna.»

—Fíjese bien, hija mía; es muy importante. ¿Seguro que no dice «está mejor»? ¿Seguro que dice «ya»?

—Es exactamente el texto que recibirá usted. Me lo hice repetir.

—Muy bien, muy bien. ¿Mis acompañantes no saben nada?

—Salvo usted y yo, nadie sabe nada.

—Ni ha de saberlo. Gracias, hija.

Aquella noche los congresistas se asombraron de que el habitualmente retraído profesor Saliinen se quedara después de cenar en las galerías altas del hotel que dominaban el vestíbulo. Hasta sus mismos compatriotas estaban allí evidentemente asombrados como los demás. Lo más extraño era que el finlandés había cambiado. Todo peso había desaparecido de sus hombros, toda concentración de su semblante. Y, con toda su potente arquitectura muscular, daba una impresión de levedad, casi de gracia, que sorprendía a todos. Parecía un hombre feliz.

Fue una de las noches en que los congresistas se divirtieron más. Un joven sueco se sentó al piano y obsequió a todos con ritmos de música moderna, interpretados con la mayor sensibilidad. Romero se reveló como un «flautista», enrollando un periódico y silbando en él como si tocara la flauta, improvisando variaciones de los temas musicales al piano y acompañando cualquier cosa. Después, otros se sucedieron en la música, y a los ritmos negroides sucedieron canciones nacionales, ecos de folklore, sentimentales añoranzas en que se unían los congresistas de cada país y aun los de otros países, cuando conocían los temas. En este aspecto lo más notable fue lo inesperado: la intervención de Saliinen. Tenía una voz potente y, a la vez, pastosa y segura. Acompañándose a sí mismo al piano, cantó la canción de la libertad de los voluntarios de 1940, insistiendo tozudamente en que sus dos compatriotas cantaran el estribillo, lo que parecía divertirle mucho. Y después, súbitamente melancólico, entonó una canción popular de los pastores de su región de los lagos. Nadie comprendía el significado de las palabras, pero en el silencio que cortó la alegría ruidosa, muchos se sintieron estremecidos como por el canto de un cisne salvaje. Y después Saliinen se retiró. Erguido, fuerte, firme, sonriente. No parecía feliz; es que lo era.

«Quizás —¿acaso?— demasiado feliz», pensó Gyula, que, retrepado en un magnífico sillón, lo observaba todo, como siempre. Y, a su vez, se levantó, porque a aquella hora Sigrid debía haberse deslizado ya en el cuarto.

22

Karin quitaba la lona del balandro y preparaba los aparejos. Como ignoraba la nueva disposición de ánimo del profesor Saliinen, se había quedado sorprendida por la mañana. Apenas se había recibido en Secretaría el telegrama con el texto anticipado telefónicamente la víspera, cuando el finlandés entró en el vestíbulo y se acercó a la mesa.

—Buenos días. Éste es, ¿verdad? —dijo, señalando el blanco impreso.

Hablaba jovialmente, sin velo alguno en la voz y límpidos los ojos grises. Era el hombre, pensó Karin al tenderle el telegrama que correspondía a la nueva voz escuchada por teléfono la tarde anterior.

—Sí, señor. Y nadie sabe nada.

—Muy bien, hija mía; muchas gracias.

—Ha llegado también una carta —añadió Karin tendiéndosela.

—Muy bien, muy bien —respondió él, mientras, con delectación, rompía el sobre en menudos pedazos, sin haberlo mirado siquiera.

Karin, en pie, estaba tan asombrada que el hombre se dio cuenta. Entonces la miró, por primera vez en su vida.

—¡Qué atractiva es usted! —dijo profundamente. Y después, más despacio, antes de retirarse—: Viva, hija mía. Aferre bien la vida con las dos manos. No le importe sufrir, pero esté siempre viva.

Karin había repensado estas palabras durante toda la mañana sin poder olvidar la noble figura, ancha de espaldas, destacada un momento en el marco de la puerta, mientras tenía también constantemente en la memoria el proyecto para la tarde. Había enviado a Espejo un traje viejo de su padre, pensando en que podría haber salpicadura en el balandro y en que el español no debía sentirse incómodo por eso. Espejo, muy preocupado, había preguntado por teléfono si el padre de Karin tenía una talla muy distinta de la suya. A Karin le hizo gracia esa inquietud para una tarde de marinear. Pero ahora, cuando se acercaba el momento, comprendía perfectamente y estaba meditativa.

Por eso no sintió llegar a Espejo, un poco holgado en la chaqueta del sueco, pero no pequeño. Estaba encantadora la muchacha, con sus pantalones azul marino, su jersey amarillo y su pañuelo a la cabeza, inclinada sobre cubierta. Era una pura y alegre nota de juventud en el marco marinero, familiar ya para Espejo, con su dulzura blanca, verde y celeste. Karin se volvió en aquel instante y el jersey reveló la amplitud recatada de sus formas.

—Hola —dijo ella, cortando los pensamientos que ignoraba—. Ayúdame. Toma todo esto y déjalo en la caseta. Dáselo al guarda.

Cuando regresó Espejo, ella tiró del cabo de amarre y acercó al embarcadero la popa del balandro, que sobresalía del afilado casco casi como una delgada tabla.

—Dame la mano y salta, marinero —dijo—. Todo está dispuesto. ¿Animado?

—Por lo menos, animoso —respondió él—. Pero ya sabes que no soy nada navegante.

—¡Bah! No iremos muy lejos, no te preocupes. Y, además, yo soy una marinera estupenda.

Mientras hablaba había ido tirando del otro cabo, amarrado a la boya, y ahora se puso a desatarlo, inclinada desde la cubierta hacia el mar de una manera tan alarmante que Espejo no pudo retener un aviso:

—¡Ten cuidado!

Karin le contestó con una risa y regresó a popa.

El balandro, fiel aún al impulso recibido, tardaba en detenerse. Su balanceo se percibía mejor, aunque sólo estaban a pocos metros del muelle, como si el casco se diera cuenta de su libertad y la celebrara. Y Espejo pensó que en inglés «barco» es una palabra femenina.

—¿Serás capaz de ponerte en pie para ayudarme a izar la vela?

—Yo soy capaz de todo —repuso él, levantándose sonriente.

—¡Bravo! Eso es lo que me dijiste que llamáis en tu país «hactansia», ¿no?

—Algo así —repuso Miguel, mientras sus manos alternaban con las de Karin (unas veces encima, otras debajo) al tirar del cabo.

Las poleas chirriaron y la lona subió. Era como una blanca bandera de paz hinchándose con el aire, haciendo moverse la botavara de un lado para otro y oscilando así combada o fláccida.

—Ahora siéntate —dijo Karin—. Te advierto que hubiera podido izarla sin tu ayuda. Casi siempre navego sola.

—¿Entonces era una prueba?

—Justo. Y si no llegas a cumplir como grumete, te hubiera desembarcado.

«¡Cumplir! —pensó Espejo—. Para ella esto es un juego delicioso. ¡Cómo ignora que para mí es inmensamente triste! No importa que uno haya renunciado a todo ya; es triste. ¡Pero es también tan dulce y tan graciosa! ¡Y pensar que nunca sabrá lo que ha llegado a ser para mí! Pero ¿por qué son así las cosas?»

—Fíjate bien en lo que hago —decía Karin—, para que la próxima vez navegues tú.

—¡La próxima vez…! —se le escapó al hombre.

—¿Qué?

—Que sí, que la próxima vez gobernaré yo.

—¿Ves? Ya está.

Efectivamente, las escotas habían inmovilizado la oscilante

botavara. La vela estaba sujeta como un fogoso caballo lo está por las riendas. El balandro dio un respingo. Estallaron crujidos en su tablazón. Cogió un poco de viento y empezó a cortar el agua. Karin se sentó junto a Espejo y empuñó la barra del timón, que quedaba entre ambos. Empezaron a navegar, y una deliciosa ráfaga de aire se apoderó de las mejillas de Espejo como dos frescas manos de mujer. Daba gusto saborear el puro y ancho silencio marino. El embarcadero, la caseta del guarda, el Gran Hotel se alejaban suavemente, subiendo y bajando sobre la popa del balandro. La isla con el *Sommarrestauranten* de las conferencias iba también quedando atrás. Pasaban ahora frente al balneario donde Espejo había ganado aquella experiencia vital para su piel. Otra estructura semejante de madera, en el extremo de la isla, se iba precisando poco a poco.

—¿Quieres los gemelos? —dijo Karin burlona.

—¿Para qué?

—Para mirar el balneario de las señoras.

—¿Es costumbre enfocar los gemelos cuando se pasa por aquí en balandro?

—Nosotros no le damos importancia, pero...

—¿Supones que un español sí?

—No te enfades.

—No me enfado. Es que eso me ha recordado a tu amiga Ingeborg. Y prefiero no recordarla.

—Muchas gracias —contestó Karin profundamente. Y añadió, tras una pausa— ¿Sabes lo que me dijo Inge en sueco? ¿Aquel día en Estocolmo, delante de ti? Que no había probado nunca ningún español.

—¿Y quería probarme a mí? ¿No me encuentra demasiado viejo?

—Siempre sales con esa tontería. Ya sabes que no eres viejo.

—No. Aún no soy el reno de Skansen. Aún puedo dejar que se me acerquen sin defraudar —murmuró Espejo casi para sí mismo—. Pero...

—¿De qué hablas?

—De nada.
—¿No te interesa lo de Inge?
—En absoluto. ¿O piensas de mí lo contrario?
—No.
—Pues entonces no hablemos más de ella. Desentona con todo esto.

Sí; rompía con todo: con la pureza celeste y verde de la mar bajo el cielo, con la inocencia de la navegación, con la gracia infantil de los cabellos escapados del pañuelo de Karin, y con la de su boca, más pueril que nunca. ¡Y el silencio, el silencio marino lleno de susurros! También el balneario de las mujeres iba quedando atrás y ninguna alusión impedía a Espejo encontrarse adolescente. Sentía calmarse todas sus preocupaciones. Estaba seguro de que aquella tarde iba a ser tristemente —pero intensísimamente— feliz. Y absorbía cada momento como construyendo con plena consciencia el último recuerdo de su vida.

—¿Va bien? —dijo ella, otra vez deliciosa nada más.
—Perfectamente. Es maravilloso. Debíamos enviaros desde España sol a cambio de agua.
—Bueno; no creas que navegar es siempre tan sencillo. Hoy hemos tenido suerte y...
—Es la perfecta organización del Congreso.
—No hagas humorismo. No te va —replicó secamente—. Bueno; no empecemos a pelearnos. No hay que estropear esto.
—No, no hay que estropearlo —dijo él con fervor.
—Te decía que no siempre es tan sencillo. Hoy tenemos buen tiempo y además un viento muy favorable.
—¿Puedo decir que enviado por los dioses?
—Eso ya es más razonable.
—¿Cómo serán los dioses de estos lugares?
—Yo creo que son diosas. Diosas buenas que vienen nadando detrás y nos empujan. Pero hará falta que también nos protejan al regreso y le den la vuelta al viento, porque tenerlo de proa es muy distinto. Verás cómo cabeceamos. Pero así te vas entrenando poco a poco... No hay sensación de velo-

cidad como ésta del navegar. Ni el auto ni el avión, a causa del motor. No he probado el vuelo sin motor, pero el balandro es delicioso. Parece que la velocidad nace de ti.

—¿Has tenido mala mar alguna vez?

—Ya lo creo. Y he pasado mucho miedo. Pero aquí no nos llama la atención. Nos enseñan a nadar en la escuela obligatoriamente, y es casi más frecuente tener un balandro o una canoa que un automóvil. Se guarda durante el invierno, se repinta todas las primaveras, y ¡a navegar! Este archipiélago de Estocolmo es tan propicio... Siempre hay algo que descubrir.

Pasaban junto a las islas acariciándolas casi como las gaviotas. Algunas tan pequeñas que no ofrecían tierra más que para un grupo de abetos; otras, mayores, con alguna casita roja. Y, más lejos, toda clase de ensenadas y accidentes de la costa: abruptos escarpes de roca o suaves declives de césped y árboles.

—Y tu padre, ¿no se inquieta?

—Mi padre... No nos vemos mucho. Aquí en Suecia los niños son muy independientes desde muy pronto. Yo lo he notado más porque me crié fuera de aquí: en Bruselas, donde estaba entonces mi padre como diplomático. Mi madre era francesa. Murió cuando yo tenía cuatro años. La recuerdo un poco...

La madre francesa explicaba muchas cosas. Y también las relaciones del padre y la institutriz, que ella le había referido durante el paseo por Estocolmo. Pero la muchacha añadía ya con sentimiento:

—Mi padre se volvió a casar luego, se divorció y ahora está casado otra vez. No voy mucho por su casa... En vuestro país es diferente, ¿no? Eso no pasa.

—No, no pasa —respondió él.

«Lo he dicho sin mucho entusiasmo», pensó. Ella no siguió hablando, y esta vez se prolongó el silencio por estar lleno en ambos de pensamientos, de internos comentarios que rebosaban al exterior y teñían de preocupada humanidad el silencio geológico del mar. Durante un instante, Karin se abstrajo tanto, que se le escapó la caña del timón. Ambos se lanzaron simultáneamente a cogerla y las dos manos se encontraron. Sólo un instante, pero un instante muy profundamente percibido. Después Espejo retiró la suya.

Pero aquel contacto de la mano femenina había bastado ya para teñir de rojo sus pensamientos. «Quiero ser niño —deseó con fuerza—. No debo emprender el camino sin salida, el de la amargura y el desencanto. Esto no tiene arreglo. Ya es demasiado tarde para mí.» Y se obstinaba en atender al cielo y al mar, al rumbo de la nave, a la tirantez del cordaje. Pero ya cielo y mar no eran indiferentes, ya no era imparcial el gran cuadro de la Naturaleza. El hombre se sentía desentonado de su escenario, rebelde a la fuerza del viento y de las olas, a la profundidad sin escamoteos del cielo, al gozo vital de las nubes. Ráfagas de inquietud recorrían el alma, impulsando a replantear otra vez el significado de todo.

De pronto, la silenciosa Karin se inclinó hacia delante para cambiar la inclinación de la vela, en una postura violenta, llena de curvas bien dibujadas. El balandro aminoró la marcha. Entonces vio Espejo que estaba abordando una islita del archipiélago.

—Ésta es Flickaholmen; ésta es nuestra tierra —dijo Karin mientras gobernaba para acercarse a un pequeño embarcadero de tablas.

—¿Flicka no quiere decir «muchacha»?

—Sí. Es la isla de la Muchacha.

—¿Por qué se llama así? ¡Qué casualidad!

—No lo sabemos. Siempre tuvo ese nombre, aun antes de que mi padre pidiera licencia para construir.

Ella saltó al embarcadero con un cabo en la mano y se puso a amarrar el balandro.

—¿La casa es de tu padre?

—Sólo es una cabina de verano que construyó para venir con mamá cuando eran prometidos. Al morir ella, me la regaló. Esto es mío, esta tierra y una franja de seis metros de agua todo alrededor. Bienvenido a mis dominios.

Al decir esto le tendió la mano. La tomó, y, con el pie

puesto ya sobre la borda, vio cerquísima, inclinado hacia él, con sus frutos maduros, el torso de la muchacha. Su presencia era muy poderosa. Y cuando, al saltar, quedaron muy juntos, Espejo se dio cuenta de que la estaba besando. Fue la instantánea jugosidad íntima de los labios femeninos, vueltos un poco hacia fuera por el suave choque. No lo olvidaría nunca.

La muchacha retrocedió. Espejo vio sus ojos muy abiertos, sus manos temblorosas, su pecho agitado. Ella murmuró algo semejante a «Eso, no», o «Así, no», y empezó a escalar el senderito trazado entre el césped de la ladera.

—Perdóname, Karin —dijo Espejo, siguiéndola—. Por favor. No sucederá más. No me comprendo.

Y mientras pronunciaba estas palabras, había lugar en su mente para un sincerísimo arrepentimiento y, a la vez, para pensar: «No es así como tu boca merece ser besada. No así, tan de pasada, tan furtivamente.» Ella, entretanto, se había vuelto y, desde un plano más alto que él, lanzaba una respuesta:

—Tampoco es eso. Tampoco es así.

Él notó su voz tan a flor de llanto, tan casi desesperada, que reaccionó inmediatamente:

—¡Por Dios, Karin! Lo último que quiero en este mundo es aumentar tus problemas. Antes que eso, prefiero volverme a nado.

—No —repuso ella, sonriendo ante la sincera explosión de Espejo—. No es preciso tanto. Bueno; aquí tenemos la cabina.

Estaba al otro lado de la islita, relativamente cerca del agua e invisible desde el embarcadero. El nombre de la cabina le iba bien, pues sólo tenía una habitación pequeña con dos divanes, utilizables como camas, y una diminuta cocinita-despensa. Entraron en esta última y sacaron algunas conservas de los armaritos, cuidadosamente calculados para aprovechar el escaso espacio.

—Eres mi invitado —decía Karin al cargarle con un par de latas—; pero ya sabes que en Suecia también los huéspedes ayudan. No somos grandes señores, como vosotros.

Ella hablaba otra vez como en juego. Y un juego parecía también aquel trabajar juntos, apretados uno contra otro en la estrecha cocinita, llena de aparatos metálicos y útiles como de juguete. Pero cuando salieron de nuevo al escenario insoslayable del aire libre, Espejo volvió a sentir sobre sí el testimonio pesado y casi reprochante del mundo. Ella se había sentado al pie de un abeto y guardaba silencio. Él dejó la chaqueta a un lado y, más cómodamente, se sentó, casi enfrente.

—Perdóname, Karin, si insisto en darte explicaciones en vez de olvidar; pero esta tarde es tan importante para mí, que quiero quitarle toda posible aspereza. ¿Qué te pasa? ¿Sigues todavía enfadada? Es cierto que hice mal; yo mismo no me lo explico. Pero no nos enfademos ahora.

—No es nada de eso, ya está olvidado. Lo que notas en mí es... Te vas a reír. Es que me siento muy incómoda y preocupada por algo sin importancia.

—Dilo; no me río.

—Me siento incómoda por seguir aún con pantalones. Los llevo para el balandro, pero cuando llego aquí me vuelvo a poner una falda.

—¡Pues póntela!

—Es que... —y vaciló adorablemente—, es que mis piernas son tan feas... Mis pantorrillas, quiero decir...

Espejo se conmovió ante aquella niña.

—¿Qué dices? ¡Eres encantadora!

—¡Oh, lo son! Lo sé perfectamente. Lo he sabido desde que empecé a ponerme medias. Son gruesas. Y, sin embargo, prefiero la falda, salvo en el balandro o en la bicicleta.

—Pues póntela. Yo te encuentro siempre encantadora.

—No digas galanterías. Odio las galanterías. Y, además, no sé... No puedo decidirme. Tendría que ir a la cabina y cambiarme allí. Es complicado. Una cosa sencilla y, de pronto, tan complicada.

Espejo habló gravemente, intensamente, con una pasión dirigida a sí mismo.

—Te comprendo muy bien. Siempre; seguramente demasiado bien. Esa cosa sencilla se ha hecho complicada porque esta tarde es importante. Yo también lo siento profundamente. Antes me preguntaba: «¿Por qué estamos aquí? ¿Por qué el inmenso mundo, tan diferente, nos mira, sin embargo, con tan gran atención? ¿Por qué parece estar esperando algo de nosotros?» No lo sé. Pero si hay algo claro en mí es la seguridad de que nada debe ser asfixiado en embrión. No debemos matar nada dentro de nosotros antes de que nazca. Que nos traiga lo que sea, su mensaje de dolor o de júbilo. ¿Te acuerdas la otra noche, cuando subiste a mi habitación? ¡Cómo me arrepiento de todo lo que he aniquilado dentro de mí durante mi vida, enterrándolo bajo las losas de un no y otro no, decretadas por no sé qué ignorada y ajena voluntad!... No ahoguemos nada; no cometamos otra vez ese crimen contra la creación de Dios. Para hacerlo no vale la pena cruzar el mar...

Se detuvo un momento, sorprendido.

—Pero ¿por qué digo todo esto? —murmuró—. Perdona mi exaltación, no he podido evitarlo. Hace días que no sé lo que me pasa ni casi quién soy.

—No mates nada dentro de ti mismo... ¿Por qué no ibas a hablar así? Además, tienes razón. Yo lo he pensado muchas veces. Y esta misma mañana me lo ha dicho Saliinen de una manera inolvidable. Hay que vivirlo todo.

—¿Lo ha dicho?... Sí; es muy propio de él: no hay más que verle. Yo también necesitaba decirlo. Y son cosas que no se pueden decir a solas. Han de ganar existencia real haciendo que nos las escuchen... Vete a cambiar, Karin; sigue la misma norma. Y, si puedes, dime por qué no querías hacerlo... Si algo deseo yo en este mundo es saber de ti, saberte, poseer toda tu memoria, si eso fuera posible. Di: ¿por qué?

—Ahora, no —repuso ella, sonriendo y levantándose para ir a la cabina.

No olvidaría nunca aquellas sonrisas de Karin, con las que parecía pedir perdón. A la hora de morir las estaría viendo. La dulce y melancólica sonrisa de aquella muchacha, nacida para ser protegida, para sentirse querida. «Ella no desea otra cosa —pensó— desde sus lejanías interiores. Tanto lo aguarda, con tal ansia, que se queda muda para pedirlo, sin que nadie sepa oír el grito de sus ojos. Y vive prisionera de su propio extraño hielo hasta mientras duerme, mutilados de alas sus sueños, sin atreverse a pensar en el peso de un hombre sobre su cuerpo y en el milagro de volar, flotar, oprimida entre la tierra y el amor.»

Ella era como... Y el recuerdo del beso estalló súbito en el aire concentrado aquella tarde sobre la isla de la Muchacha. Sí; así mismo era. Enfrentada con todo, casi agresiva y dura como sus labios tensos bajo la roja piel, rotundos, bien opuestos contra el aire. Sí; pero interiormente jugosos y blandos, suaves y dulces, líquidos casi para ser absorbidos.

Con el recuerdo, el cielo y el mar ya no pudieron ser otra cosa sino inmensos resonadores cuyo foco estaba en la isla. Y más exactamente, en la pequeña cabina donde se cambiaba de ropa la muchacha. Los abetos emitían no el susurro del viento, sino el roce de las telas resbalando sobre el cuerpo. Las hierbas transformaban su olor en un silvestre perfume de mujer. Una gaviota se dejaba mecer por las ondas casi voluptuosas y las nubes adoptaban curvas femeninas. «Todo eso, ¿por qué?», pensaba el reno de Skansen, la avispa moribunda, el hombre que, sin ser viejo, sentíase ya mordido por el hierro de las despedidas. «¿Qué encierra la inmensa semilla de este momento?», se preguntaba él tendido en el potro del césped. Y miraba hacia la cabina, caja de Pandora, con su sorpresa de dulce niña o muchacha madura. Y todo consistía en que aquella distancia física simplemente de unos metros, continuara siendo miles de kilómetros de hielo o se anulara en un segundo.

Aunque aguardaba ya su salida, le sobresaltó verla. Ella avanzó con la timidez de la belleza ante su juez. La miró sentarse como antes, con la espalda apoyada en el tronco del abeto que les daba sombra.

—¿Ves cómo son demasiado gruesas? —dijo ella...

Descansaban sobre la hierba, entre ambos. Vivas, despiertas, prolongadas en un cuerpo y en un alma.

—Bien. ¿Y qué?

Ella se mostró tan impresionada como si acabara de hacer un descubrimiento dramático.

—Es verdad —dijo al fin—. ¿Y qué? ¿Y qué?

(Espejo se recordó a sí mismo gritando análogamente: «¡Genio! ¡Genio!», desde su terracita frente al Báltico.)

—¿Y qué?... De repente, ¡cómo carece de importancia!

Su voz era, por primera vez desde que la conocía, físicamente alegre, somáticamente jubilosa.

—¡Cómo te has debido reír de esta pobre muchacha...! Tienes razón —continuó—, no están tan mal... ¿Sabes?... Me siento avanzar miles de kilómetros.

«De hielo», pensó él. Ella le miraba, le miraba. «Lo más intenso es cuando la mano aún rechaza, pero los ojos ya se han entregado», recordó él haber oído a Gyula. En un instante notó tremendas emboladas en su sangre. Y en el instante siguiente se sintió absolutamente seguro, sereno, consciente de su deber. Notó que le contemplaban los abetos, el granito, la mar. «Por el mundo», brindó.

—Sí, querida. Están muy bien. Tienen la forma que armoniza con todo tu cuerpo. Y la piel... ¡Qué suave, qué joven y vibrante. Y todo tu cuerpo igual...! ¡Querida Karin!

Tuvo las fauces secas de repente. Hubiera querido decirle... Y hubiera debido pensar que así era como ella merecía ser besada, que así era como las manos del hombre descubren siempre un cuerpo de mujer al mismo tiempo que lo van creando, haciéndolo nacer bajo su tacto.

Pero había ya dejado de pensar. Por eso le asombró ser capaz de oírla cuando ella suplicó, profundos los ojos en su veladura, con palabras que el inglés hacía muy breves:

—Sigue... No me dejes enterarme.

Y creyó oír a sus propios labios contestando solos:

—Sí, querida... Espera, aún puedo llevarte en brazos.

23

En el embarcadero del Gran Hotel, el profesor Saliinen concertaba con el guarda el alquiler de un bote de remos. «Aunque yo le advertí que no se pagaba hasta la vuelta —declararía después el guarda—, a dos coronas la hora, él se empeñó en dejarme un billete de diez. ¿Acaso piensa usted no regresar hasta la medianoche?, le dije en broma, y se echó a reír. ¡Santo Dios, estaba tan contento! Bueno, lo parecía; eso es lo que quiero decir.»

Sí, lo parecía. También lo notó Spalatto, que pasó por allí en aquel instante y fue la última persona que lo vio. El finlandés silbaba tranquilamente, como un hombre feliz, mientras se preparaba y desatracaba el bote. Y sonreía profundamente al sentarse en el banco, al afirmar bien los pies contra el casco, al empuñar los remos y desatracar con precisión. Todos sus movimientos estaban llenos de inmensa seguridad. Y antes de iniciar la rítmica remada que le alejaría pausadamente del embarcadero, su mano trazó un saludo en el aire. ¿Al guarda? ¿A alguien en el hotel? ¿Al mundo simplemente?

Se incorporó sobre el codo. Tenía enfrente la pequeña ventana, pero no veía los abetos ni la densidad del aire posado sobre aquel trozo de Báltico. Pues era imposible olvidar que a su lado yacía una mujer quieta, inmensamente quieta. Era imposible olvidar que...

—¿Estás triste? —dijo, junto a su espalda, la voz compungida.

Sonaba tan infantil, después de haber sido tan madura en los suspiros, que se sintió abrumado de ternura.

—¿Por qué no me dijiste que era la primera vez? —respondió, volviéndose—. ¿Por qué me engañaste el día que paseamos por Estocolmo?

—Yo sólo te dije que ya sabía. No te dije... —respondió la voz humilde, llena de lágrimas reprimidas.

—Pero tu modo de hablar me engañó.

Sin tocarle, desde su arrebujo de sábana, desde su distanciamiento, ella murmuró lentamente:

—Nunca te hubieras decidido.

Conque ésa fue la razón. ¿Y qué significaba? ¿El deseo más absoluto de entregarse o el de poseerle? La mirada fiel y mansa no dejaba saberlo. Era una niña, una niña, más niña que nunca. Volvió a tenderse junto a ella y se abandonó nuevamente a la gran paz. Ella dejó de replegarse y se acercó a él.

—¿Estás contento ya? —dijeron los labios mimosos.

¿Cómo analizar? Todo él se sentía fundirse.

—Cariño... —murmuró en el idioma de su infancia.

Ella fue entonces la que se incorporó. Su mano le acarició la frente.

—Me haces feliz con esa palabra. La aprendí de mi madre... Es la única española que conozco. ¿Recuerdas que te lo dije el primer día?

—El primer día... ¡Parece ya tan lejano!

Ella guardó silencio. Sus dos manos abarcaban la cara masculina. Desde encima le miró con fijeza.

—Dime: ¿qué pensaste de mí cuando nos presentaron aquel día?

—No pensé nada.

—¿No me quisiste ya desde entonces, desde el primer momento?

—No puedo saberlo. Pero me impresionaste.

—No, no me quieres desde entonces. Y quién sabe si ni siquiera me quieres ahora...

Le bastó alzar ligeramente la cabeza para besarla.

—Te puedo jurar una cosa. Que aunque no te hubiera

vuelto a ver más que aquel instante, hubiera bastado para no olvidarte jamás.

Habló, recordando, sobre todo, el impresionante copo de vello cercano a la naciente redondez del pecho, que ahora tenía tan próximo. Hubo también otras cosas, claro; pero...

—Me conformo con eso —repuso ella, reclinándose otra vez, quedando apoyada sólo sobre el codo—. Para ser un hombre, ya es bastante... En cambio, yo te quería desde antes —añadió tras una pausa—. Mattis me hablaba mucho de ti, se excitaba con tus cartas, y yo te asociaba al mundo del sol, al mundo de España.

Durante un relámpago, él pensó que también Mattis le habría hablado a Klara, y eso explicaba muchas cosas. Pero en el acto Klara volvió a la nada.

—Bueno; quizás no fuese ya exactamente quererte —añadió ella—. Pero sí presentir que ibas a ser muy importante para mí.

—¿Esto de hoy? —dijo él risueño, sabiendo que la haría ruborizarse.

—¡Tonto!... Era un presentimiento. Y luego, cuando llegaste, cuando vi tu angustia, porque no tenías carta... Parecías tan indefenso, tan abandonado... Me hizo daño saber que en aquel momento yo no era nada para ti, que ni siquiera me veías. Pero, al mismo tiempo, ¡me dabas tanta pena!... Mira: entre esos dos pensamientos, me enamoré de ti... Y tú, ¿cuándo?

Enamorarse. En-amorarse. Palabra plena como una madre. Pero no explicaba nada, no expresaba que ella era el principio y el fin para él, que todo lo demás era otra cosa, otro mundo, otra vida del mismo hombre.

—No lo sé —contestó—. No sé nada. Todo ha ido apareciendo dentro de mí como si hubiera estado desde siempre. Todo: las certezas y las dudas. ¡Hemos vivido ya tantas cosas!

—¿Mi «cariño» no sabe nada?... Sí; nos han pasado muchas cosas... ¡Cuánto me hicieron sufrir tus paseos con Klara Lund! ¡La he odiado!... ¡Y qué esperanzas me dio aquel «sí» tuyo tan dudoso cuando te pregunté en el tren si querías mucho a...!

Con el levantamiento del torso apoyado sobre el codo, la cadera surgía de la cintura en una curva más espléndida.

—Me has hecho sufrir mucho —continuaba ella—. Todavía hace un rato, cuando hablaste al desembarcar aquí, temía que no me quisieras. ¿Sabes? Si me hubieras despreciado, no sé lo que hubiera sido capaz de hacer... Pero cuando estuvimos los dos en la cocina ya estuve más segura. ¡Nos juntaba tanto, uno contra otro, lo pequeño de la habitacioncita! La voy a querer mucho de aquí en adelante. Y luego, cuando me desnudaba yo a solas para ponerme la falda, ya me parecía estar en tus brazos.

Fue mientras él sentía incendiarse el paisaje. ¿Todo dispuesto por la voluntad femenina, entonces? Espejo se sintió demasiado en manos de las fuerzas engendradoras y contempló lo que había hecho.

—Entonces, ¿tú ya lo habías decretado?

Habló solamente con melancolía, habiendo logrado disimular la amargura. Pero no pudo ocultar el escalofrío súbito, el estremecimiento del recelo. Ella lo interpretó mal y decidió incorporándose:

—Voy a encender la chimenea. Nos gustará tomar café.

¡Cuánta ternura en la voz! Espejo se conmovió. Se borraron sus dudas, su resto de orgullo intelectual y masculino. Aunque el mar y ella y las diosas del Báltico lo hubieran decretado, ¡era tan dulce abandonarse humildemente en las manos del mundo! La gran paz volvió a invadirle. Aquella gran paz. Saber que había cumplido, que había pagado su deuda al Universo. Que el reno y la abeja seguían viviendo en él.

La muchacha, ya en pie, alargaba el brazo hacia una ligera bata.

—¡Por favor! —la detuvo él—. No te pongas nada; espera.

Ella no contestó, pero se apresuró a arrodillarse ante la chimenea. Dispuso en un instante los troncos y encendió un largo fósforo. La llama prendió pronto y él vio danzar unos reflejos rojos y dorados sobre la blanca escultura viviente de la muchacha. Era maravilloso, pero había quedado un vacío demasiado grande junto a él.

—No tardes tanto —dijo, casi con voz de niño.

Pues sin ella sentía debilitarse su contacto con el mundo. Karin contempló todavía un segundo el crecer de la llama, y, al volver frente a él, procuró caminar un poco al sesgo, evitando encantadoramente mostrarse de frente. Se estrecharon y guardaron silencio. Se comunicaban profundamente. Era la gran paz otra vez. El tiempo no podía ni rozarles siquiera.

Siglos después, el aroma del café añadía una nota más al recuerdo en que aquella tarde se convertiría con los años. Estaban recostados en la alfombra, frente a la chimenea. Ella había conseguido ponerse la bata, y su espontaneidad era todavía más infantil.

—¡Qué gracioso estás con pijama! —dijo, volviendo a dejar la taza y el platito en la alfombra—. Pareces un muñeco que yo tuve... ¿Sabes? Aún conservo una muñeca de mi infancia. No hace mucho, todavía venía yo aquí sola a jugar con ella.

Se levantó súbitamente —¡qué llenos de gracia sus movimientos dentro de la felina presteza!, admiró Espejo; el cuerpo era el de una flor, y era suyo— y se acercó al ropero empotrado para encontrar una muñeca. La trajo: una enternecedora aldeanita de Dalecarlia. Y sus brazos de niña la habían acunado. Los mismos que habían acunado al hombre.

—Mira.

No dijo más. Una vez, Espejo, en su pueblo, había sido despertado por un grito infantil —«¡Acudid! ¡Corred y lo veáis!»— y por un golpe de piececitos tras aquella menuda voz empapada de milagro. Espejo se había asomado y había descubierto un corro de pequeños en torno a la prodigiosa maravilla de un escarabajo pelotero haciendo rodar la bola para alimentar a sus crías. Niños que admiraban con ojos nuevos el primer escarabajo del mundo. Con los mismos ojos contempló la muñeca que ella tendía entre los dos como una pura prenda de inocencia. La miró a los ojos y los vio empañados de lágrimas.

—Me gustaría... ¿Quisieras llevártela y guardarla? ¿Podrías, en recuerdo mío... de hoy...?

Fue el primer latigazo del tiempo en toda la tarde. Ella se refugió en sus brazos.

—¡Oh Miguel...! ¿Qué va a ser de nosotros? ¿Te irás? ¿Me dejarás de veras?

Lloraba desesperadamente. Él sintió que en aquel momento la muchacha le quería y se le entregaba más que nunca. Concretamente, más que antes. Pensó que tenía entre sus brazos muchas cosas sin precio en este mundo: una niña herida por turbias pasiones de su padre, la soledad de una muchachita en un colegio y en una enorme ciudad, la pureza intacta todavía de una virgen recién iniciada, los últimos ecos de una pagana fiesta carnal en un cuerpo joven. Todo lo que no tiene precio porque alienta un mundo y no vuelve. Saber que todo aquello crecería y pasaría era sentirse morir.

Era morir, y, sin embargo, hubo de pronunciar para ella las mismas mentiras que la vida nos brinda para que podamos soportarla cuando la estamos viviendo más alta y desgarradora. Se puso a borrarle las lágrimas como una madre, como una hermana y también como un amante aferrado al presente del abrazo.

—Es que tú no has pensado... —sollozaba ella, con palabras más oídas que suyas—. ¡Sois unos egoístas!... Pero cada vez que he recordado que te irías... Tú no lo piensas, tú no lo piensas...

—No hay que pensar ahora, «cariño». Pongo todas mis fuerzas, todos mis sentidos, solamente en vivir...—¿ Tú sabes cuánto he sufrido yo también en estos días? Muchas veces leí en novelas esas dos palabras: «Amor imposible», e ignoré que podían matar de consunción mientras no viví que mi amor imposible se llamaba precisamente Karin, una muchachita prodigiosa con estos labios..., estos ojos..., estos hombros... Vive y no pienses, «cariño»; no pierdas este presente único por las sombras del futuro. Aunque todo terminase ahora mismo, aunque hubiéramos sabido que habría de ser así, ¿no hubiéramos hecho lo mismo? ¿Nos arrepentiríamos de algo?

—Yo, de nada. Jamás de nada. Nunca... Ya sabes que yo vivía replegándome siempre ante la menor proximidad. Sólo esta tarde tú me has hecho posible a mí misma. ¡Cuántas veces he pensado en que sí, que llegaría a casarme y que estaría seca como un árbol muerto mientras sonriera, trabajase y anduviese muchos años del brazo del hombre con quien habría tenido hijos sin haber amado! Pero gracias a ti...

—Y yo lo sabía y pensaba que podría ayudarte, servirte de puente para que salvases tu foso aislante pasando sobre mí, aunque fuera para llegar hasta otros brazos...

—¿Podías imaginarme tan cruel?

—Me hubiera conformado. Hubiera valido la pena, con tal simplemente de haber estado a tu lado, de haber pasado a habitar para siempre tus recuerdos.

Y así la ola de melancolía fue alejándose gracias a las palabras. El café volvió a ser gustado y el amor tornó a puro juego, entre risas. Sólo después, cuando ella terminaba de vestirse, él la detuvo antes de ponerse el jersey y, en pie, la besó largamente. Dejó descansar luego la pesada cabeza sobre el hombro femenino. Sus ojos quedaron consolados por una fresca suavidad de piel. Y fue con los ojos cegados cómo sintió en las entrañas una exaltación y congoja que, siendo ambas infinitas, no eran absolutamente nada en medio de un mundo inmenso y disparado, en el centro de un universo que se expande. «Y esto es todo —vivió más que pensó— lo que este mundo puede dar de sí. Todo lo más, el ápice para el que está creado. En fin: la vida.»

Antes de salir, ella dijo:

—Desde ahora, esta casita estará siempre llena de ti.

Cerraron la puerta —¡aquel chirrido en la selvática quietud del crepúsculo!— y ella le enseñó dónde ocultaba la llave, en el viejo nido de ardillas de un tronco. Descendieron hasta el balandro y aparejaron. Algo se rompía, un telón frío parecía caer para siempre. Y, entregados ya sus cabellos al viento, ella suspiró:

—¡Ay! ¡No pensé que fuera tan hermoso un hombre y una mujer!

—Sí, «cariño». Un hombre y una mujer. En la ternura del fuego.

Las diosas del Báltico habían calmado el viento, y, si no propicio, al menos no fue adverso y prolongó el retorno. Era como si la gran paz hubiera descendido también sobre las aguas. Las manos no tuvieron que encontrarse furtivamente sobre la caña del timón. Permanecieron juntas en ella toda la travesía.

El bote se adentró por un canal medio escondido entre dos pequeñas islas. Su tripulante abordó una, sujetó someramente la embarcación y saltó a tierra. Dio unos pasos mirando hacia el suelo. Por fin halló lo que buscaba: una gruesa piedra. La contempló despacio antes de decidirse a tocarla, pues era una piedra muy importante. Después miró el mundo alrededor. Sus piernas, un poco abiertas, parecían adentrar raíces en la tierra, así como los pies de los marinos procuran unirse a la tablazón del puente. Miró al mar. Un pato salvaje que flotaba emprendió el vuelo. Su pesado corpachón, como el de los hidroaviones, surcó unos metros el agua antes de que las alas pudieran elevarlo y dejó una estela breve.

El hombre cogió la piedra. En donde había reposado siglos y siglos, el césped mostró una boca abierta hacia las entrañas de la tierra, sangrante de olor a humus y a frescura subterránea, surcada por rastros y guaridas de menudos insectos. El hombre subió a bordo con la piedra, desató el bote y remó.

Cuando estuvo lo bastante lejos para que hubiera suficiente fondo se detuvo. El bote se paró solo mientras el hombre metía dentro los remos, cuidadosamente, para que después no se perdieran. Se puso en pie y cogió la piedra en sus brazos, apretándola contra su pecho, como a un niño. Estaba seguro de no soltarla, de que su gesto más firme sería retenerla hasta que ya no hiciera falta. En rigor, no la hubiera necesitado, pero no quería debatirse en más luchas. Se subió a la proa haciendo inclinarse el bote, y desde allí Saliinen saltó y se hundió en las aguas.

La superficie del Báltico se calmó enseguida. El bote cabeceó unos instantes con cierta violencia, y después, con la absurda libertad sin sentido de las cosas, se dejó mecer por las ondas en una soledad estremecedora.

24

Espejo y Karin atracaron y dejaron el balandro bien amarrado y cubierto con la lona. Al avanzar por el embarcadero encontraron un extraño grupo de personas ante un bote vacío. Karin preguntó al guarda. Unos excursionistas en canoa automóvil lo habían encontrado abandonado en el mar, cerca de Furuholmen, y lo habían remolcado, después de buscar vanamente en las islas próximas alguien a quien se le pudiera haber desamarrado. Era el bote con que había salido el profesor Saliinen.

Karin pensó en el telegrama y sintió encogérsele el corazón.
—Vamos a la oficina —dijo—. Puede ser grave.
Y seguida por Espejo se dirigió rápidamente al hotel.
La señora Rawenanda estaba en la terracita y les llamó, preguntándoles qué pasaba. Se lo dijeron y, pese a la ya escasa luz del día, vieron su expresión tornarse grave. Pero solamente dijo, sin asombro alguno:
—Ya.
Luego añadió:
—Suban a mi habitación ahora mismo, por favor. Es muy importante.

Karin pasó antes por la oficina y vio que la organización, estaba ya en marcha, porque el guarda había advertido a miss Fridhem, y Almberg y otros miembros del Comité se disponían ya a ir en busca de Saliinen. Todavía no se había difundido la noticia.

Después subieron a la habitación de la india. Allí encontraron a Gyula, avisado también. La dama les hizo pasar.

—Todos somos especialmente amigos dentro del Congreso. Por diversas razones, el caso es que podemos tomar una decisión en este asunto, y seguramente debemos tomarla.

A Espejo le sorprendió la manera de abordar la cuestión. Pero, en efecto, eran todos especialmente amigos. Él lo era de Karin, y de Gyula desde el día de la llegada. Y con la dama india había tenido conversaciones que muy escasos congresistas habrían sostenido con ella. Seguramente los demás del grupo podrían decir otro tanto.

—Sé que el finlandés ha muerto —continuó Sarna—. Esta tarde, a primera hora, estuvo conmigo.

—¿Aquí?

—Sí, en la terraza. Ya saben que se alojaba en la habitación de al lado. Pues bien: yo estaba sentada aquí mismo, cuando de pronto se encaramó a la barandilla y saltó la mampara divisoria entre las dos terrazas. «Perdone usted —me dijo sonriendo—. Si hubiera sabido que esta habitación era la suya, hubiera saltado por el otro lado. Sólo deseo que me deje cruzar el cuarto y salir al pasillo por su puerta.» Yo me había puesto en pie y no contesté al pronto. Estaba mirándole a los ojos, que me extrañaban mucho. Él creyó otra cosa. «No piense nada malo —insistió—, sólo deseo eso y, además, tengo prisa. Es que no quiero salir por mi puerta porque esos dos están en su habitación del otro lado del pasillo mirando por la cerradura a ver si yo salgo. Ya no me importa que esto se sepa.» «Jamás pensaría nada malo de usted, profesor Saliinen —repuse—. Haga lo que quiera en mi habitación y salga cuando guste. Pero antes déjeme preguntarle si puedo ayudarle en algo.» «En nada, señora; muchas gracias.» «Sin embargo, vive usted ahora un momento muy grave», insistí. Yo lo veía en sus ojos. «Lo que queda es muy sencillo —dijo—. Lo difícil ha sido durante los años pasados.» Y cruzó la habitación, seguido de mí. Ya en la puerta se volvió. «Puede usted hacerme un favor. Dentro de... cinco horas avise a Almberg para que suban a mi habitación a recoger dos cartas muy importantes que dejo sobre mi mesa.» Me besó la mano, abrió despacio la puerta y, al no ver a nadie en el pasillo, salió y cerró. Mi primera idea fue la de que huía. Después de haberme concentrado, llegué a la convicción de que huía, sí, pero definitivamente. Comprendía que no le volveríamos a ver.

—¿No puede haber quedado en alguna isla y que se le haya desamarrado el bote? Quizás no hayan buscado bien los excursionistas que remolcaron la embarcación —dijo, angustiada, Karin.

—No —replicó la dama.

Y en el silencio siguiente, nadie pensó lo contrario. Karin se dejó caer en un sillón y se cubrió el rostro con las manos.

—¿Por qué? —dijo entrecortadamente—. ¡Él era tan feliz esta mañana!...

En este momento oyeron forcejear en la cerradura de la habitación de Saliinen. Todos guardaron silencio. Llamaron varias veces desde el pasillo en aquella puerta y volvieron a forcejear, sin lograr abrirla. Sonaron luego pasos y después nada. Karin levantó la cabeza, asustada, y contempló a los demás: Espejo, inmóvil; la dama, pensativa. Pero Gyula parecía un gato a punto de saltar.

—¡Las cartas! —dijo—. ¡Quieren cogerlas!

Sacó algo del bolsillo y lo introdujo en la cerradura de la puertecita que comunicaba, a través de la mampara, la terraza en que estaba y la de Saliinen.

—Ya sabía yo —continuó— que esos dos le vigilaban, fingiendo acompañarle.

La puertecita se abrió y Gyula desapareció por ella. Ante los extrañados Espejo y Karin, la india explicó:

—Me figuré que le necesitaríamos.

—¿Tenía llave? —preguntó Karin.

—Él les explicará, supongo —contestó Sama.

Gyula no tardó mucho en regresar. Volvió a cerrar la puertecita tras de sí.

—Es una ganzúa —dijo—. Sí, soy un ladrón de hotel; pero ahora no ejerzo. Estoy de vacaciones. Ya lo saben también ustedes dos. Mi identidad se va extendiendo demasiado. Espero que no la difundan más todavía.

Espejo y Karin no comprendían bien, pero los dos sobres

que sacó el húngaro del bolsillo absorbieron la atención de los cuatro. Uno estaba dirigido a su majestad el rey Gustavo V; el otro, mucho más abultado, a su excelencia el ministro del Interior, Eije Mossberg.

—Tengo también esta nota de Saliinen —dijo Gyula—, donde explica su conducta. Había aceptado desde mil novecientos cuarenta y cinco la colaboración con los rusos, la Presidencia de la Academia y el desprecio de su pueblo, solamente por la imposibilidad de huir llevándose a una nietecita, su única familia, enferma sin remedio. La niña ha muerto y ahora Saliinen ha vuelto con los suyos.

Leyeron la nota y callaron. Entonces la puerta de la habitación de Saliinen se abrió, después de algunas manipulaciones en la cerradura.

—Son torpes —comentó Gyula con irreprimible satisfacción profesional.

Permanecieron sin hablar. Al otro lado del tabique se oía remover muebles, abrir y cerrar cajones, rebuscar por todas partes.

—¿Quieren las cartas? —preguntó Espejo en voz baja.

—O cualquier otra cosa dijo Gyula—. Quizás temen que él haya podido dejar algún informe. Sospecho que la misión de estos dos rusos no se limitaba a la pura asistencia al Congreso y tenía otros fines.

La agitación al otro lado duró todavía un rato. Después salieron y cerraron la puerta.

—Se acabó —dijo Gyula—. Estas cartas las debe llevar miss Wikander a Almberg. Puede decir que el profesor se las dio esta mañana para no entregarlas hasta la noche.

—Me preguntarán cómo no he sospechado nada ante estas direcciones tan extrañas —contestó Karin.

—Es cierto. Vamos a arreglarlo.

En el escritorio de la habitación cogió Horvacz un sobre en blanco, dentro del cual metió la nota y las dos cartas, cerrándolo después.

—Así usted no sabía nada —dijo Gyula—. Y la felicitó por su previsión.

Iban a servir la cena y tenían que marcharse; pero todos permanecían allí unidos no sabían por qué extraños lazos, por qué encrucijadas de la vida. De pronto, desde el embarcadero, llegó el estrépito de motores en las canoas dispuestas para partir.

—Corro a llevar esto al señor Almberg —dijo Karin.

—Te acompaño —exclamó Espejo.

—¡Guarden mi secreto! —les dijo Gyula mientras salían.

Los dos corrieron escaleras abajo, y luego, por la escalinata, hasta el embarcadero. Había ya muy poca luz y estaban colocando unos reflectores en la proa. Almberg abrió el sobre y encontró las dos cartas y la nota. Mattis estaba a su lado.

—Sal tú —dijo Almberg a Jöhr, muy afectado— por si se puede encontrarle. Yo voy a entregar estas cartas en Estocolmo. ¿Puede acompañarme, señorita Wikander? Espéreme en mi coche.

Ella obedeció y con Espejo se dirigió hacia la entrada del hotel, donde Almberg dejaba su automóvil. Bajo los árboles ya era de noche. Karin sintió un escalofrío y Espejo la ciñó contra él.

—Estás muy impresionada —dijo tiernamente.

—Pensar que nosotros... —casi sollozó—, mientras él...

—Siempre alguien muere en el mismo instante en que otros son felices... Porque tú lo has sido —añadió, deteniéndola y mirando en la penumbra el brillo de sus ojos.

—¡Oh, sí! —contestó la muchacha en voz muy baja.

Y el resucitado corazón de Espejo rebosó de alegría. Al ver a Almberg se despidió de Karin y se retiró a su habitación.

No pudo dormir en toda la noche. Sentado en la terraza, el ardor de sus nervios le hacían ver el cielo como casi incandescente. No podía expresar lo que sentía: una infinitud de agradecimiento y de júbilo. Algunos momentos pensó en algo muy lejano, muy distante; algo relacionado con otro hombre diferente: en Soria.

De madrugada volvieron las canoas. Trataban de acercarse sigilosamente, pero el silencio matinal hizo escandalosos los estampidos de los motores. De todos modos, muy poca gente vio aquel regreso fúnebre del mar. ¿Fúnebre? Quizás no era ésa la palabra adecuada, pensó Espejo, recordando la dichosa actitud de Saliinen en sus últimas horas, después de haber recibido el telegrama.

Al oírse las canoas, varios hombres salieron del hotel y descendieron la escalinata hasta el muelle. A la luz de los focos, toda la noche encendidos junto al mástil de la bandera, Espejo reconoció a Axel Prag y a ciertos miembros destacados del Congreso, pero no pudo identificar a otras personas a las que Almberg trataba con la máxima deferencia. Todos juntos esperaron a que atracase la primera canoa, en cuya popa se erguía la silueta de Mattis. Y cuando estuvo amarrada, Espejo distinguió en el fondo otra silueta, alargada y cubierta con una manta.

Dos hombres colocaron en una camilla lo que fue en vida el profesor Saliinen. El grupo permaneció todavía un instante junto a las canoas, escuchando a Mattis. Uno de los presentes se inclinó sobre la camilla y, levantando la manta, contempló un momento el rostro del muerto. La camilla fue transportada rodeando el edificio, seguida por dos o tres personas, y luego se oyó el motor de un automóvil alejándose. El resto del grupo subió la escalinata y penetró en el hotel. La luz del vestíbulo continuó encendida. Y Espejo, poco a poco, asistió a la llegada de un día hermosísimo, despejado, lleno del dulce sol del Norte. De un nuevo día para ser vivido.

Antes de desayunar bajó a la oficina. Allí estaba Karin, pálida y con oscuros ojos. Le saludó con una sonrisa en la que había luz para él y también penumbra de pena. Espejo había proyectado pasar con ella todo el día en Estocolmo, olvidando Congreso y oficina. Karin había pensado igual, pero no podía ausentarse, a causa de las diligencias relacionadas con la muerte de Saliinen. Así es que la llevó a desayunar al Pabellón del Té, bajo la bondadosa mirada de la gruesa señora enmitonada que vendía té y postales a los congresistas. Allí, sentados a una mesa y notando ya un cierto frío de otoño en el aire matinal, Karin le contó algunas noticias. La noche antes les recibió inmediatamente el ministro del Interior, prevenido por teléfono. A ella le habían hecho algunas preguntas, pero pudo explicar que ignoraba el contenido del sobre, y que no había sospechado nada hasta enterarse, a su regreso, de la desaparición del finlandés. Además, era evidente que ella no tenía nada que ver con la cuestión. Ahora bien: había otras complicaciones. Los dos rusos tenían, efectivamente, una misión científica, consistente en recoger en el Congreso cuantas noticias pudieran sobre física nuclear y electrónica, en lo que eran sendos especialistas. Pero, además, estaban obligados a otra misión mucho más compleja que Saliinen detallaba en sus cartas. A medianoche, el ministro envió unos inspectores a detener discretamente a los dos rusos, basándose en falsificación del pasaporte y de las declaraciones de entrada ante el consulado de Helsinki, pero ellos no habían cenado en el hotel, desapareciendo después del registro que hicieron en la habitación de Saliinen. Se procuraría ocultar la huida, porque se había decidido atribuir oficialmente la muerte de Saliinen a un accidente. Karin debía permanecer en la oficina, por si era nuevamente necesaria.

—Es decir —concluyó Espejo—, que no te veré.

—Esta mañana, por lo menos, no —dijo ella mimosamente—. ¡Pero ya nos veremos! —añadió con fuego.

Él se limitó a oprimirle las manos.

—Tengo que irme —dijo Karin por fin.

—Escucha —le retuvo Espejo—. Puesto que no podemos estar juntos, iré a Flickaholmen. Alquilaré una canoa. Te prometo no llevarme nada —sonrió.

—¡Tonto!... ¿Vas a acordarte de mí?

Regresaron despacio. Un rato después, Espejo embarcó en una canoa que recorrió rápidamente la distancia hasta la islita. Cada momento de la víspera revivía en su imaginación. Se conmovió al desembarcar —el marinero quedó a bordo—, y le pareció sentir en los labios el sabor del beso impensado. Después, frente a la cabina, se tendió un rato en la hierba. Sólo se acercó más tarde, buscó la llave en el hueco del tronco y abrió. La vista de aquel pequeño espacio cerrado le enterneció. ¡Lo conocía ya tan bien! La cocina-despensa, en que se habían encontrado tan apretados uno contra otro, y la habitación, testigo de todo. Espejo se tendió allí donde había estado la víspera y cerró los ojos largo rato, buscando y hallando aún en la almohada el perfume o el aliento de Karin.

La mañana pasó en constante evocación y en la dulce y melancólica tarea de grabar en la memoria hasta el más menudo objeto, desde los troncos ya fríos en la chimenea hasta el paisaje nórdico de la ventana, abierta al inmenso mundo. Antes de salir, cogió un pequeño cenicero redondo que en su cuenco tenía pintada a mano —*Swedish Art*— preciosamente la fachada de Skokloster asomando entre árboles a la orilla del lago. A mediodía, de regreso en el hotel, Karin le telefoneó que tenía la tarde libre. Y Espejo se hizo servir la comida en su habitación, con un *snap* al jengibre. Quería estar, ya que no con ella, solo. Sobre la mesa inmediata estaba sentada una diminuta aldeanita dalecarliana.

25

Tampoco el doctor Lao-Ting comió en el hotel. Había ido a buscar a Klara y la condujo al departamento chino del restaurante Berns. Pero no se quedaron en el comedorcito público, sino que, al llegar ellos, el encargado se inclinó sonriente y levantó una cortina negra, donde estaba bordada una tortuga verde.

—Es el símbolo de la Lenta Felicidad —dijo el doctor, invitando a pasar a Klara.

Entraron por un pasillo hasta una pequeñísima salita con muebles laqueados. Una muchacha china asomó entonces a una puerta e hizo pasar a Klara hasta un vestuario con un diván y un gran espejo triple. Allí, lo mismo que en la salita, un pebetero despedía humo perfumado. Con la misma sonrisa, y sin contestar a las preguntas de Klara, la fue desnudando para ponerle una túnica y un ancho kimono, y le calzó unos silenciosos zapatos con suela de fieltro. Después le recogió detrás el largo pelo rubio, ciñéndoselo en un moño, que le hacía el rostro más alargado. Luego le pintó delicadamente los ojos y le quitó el rojo de los labios, sustituyéndolo por otro más suave. Klara se dejaba hacer, lánguida y excitada a la vez. Envuelto en las amplias sedas, su cuerpo flotaba absolutamente libre, no oprimido por nada, lo mismo que sus brazos dentro de las anchas mangas. Cuando se miró al espejo vio otra mujer distinta, menos aún por el ropaje que por la expresión de los ojos. Hasta le pareció que sus labios copiaban un poco la sutil sonrisa de la muchachita china que, en aquel momento, levantaba otra cortina para hacerla pasar.

Klara entró así en un saloncito donde la esperaba el doctor. Sí, él era también un hombre distinto con su traje oriental, una dominante y atractiva personalidad. Se sentaron frente a frente sobre almohadones, dejando en medio una laqueada mesita octogonal. Cada uno tenía a su lado otra mesita más pequeña, atendida por una muchachita china encargada de preparar los manjares. Les ofrecieron primero unas especiadas semillas de melón, que las dos chinitas iban abriendo para servirles en el plato solamente el carnoso contenido, como lengüecitas de pájaro. Y Klara dio la razón al doctor, pues presenciar la apertura de las cascaritas por aquellas manos como flores pálidamente amarillas añadía una nota incitante al placer del paladar.

También era esencial —le explicó Lao-Ting— usar los palillos de marfil en vez de los cubiertos occidentales. El tenedor no permite escoger los trozos de la sabia y compleja comida china, mientras que los palillos son tan sagaces como picos de ave, y permiten llevar a la boca el trocito y sólo el trocito descubierto por la vista y que se codicia saborear. La comida china —concluyó— no es para agotar el plato, sino para escoger en él. No es el cocinero quien ultima los sabores finales, sino el comensal. Y el doctor terminó su explicación solemnemente con la palabra *kampe*, que es —dijo— nuestro *skol*, nuestra invitación a beber. Al oírla, las dos muchachas alargaron sendos brazos como cuellos de cisne, para escanciar vino de rosas en los cubiletes de porcelana del chino y de Klara, que los apuraron lentamente.

Aunque con torpeza al principio, Klara logró comer con los palillos y hasta experimentó gran fruición en curiosear rápidamente los innumerables platos, escogiendo en ellos un filamento de alga o de aleta de tiburón, o los menores huesecillos de alondra, revestidos de la carne más delicada y bien impregnada por los condimentos. Su sentido del gusto nacía aquel día y todo su ser revelaba nuevas potencialidades. Como decía Lao-Ting, «no era sensualidad en el sentido occidental, sino, simplemente, objetivo conocimiento y empleo de los propios sentidos. Pues el hombre —concluía— es cuerpo y alma, y los filósofos y poetas chinos más exquisitos saboreaban la embriaguez del alcohol y la compañía de las concubinas».

Cuando, aquella tarde, se separaron, convinieron otro encuentro después de terminar el Congreso, pues el doctor estaba dispuesto a prolongar su estancia en Estocolmo. Klara se fue a su pisito y se desnudó enseguida para vestirse solamente con una bata. Se sentía más cómoda, gozaba de sí misma con mayor plenitud. Y le parecía que así acortaba el tiempo pendiente hasta la nueva cita; que así apagaba o engañaba los anhelos, casi las ansias de que estaba llena. Durante el festín, se había sentido a veces exasperada por el doctor, demasiado impasible ante ella, preocupado por hacerle gustar la comida, el vestido y las maneras, pero nada más. Ella había ido sintiendo que la energía flotante dentro del saloncito se polarizaba en él cada vez más, pero el doctor había permanecido como indiferente. Sólo un momento hizo una alusión personal, admirándose extraordinaria y sinceramente de la línea dibujada en las curvas del kimono por las dobladas rodillas de Klara. Entonces mandó a la chinita que compusiera un poco los pliegues de su señora, para mayor belleza y realce, lo que realizaron las manos pálidamente amarillas con la exquisitez que se aplica a una obra de arte. Y sólo una vez se refirió el doctor al futuro, cuando Klara preguntó adónde conducía una puertecita laqueada de negro con caracteres en rojo.

—Es la puertecita de las Cinco Dichas —dijo Lao-Ting—, y me atrevo a soñar que algún día la franquearé.

Ni siquiera creyó necesario decir «la franquearemos». Klara no hizo observación ninguna. Sabía ya que hubiera sido prematuro. A pesar de sus anhelos, ahora, tendida en su pisito y entregada a la dulce y única embriaguez ligera del vino de rosas, la buena discípula comprendía que la felicidad debe ser lenta. Y se dispuso a esperar, encendiendo un cigarrillo de los que le había regalado el doctor. Al principio tenía un extraño sabor, pero después aligeraba indescriptiblemente el peso de vivir.

Otra mujer estaba tendida en otro lugar de Estocolmo, en una habitación del Gran Hotel. Precisamente en la alcoba de la llamada *suite royale*, reservada para los huéspedes ilustres. Y sentado a la orilla del lecho, junto a Sigrid Jensen, se encontraba Gyula Horvacz.

La misma noche en que la recibió de la india, Gyula le había enseñado la esmeralda a la camarera.

—Toma —le dijo—. Para ti.

—¿Para mí? ¿Por qué haces esto?

—No te enfades. Podría ser un simple recuerdo, como cualquier objeto sin valor.

—¿Por qué dices podría?

—Porque yo había pensado que sirviera para algo más. Para uniros a tu marido y a ti, para resolver vuestro problema y que podáis estar juntos.

—¿Qué tiene que ver con nada mi marido?

—Estoy seguro de que vivirías muy tranquila con él.

—Sí, como todas aquí. Sin importarme nada. Pero la tranquilidad no es la felicidad.

—Por lo menos, es la falta de infelicidad.

—Pero nada más. No es la felicidad —y, tras un silencio, saltó apasionadamente—. ¡Ay Gyulachka, Gyulachka! ¡Yo sí que no te importo nada a ti! Ya sé, ya sé —continuó, esquivando el beso con que el hombre trataba de hacerla callar—, no volveré a decirlo. Pero no tienes derecho a ofrecerme eso. No, no te lo permito. Ya sé que para ti sólo soy una más... Sí, no lo niegues... Pero tú eres diferente, eres único. Contigo siempre es distinto, siempre nuevo. Cuando empieza —añadió ensoñadoramente— nunca sé cómo va a ser.

Pero él, sin saber por qué, había persistido en ofrecerle la piedra preciosa, aprovechando todas las caricias para insistir. Hasta que ella se incorporó vivamente y decidió:

—Escucha. La acepto, pero no como recuerdo. No necesitaré nada para recordarte después, cuando tú te hayas olvidado ya de mí. Gastaremos la esmeralda inmediatamente, en vivir juntos como príncipes una semana... O menos, si tú no puedes estar tanto tiempo conmigo. Un día, unas horas.

Con gran asombro suyo, Gyula se conmovió. Y no dijo que en Suecia era imposible realizar el programa, porque ni los príncipes viven como príncipes. Aceptó, simplemente. Y, como siempre que disponía de algo nuevo, se limitó a poner un telegrama a Amsterdam: «Remita urgente cien mil coronas suecas contra próximo envío espléndida partida clase verde selecta.» A la mañana siguiente, una casa de Estocolmo que importaba de Holanda diamantes y piedras le hizo llegar un cheque por esa suma. Gyula siempre operaba lo mismo.

Y por eso, la misma mañana que Espejo pasó a solas en la islita de Flickaholmen, sagrada ya para él, Gyula y Sigrid estuvieron de compras en Estocolmo, lo que resultó muy agradable para Horvacz, porque ella realzaba todo lo que se ponía. Y por eso, mientras Klara llegaba ante la puertecita de las Cinco Dichas y retrocedía sabiamente para volver un día, el duque de Horady era recibido magníficamente por la gerencia del Gran Hotel —«ya sospechábamos que estaba en Estocolmo, señor. Le agradecemos mucho el honor, etc.»— y pasaba a ocupar la *suite royale*. Sin que a la gerencia le extrañara, naturalmente, que una elegantísima desconocida ingresara en el hotel al mismo tiempo y solicitara una habitación del primer piso, a ser posible hacia la fachada principal. Le facilitaron, claro está, la inmediata a la *suite royale* con una comunicación prevista ya para estos casos.

Y aquella misma tarde, también poco después de comer, Karin y Espejo rodaban en un coche por las afueras de Estocolmo, formando parte de la comitiva fúnebre del profesor Saliinen. No tardaron en encontrarse en una severa habitación del crematorio con un grupo de muy pocas personas: Almberg y otros tres o cuatro congresistas; una delegación, presidida por Axel Prag, de la Academia sueca, que años antes concediera a Saliinen el Premio Nobel; y seis finlandeses de la organización anticomunista en el exilio *Suomi Liipanka*.

Entre estos últimos se encontraba una mujer ya casi anciana, pero vigorosa, que de cuando en cuando se llevaba un pañuelo a los ojos. Karin reconoció a la camarera del hotel que había injuriado al profesor en el comedor.

Momentos después, el director del crematorio entregaba a Almberg una pequeña urna metálica. Thoren la transmitió después al jefe de los fineses, que se inclinó dando las gracias. A falta de última voluntad, que Saliinen descuidó en absoluto expresar, sus compatriotas habían decidido que las cenizas del héroe de la guerra serían arrojadas al lago Lappa, para que así sus restos se confundieran con el agua, como él había querido, y precisamente a las orillas de su ciudad natal de Lappajarvi. Aunque para ello correría un riesgo cierto, la camarera finesa había conseguido encargarse de la misión y al día siguiente saldría para Finlandia.

El cielo estaba hermoso, y aunque Karin y Espejo habían asistido al acto movidos sobre todo de piedad, el recuerdo de Saliinen no empañaba en ellos de ningún modo el brillo de la vida, ni les presionaba lo más mínimo a reprimir o disimular su colmada felicidad. Al contrario, la evocación del finlandés aumentaba la estatura de las cosas y de los hombres, llenaba de fuerza los momentos. Y sus últimas palabras a Karin eran una hermosa orden que había que cumplir con fervor.

Así su tarde, transcurrida entre las frondas, los monumentos, los animales y los niños del Skansen, estuvo llena de ardorosa ternura. Las manos compañeras y los ojos hablaban mucho más que las palabras. El mero hecho de existir y de respirar juntos era demasiado profundamente hermoso para ser superado por nada. Habitar aquella tarde en un mundo tan puro como el de los niños y, al mismo tiempo, en la gran paz satisfecha y redonda de los amantes. Sólo a veces pasaba entre ellos la helada certidumbre de que tanta exaltación no podía ser duradera. Por aquellas horas tenían en sí demasiada vida para dejar que aquel frío prevaleciese, y no les costaba demasiado esfuerzo olvidar el inevitable acabamiento de las cosas y de los instantes.

En Espejo ese olvido requería mayor esfuerzo, porque

para él existía otra faceta más. Se la recordó el arañazo en el corazón que sintió al acercarse —y él mismo lo había querido— al cercado de los renos. Pues bajo el abeto donde vio por primera vez al reno moribundo, la joven hembra de aquel día estaba ahora lomo contra lomo de otro macho vigoroso, alargando el dulce cuello para alcanzar la erguida cabeza de su compañero.

26

Por la mañana salieron juntos del gran bloque de viviendas en que tenía Karin sus habitaciones. Era un pisito pequeño, conmovedor, casi para juegos de niña y no para fuegos de amor, con sus mueblecitos caros y ligeros, sus textos estudiantiles y novelas ingenuas en los estantes, y hasta alguna muñeca sobre una repisa o encima del diván. En el rinconcito dispuesto para cocina, y en el que había que manipular desde fuera, los utensilios parecían también de juguete. Al salir del portal, Espejo levantó la cabeza y miró hacia atrás. Allá arriba, alguna de aquellas ventanas, que sobresalían de la fachada en ángulos calculados según la incidencia solar, correspondía a la habitación enternecedora e inolvidable.

Cruzaron Estocolmo en un taxi. La ciudad era todavía más exquisita bajo la lluvia mansa. Todo el colorido diverso de las fachadas adquiría delicados tonos de pastel y los tejados de verde cardenillo relucían concentrando suavemente la luz. El cielo estaba gris, y grises eran también las láminas de agua de los canales del lago, opacas y como con un dulce bruñido. Y las chimeneas de embarcaciones y de fábricas esfumaban ligeramente toda aquella matizada sinfonía.

Tomaron el tren para Saltsjöbaden. Mientras marchaba todavía despacio, a lo largo del muelle de los buques de Finlandia, el vapor de la línea de Abo permanecía atracado, recibiendo pasajeros por la escala. Karin y Espejo, demasiado embebidos en hablar de sí mismos, no se fijaron en una mujer envejecida que subía lentamente por la escala y desaparecía por el portalón. Su equipaje era muy reducido, pero aún había sitio en su maleta para un cajita conteniendo algo como tierra, que debería ser esparcido sobre las aguas de un lago finés.

Habían convenido en que de ser posible, pasarían la mañana juntos, puesto que Espejo salía después de comer en el tren de Gotemburgo. Antes era preciso que Karin obtuviera permiso en la oficina, para lo cual haría todo lo posible, pues necesitaban la mañana para irse acostumbrando a la despedida, palabra que no habían pronunciado aún, pero que vibraba cada vez más obsesionante en su interior. En cuanto quedase de acuerdo con miss Fridhem —Almberg no pondría inconveniente— telefonearía a Espejo, que pensaba esconderse para no ver a nadie.

De acuerdo con ese proyecto, Espejo subió a su cuarto y encendió un cigarrillo. Sobre la mesita tenía el cenicero cogido en la cabina de Flickaholmen. ¡Qué tonto! Aún no se lo había dicho a Karin. ¡Qué mezcla de inocencia y de pasión era todo entre ellos! Pureza y sensualidad, como en una magnolia.

Sonó el teléfono y se precipitó a cogerlo. Una voz femenina, pero no Karin. ¿Quién era? ¿Klara? Procuró recordar mientras la voz hablaba y él contestaba sí o no. ¡Ah, sí! La cuñada de Jöhr. Sí, se encontraba muy bien en Suecia. No, no; naturalmente que no la había olvidado. Sí, se alegraba mucho de que ella fuera feliz… Cuando colgó el auricular se preguntó a qué obedecía en realidad la llamada. De toda aquella charla sólo le quedaba la sensación vaga de que Klara le había llamado simplemente para mostrarse alegre. Quizás demasiado alegre, quizás con alegría ostentosa.

Volvió a sonar el teléfono. ¡Esta vez…! Esta vez era García Rasines. Le llamaba porque la tarde anterior no le había visto y era necesario que hablasen para organizar quizás algún acto o planear diferentes visitas oficiales o científicas con las que pudieran aprovechar debidamente el último día de Suecia. Rasines, con sus numerosas amistades, tendría ocasión para que un matemático tan eminente cual su querido colega

Espejo se diera a conocer en Escandinavia como merecía. Así es que por la tarde...

—Por la tarde —dijo Espejo— tengo que salir inmediatamente después de comer para marcharme a Gotemburgo. Ya se lo explicaré todo al despedirme. Ahora estoy esperando una llamada muy urgente.

Colgó el teléfono, pero pasaron larguísimos minutos sin que sonara el timbre. Espejo pensó que ella debía haber intentado llamarle al mismo tiempo que Klara y Rasines, por lo que se decidió a salir de su habitación y asomarse a las galerías altas del vestíbulo por si Karin estaba en su mesita.

La vio desde arriba. Estaba charlando tranquilamente con Mattis y con un joven sueco. Charlaba tranquilamente mientras él aguardaba desesperado una llamada de teléfono. La conversación era viva y el joven sueco se echó a reír en cierto momento. De pronto, Karin salió del vestíbulo en dirección al guardarropa.

«Cómo tiene fuerzas para hablar tranquilamente y perder los minutos de nuestra última mañana? —pensó anonadado Espejo—. ¿Cómo puede herirme así? ¿Cómo no llama y llama hasta que mi teléfono conteste?» El teléfono estaba allí, sobre la mesa, inactivo, mientras ella charlaba. Era despiadada, cruel. Tanto más cruel cuanto que no era mala, sino, sencillamente, indiferente. Había resuelto ya sus problemas y dejaba atrás el trampolín de arranque. «Debimos despedirnos esta madrugada —pensó—. Hubiera sido dulce la amargura y yo no hubiera sufrido como ahora, al verla tan inocentemente egoísta... Pero ¿y si ha ido a enviarme una nota o quizás a buscarme? Tarda demasiado para ir sólo al guardarropa.»

La idea le estremeció y fue corriendo a su cuarto. Pero no estaba ella, no había ninguna nota. Y volvió nuevamente a su observatorio. Quizás había terminado ya, y podría él bajar...

Pero llegó con el tiempo justo para verla salir. Había ido al guardarropa, sí, pues tenía puesto el abrigo. Había tardado tanto simplemente para arreglarse sus cabellos, con aquel delicioso gesto suyo que levantaba en el aire el codo grácil y enriscaba un poquito la adorable barbilla... ¡Como aquella mañana, antes de salir ambos del pisito!... Se había puesto el abrigo y el sombrerito y, con Mattis y el agradable joven sueco, se dirigía hacia la salida del hotel. Desde la ventana de la escalera, Espejo los vio meterse en un magnífico automóvil —el joven sueco al volante— y arrancar en dirección a Estocolmo.

Bajó lentísimamente la escalera. El conserje miró extrañado a aquel congresista que salía sin gabardina en un tiempo tan incierto y a punto de llover en cualquier momento. La mujer que limpiaba el césped de las muchas hojas muertas caídas —algunas abarquilladas y con una gota de agua en su regazo— contempló asombrada también a aquel hombre absorto que andaba, como acabado, por las avenidas. El guarda del embarcadero se extrañó igualmente de aquel paseante a lo largo de los balandros abandonados, cubiertos de lona y secos los mástiles como árboles muertos, sin la gran flor blanca de sus velas...

El banco bajo la estatua del grupo humano estaba mojado y Espejo no se pudo sentar. Allí había hablado con la india y con Gyula, allí se habían encontrado muchas veces. Aquel lugar era uno de los más habitados por él en Saltsjöbaden. Pero aquel día le negaba hostilmente el reposo de su asiento. Todo le negaba el reposo, por otra parte. Y en la estatua de tantos significados, el hombre parecía hoy más vencido que nunca, y las femeninas manos de bronce que le cegaban no semejaban piadosas, sino engañadoras.

Empezó a lloviznar y Espejo emprendió el regreso al hotel. Al pasar ante la puerta de cristales del vestíbulo echó una ojeada al interior. Karin no había vuelto, naturalmente. Apenas hacía media hora de su partida, pero toda una eternidad se interponía desde que habló en aquella habitación con el agradable joven sueco y con Jöhr. Siempre había estado presente Jöhr para interponerse. Pero si Espejo no lo hubiese visto con sus propios ojos no hubiera podido creerlo ni comprenderlo.

Era imposible permanecer en la habitación toda la mañana, y más imposible todavía mezclarse con todo el mundo en el comedor, y empezar a repetir con cada congresista los gestos de la llegada, diciendo «adiós», como se dijo «encantado». Espejo ordenó por teléfono que le arreglasen la cuenta de sus pequeños gastos de conserjería —lo demás estaba todo concertado— y preparó rápidamente sus cosas. Le hubiera gustado decir algo a Romero antes de marcharse, pero el joven no estaba en su cuarto, por lo que se limitó a dejarle una breve nota de adiós y de excusa para Rasines y restantes compañeros, con los que se reuniría el lunes en el aeropuerto de Copenhague. Debía despedirse de más gente, pero le era imposible, a sabiendas de quedar muy mal con todos. Él ya no tenía nada que hacer allí, nada que hacer, nada. Estaba desplazado, fuera de su sitio. Había servido para algo y ya estaba. Era despiadadamente cruel. Un momento dudó en hacer un paquete con la muñequita y el cenicero, dejándolo a nombre de Karin, pero no se resolvió a perder aquellos recuerdos. Necesitaría mirarlos alguna vez para convencerse de que todo había pasado de verdad.

No es que temiese olvidar. Al contrario, en el tren pretendió vanamente no recordar. Ése era el gran dolor: la imposibilidad de dejar de recordar. Y puesto que era inútil, se entregó. Por eso, contra su primera idea, en Estocolmo fue a comer precisamente a aquel restaurante económico —frente al jardincillo con una fuente y, al otro lado del agua, la antigua Casa de la Nobleza— en que almorzó con ella el día del paseo. Después de comer tomó el tren para Gotemburgo.

Hubo otro que dejó el Congreso sin despedirse y faltó también a la cena de gala de despedida, la *Farewell Dinner*.

Aquella mañana, Gyula se despertó temprano, antes que Sigrid, en la suntuosa alcoba de la *suite royale*. La llovizna del día sólo dejaba entrar una claridad melancólica por los anchos balcones, provistos de dobles vidrieras para el invierno. La mujer se movió un momento, entre sueños, y su brazo desnudo emergió de las sábanas, como un ser vivo independiente. En su abandono mostraba su rostro fino, pero fatigado, y los cerrados ojos tenían sobre los párpados la profundidad ligeramente violenta de algunas mascarillas. Aquella vida dormida —con gran sorpresa suya— conmovió a Gyula más profundamente que nada. Y otra vez le hirió con fuerza la idea de casarse. Sí, por aquel hombre, erguido frente a la mujer en sueños, pasaron rápidamente suaves visiones del futuro, centradas en torno a la casita en el campo, la mujer y los hijos.

Movió la cabeza para sacudirse aquellos pensamientos. «Son de señorita de provincia», se dijo. Pero estaban muy arraigados en su corazón. Con fuerza capaz de hacerle cometer un error serio. Porque ya se lo había dicho alguna vez la india —un cazador es un cazador hasta el final, expresando así la unidad y permanencia de destino de cada vida. Él era un cazador y sus nuevas ideas eran peligrosas. Sí, tenía que irse, estar solo, y tratar únicamente a mujeres ávidas. De lo contrario, haría daño a los demás y a sí mismo.

«Sufrirá cuando se despierte y no me vea —pensó—. Pero, conmigo, antes o después será mayor sufrimiento.» Recordó haber dicho alguna vez —¿a Espejo, a la india? Le nublaban la memoria sus vacilaciones actuales— que la virtud y la piedad eran a veces cobardía. Recordó haber dicho entonces cómo la bondad de un marido, por ejemplo, sería matar a su mujer antes que hacerla sufrir, o a su propio hijo, si había de ser desgraciado. Lo había dicho y, por consiguiente, debía marcharse orgulloso, convencido de que su acción era buena y recta. Sin embargo, le resultaba imposible separarse de aquel brazo emergido de las sábanas y terminado en una mano fatigada de ganarse la vida con su esfuerzo —aquella mano hecha para las caricias—; separarse de aquel rostro en que unos cuencos oscuros velaban el prodigio de las pupilas dilatándose para mejor ver llegar al hombre.

Había una explicación: estaba envejeciendo. Muchas veces lo había oído, pero no lo había pensado hasta ahora. Los viejos se vuelven egoístas, y era su egoísmo, no su bondad, lo que le hacía sentir alejarse. No era que desease ahorrar un sufrimiento a aquella mujer, merecedora de mejor suerte, sino que quería procurarse un cómodo refugio para el acabamiento de su propia vida.

Se sentó en una butaca, mientras ella seguía durmiendo, y encendió un cigarrillo. El humo se elevaba despacio mientras en su mente sedimentaban y se precisaban aquellas ideas. De modo que eso era. Verdaderamente, el hombre es un animal muy egoísta. Sonrió: de acuerdo con sus principios, él debía volver a deslizarse en el lecho, todavía tibio. El cuerpo femenino se agitaría, se desperezaría suavemente. Quizás se despertara, y ¡bien sabía él cuántos encantos traían los despertares de Sigrid! Al menos —añadía su orgullo— entre los brazos de él, de Gyula Horvacz, ladrón de hoteles, cazador libre en la selva de cemento de las ciudades civilizadas.

Sí, eso tenía que hacer, lo que él había dicho siempre que debía hacerse. Si sus raras ideas de señorita provinciana se disipaban, siempre tendría tiempo de emprender la marcha cualquier día hacia otra nueva presa. Ella jamás le discutiría nada, jamás se interpondría. Y si, en cambio, aquellas ideas se consolidaban en el cuerpo envejeciente, entonces tendría ya un refugio con paz y tranquilidad para la enfermedad y la muerte. Estaba perfectamente claro lo que tenía que hacer: seguir viviendo sobre aquel cuerpo más joven, sobre aquel amor sin reservas. ¡Si hasta era evidente que ella sería feliz así! Por tanto, estaba perfectamente claro cuál había de ser su conducta.

Dejó caer la colilla en el cenicero antihumo y se levantó. Se quitó el pijama y empezó a vestirse lentamente. Al coger su ropa sus manos rozaban, en el armario, las sedas que habían comprado juntos para embellecer aquellos días. Seguía vistiéndose, avanzando decidido por aquel sendero angustioso; pero sus manos y todo su cuerpo se conmovían con aquellos roces. De cuando en cuando volvía el rostro y contemplaba inquieto a la mujer, pero seguía dormida. Pues la alfombra apagaba sus pasos expertos, las cortinas amortiguaban los ecos del aire removido por los gestos y todo en la alcoba era cómplice de su decisión. Le tranquilizaba algo aquella cooperación de las cosas, un poco amigas suyas, como de costumbre. Eso le confirmaba en sus acciones. Como siempre, los actos encerraban la verdad, no las humanas ideas. Y estaba en lo cierto, puesto que el mundo le daba la razón. Pero el hombre...

El hombre tuvo que romper algo muy entrañable para ser

capaz de cerrar la puerta de la habitación tras de sí. ¡Qué tremendo choque contemplar el larguísimo pasillo vacío del hotel, sombríamente iluminado, acolchado de alfombras y de silencio! Lleno de vidas —puertas— a un lado y a otro, pero espantosamente solitario. Así sería, sí, el camino futuro de su vida. ¡En cambio si diera un paso atrás…!

Pero no lo dio. Las cosas lo habían decidido así —habían hecho que ella no despertara—, y el espíritu de las cosas siempre tenía razón. Ante la idea de que ella no había despertado por estar más fatigada que él, su orgullo halagado todavía sonrió. Pero no pudo ocultarse que era solamente una pobre idea, flotando por encima de la profunda verdad del corazón. Una de esas pequeñas ideas con que los hombres nos engañamos a nosotros mismos para cubrir con una brillante capa nuestra enfermedad y nuestra miseria.

Arregló todo con el conserje y puso un telegrama a Copenhague —previamente había averiguado el nombre y dirección del marido— firmado «Sigrid». Estaba seguro de que aquello bastaría para poner en marcha otra vez la vida normal y adecuada, la poderosa rueda de la vida vulgar. Pues con el contenido de la carterita —letras G. H. de oro en el ángulo— que encontraría Sigrid bajo la almohada, las dificultades del matrimonio quedarían resueltas. Iba a salir, cuando se detuvo frente a una vitrina de las que, en el vestíbulo, contenían mercancías para ser vendidas por el conserje. En ella se exponían objetos de plata de Jensen; la sólida, maciza, honesta plata de los artífices suecos. Rápidamente adquirió una pulsera de antiguo dibujo y la dejó a nombre de Sigrid para que se la entregasen más tarde. Y dejando encargado el envío de su maleta a una dirección de Estocolmo que ella no debería en ningún modo conocer —aparte de que pronto partiría de la ciudad—, echó a andar, llamando la atención de los transeúntes por su cabeza erguida y su porte distinguido.

Apenas había recorrido la acera del hotel, cubierto de madera para la nieve invernal, cuando, al ir a cruzar la calle, un rápido taxi estocolmés estuvo a punto de atropellarle. Eso le recordó la posibilidad de morir: algo que no se había preocupado nunca de prever. Y allí mismo, contra la pared del restaurante de verano, escribió una nota en un papel y la guardó en su cartera. «Nadie se preocupe de este cadáver —decía la nota—. Basta recogerlo y llevarlo al basurero.» Claro está que si le tocaba morir en un hospital, no sería precisa la nota. Pero, en fin, ya podían atropellarle.

Continuó andando, y su firme paso se fue alejando hacia el teatro de la ópera. Pensaba en que apenas le quedaba nada del producto de la esmeralda. Empezaba el otoño. Era la época de irse a trabajar a Niza, donde las americanas son más tontas de lo que se figuran.

27

En opinión general de los congresistas, Gyula y Espejo se perdieron una magnífica cena de despedida. La organización fue tan perfecta como el día de la comida de recepción, y todo estuvo en su punto. De mesa a mesa, los congresistas se lanzaban mutuos *skols*, y el servicio de bebidas debió exceder, seguramente, del número de centilitros autorizados por la ley. García Rasines estaba encantado: le habían situado dos puestos más cerca de la presidencia que en la comida de recepción. Sus esfuerzos, por tanto, no habían sido infructuosos y podía estar contento de su labor. Si ese torpe de Espejo le hubiera ayudado un poco más… La india contemplaba aquella asamblea de hombres de ciencia inexplicablemente concentrados en la materialidad de comer y beber. Canteroni le hablaba en aquel momento de Bombay, pues, como otros de sus compañeros de delegación, había estado en la India —prisionero, naturalmente— durante la guerra. Pero la dama tardó en contestar porque en ese instante elevaba una plegaria por la felicidad de Gyula, cuya falta había sido quizás la única en percibir, pues aunque el húngaro siempre se hacía notar cuando estaba presente, poseía el arte de no dejar advertir su ausencia.

Estaban sirviendo los cigarros y la animación era extraordinaria. Se había contagiado a todo el mundo —salvo al imperturbable jefe de comedor, de lentes y pantalón a rayas— y alcanzaba hasta a las camareras. Al presentar una de ellas la bandeja a Romero y decir éste que no fumaba cigarros, ella repuso risueña: «Pues yo sí.» Y el español, con gran regocijo de sus compañeros de mesa, escogió un cigarro y lo ofreció a la camarera.

Thoren Almberg, a la derecha de la presidencia, ostentada por el director de la Real Academia Sueca, sonreía satisfecho. Pocas personas entre las presentes supondrían el esfuerzo que había representado para él dos semanas de conversación social, de palabras banales y, al mismo tiempo, de incesante vigilancia para que todo marchara sobre ruedas y las alteraciones surgidas pudieran encajarse en el programa. Se había sentido a veces casi enfermo, no obstante su espléndida salud, y desde luego se había quedado más delgado. Pocos se imaginarían, al haberle visto sonreír como el pez en el agua entre los grupos de congresistas, con cuánto placer volvería a la tranquilidad y al concentrado trabajo de su laboratorio de Upsala. Pero ahora estaba satisfecho. Todo había resultado hasta el fin. Y solamente empañaba su satisfacción algo que no era imputable a él en absoluto: la muerte de Saliinen. Todo había estado bien.

Pero alguien protestaba...

—No, señor —le decía Spalatto a Kaltenbraun—, no estoy de acuerdo con usted. Esta cena no ha estado bien organizada.

—¿Por qué?

—Falta miss Wikander. Necesito a miss Wikander.

—¿Quién?

—Aquella chica morenucha de la Secretaría. ¿No recuerda? ¡Necesito a miss Wikander!

—¡O.K! —exclamó el americano—. Tiene usted mucha razón —y elevando su vaso a la altura de los ojos, como ordenaba el folleto *How to feel at home in Sweden*, añadió—: *Skol*, Mr. Spalatto.

Efectivamente, Karin no asistía. A aquella misma hora estaba sentada junto a Mattis, que conducía su cochecito por la carretera. A pesar de la manta que la abrigaba y de haber cambiado de sitio con Hilma para estar más cerca del motor, todavía le duraba aquel intenso frío. Una dolencia casi repentina, surgida cuando regresó a Saltsjöbaden al mediodía y preguntó por cierto congresista que había partido definitivamente del Gran Hotel sin dejar ninguna nota ni dirección.

—¿Sin dejar nada? —había insistido en vano Karin, con grandes ojos dolorosamente incrédulos.

Y tuvo que levantarse de la mesa, invadida ya por escalofríos y malestar, sostenida casi en vilo por los paternales brazos de Jöhr.

A la difusa claridad del lento anochecer, Mattis contempló el rostro adolescente, echado hacia atrás sobre el respaldo del asiento.

—Estás muy pálida —le dijo—. ¿No se te pasa?

—Sí, me encuentro mejor —procuró sonreír Karin. Y pensó al mismo tiempo: «Ahora sí que debo parecer una magnolia, como él decía.»

Hilma guardaba silencio en el asiento de atrás. Evocaba su conversación telefónica con Klara aquella misma tarde. La había llamado, dijo, para que no estuviera preocupada por ella. Se sentía más animosa que nunca y alguna tarde iría a verla. ¿Cómo se encontraba Mattis?... «Sí, ya sé que estás contenta —había respondido Hilma—. Me ha dicho Mattis que te había visto varias veces con un chino. He olvidado cómo se llama. Pero escucha, Klara. Mattis está un poco preocupado por ti. Dice que ese chino es un hombre muy sospechoso. Que de esos orientales se puede esperar cualquier cosa, desde el espionaje hasta el opio, y que...» «¡Bah! —había interrumpido Klara—. ¡Qué sabe Mattis de hombres!»

El inusitado tono de la voz había convencido a Hilma de que Klara no volvería a vivir con ellos, de que había emprendido nueva senda. Y eso la llenaba de preocupación mientras el coche rodaba velozmente por la carretera.

FINAL EN GOTEMBURGO

28

Espejo durmió mal. Durante el viaje en el tren le había distraído de su angustia la conversación con Arensson y la necesidad de ultimar la conferencia. Iban a presentarla un poco en colaboración, actuando Bertil como ayudante. Espejo quería hacer recaer sobre el joven sueco todo el mérito posible, complaciéndose en asociarle a su nombre y a su obra, en una actitud entrañablemente paternal, que había contribuido a llenar las largas horas del viaje...

Pero luego, al verse solo en el hotel, todo se derrumbó. Le extrañaba estar viviendo en aquel hueco sin carácter del cuarto del hotel, con sus terribles paredes, indiferentes por costumbre al breve tránsito de las vidas que consumían entre ellas unas horas de agonía, de exaltación, de aburrimiento o de placer salvaje. Paredes privadas en absoluto de personalidad a fuerza de estar revestidas de infinitas capas de vida. Permanecía inmóvil, aplanado en un hosco sillón. Al fin le llevó a la cama no tanto el cansancio físico cuanto el deseo de aniquilarse en el sueño, la absoluta desgana de vivir. Ni siquiera quería morir, porque no quería nada. Más aún quizás: quería nada. Cayó vestido en el lecho para hundirse en su dimisión de sí mismo. Y tras larguísimas horas consiguió dormirse.

El timbre del teléfono sonaba, debía llevar sonando un rato. ¿Para qué contestar? Pero el timbre insistía con la terquedad de la vida, impulsado, sin duda, por el engranaje oficial, los compromisos y la eficacia de los organizadores de la conferencia. Tenía que contestar.

Una voz muy lejana y muy pálida dijo simplemente algo increíble:

—Soy yo.

—¿Tú?

La voz callaba, vacilaba, no sabía cómo empezar.

—Te quiero mucho —murmuró al fin.

Espejo se incorporó de un salto y empuñó con fuerza el auricular.

—¡Dios te bendiga! —prorrumpió—. ¡Dios te bendiga por esta bondad! Ya no pido más nada. ¡Dios te bendiga por esta despedida!

—¡Si estoy aquí! —repuso la voz, más cerca, más rosada; y como él no comprendiese, añadió—: Aquí, en Gotemburgo... Aquí abajo, en la cabina telefónica de tu hotel.

—¡Ahora mismo voy, ahora!... No; sube tú, mujer. ¿Quieres? ¡Será tan penoso encontrarnos delante de gente!

—Enseguida subo, gracias.

—¡Gracias a ti, querida!

Pero ella había colgado ya. Un súbito sol invisible hacía resplandecer el cuarto. Espejo se la imaginaba, quieta y dulce, en el ascensor, mientras él ponía un poco de arreglo en su vestido y en el cuarto, en el que parecía advertir por todas partes huellas de unas horas terribles de desesperanza, como los rastros de una noche de disipación en un rostro joven. ¡Qué alegre era todo!

Unos nudillos frágiles llamaron y Karin entró. El abrazo fue apretado, largo, silencioso, los negros cabellos alentando junto al rostro del hombre. Hasta más tarde no pensaron en besarse. Sólo en sentirse cerca, infinitamente juntos.

Luego se sentaron en el diván. Karin explicaba sonriendo tras las lágrimas, que iban secando los besos, inocentes casi de tan cariñosos.

—¿Por qué me dejaste, por qué no te quisiste despedir, por qué me hiciste sufrir tanto?

—¡Pero...!

Y las palabras reconstruían lo sucedido. Cómo ella intentó llamarle mientras él comunicaba: cómo después vino a buscarla un agente de Policía para que le acompañase a declarar a Estocolmo —«¡Tonto, si no era guapo! ¡Mira que tener celos!»—; cómo cuando él creyó que ella iba sólo a por su abrigo, había ido antes a telefonearle otra vez, sin obtener contestación; cómo antes de subir al coche había dejado una nota para él... Y luego empezaron a estallar los síes: si no me hubieran telefoneado Rasines y Klara —«¡ah, esa Klara!»—, si yo no me hubiera marchado del hotel inmediatamente, si hubiera recibido la nota, si... Después, las lamentaciones ya superadas: «He sufrido tanto... Creí que no me habías querido nunca... Pensé...». Y, por último, la explicación final.

—Estoy aquí porque me ha traído Mattis en su coche —dijo Karin.

—¡Mattis! ¿Ha venido?

—Hasta el mismo hotel. Y ha subido conmigo en el ascensor, porque no dejan subir señoritas a las habitaciones de caballeros, y al revés.

Espejo estuvo a punto de levantarse y salir al pasillo, pero Karin le retuvo.

—Se habrá marchado ya, déjalo.

—Pero ¡es que debo hablarle, he de explicarle! ¡Me he portado muy mal con él! Llegué a pensar que te había retenido en Estocolmo, y ahora... ¡Tengo que verle, Karin!

—Dice que no. Lo sabe ya, me ha hablado de eso. Y me ha encargado que te diga que lo comprende todo, y que todo está bien. «Siempre todo está bien, me ha repetido en el coche, mientras me traía. Porque yo me encontraba enferma, ¿sabes? Es que te quiero demasiado y me daba pena y me habías hecho mucho daño.

Espejo estrechó, en sus brazos, un momento, a aquella niña pequeñita que pedía ser acunada.

—Pero no podemos dejarle solo —continuó.

—No está solo —dijo la niña con una risa ya adulta. Ha dicho que no iba él a encender una hoguera trayéndome (eso ha dicho) y quedarse aquí solo mientras tanto. Se trajo su hoguera: Hilma ha venido con nosotros... ¡Qué buenos han sido conmigo! —añadió ella, mientras las dos miradas resplandecientes se cruzaban y se prometían—. Estarán aquí hasta... que todo termine... ¡Termine sólo por ahora!... ¿No?... —y concluyó muy bajito—: ¿Mañana?

El hombre asintió en silencio, dejando caer la cabeza. Pero la mano de la muchacha reanimó su barbilla, mientras su voz, animosa como un eco de Mattis, preguntaba decisiva:

—¡Bueno! ¿Qué hacemos hoy?

—¡Beber cada minuto!

—¿Cómo? —sonrió ella.

Pero al hombre no se le ocurría nada.

—Verás —continuó Karin—: alquilaremos un cochecito y te enseñaré mi ciudad.

—¿No naciste en Bélgica?

—Allí pasé mi niñez, pero aquí viví desde que murió mi madre hasta los catorce años... Vamos, no te quedes parado... Gotemburgo es muy bonito. Lo llaman la ciudad de las lilas.

Media hora después rodaban en un cochecito conducido por Karin. Espejo la encontraba más niña que nunca, y así el ser llevado por ella le hacía sentirse también niño. Con sus sentimientos de otoño armonizaba el día de otoño, ceniciento en la tierra y en el cielo. Mientras ella sacaba el coche, él había estado esperándola en la plaza de la luterana catedral. Muy arriba, sobre las puntas de los olmos podados en cono, se movían las espesas nubes ocultando el sol. Esbeltas muchachas rubias hacían crujir la grava con sus pasos y recordaban irrecuperables años de adolescencia, muy avivados por la memoria en aquel día.

«No me lleves por donde haya gente», había insistido él. Así es que rodaban por el puerto, entre las viejas casas de arquitectura holandesa y armaduras metálicas de altas grúas junto a buques atracados. La nave ballenera, con su enorme portalón a popa, hasta flor de agua, para izar los cetáceos, parecía envuelta en más bruma que ningún otro navío, como si la trajera prendida en sus mástiles desde los mares del polo. Cruzaron el río Göta por el larguísimo puente. «El puerto franco», dijo Karin con pueril orgullo, señalando los automóviles alineados para embarcar, las enormes torres de maderas apiladas y las cajas de maquinaria pesada, grandes como cabañas.

Las casas comenzaron a espaciarse. Al doblar por una bocacalle, el cochecito retardó su marcha. A la derecha, una tela metálica dejaba ver casi un centenar de muchachas con blusa y pantalón corto, haciendo gimnasia o jugando al baloncesto. Otras, casi todas con pantalón largo de colores vivos y con las blancas gorras universitarias, paseaban en grupos. «Es mi colegio», dijo Karin con voz húmeda. Espejo participó de la emoción. «Si yo te hubiera conocido entonces», pensó, y guardó silencio mientras aquel escenario adolescente iba también quedando implacablemente atrás.

El coche subía a una colina por una serpeante carretera entre árboles. Al fin, Karin detuvo el auto. «Ven», dijo apeándose. Alcanzaron a pie la cumbre y desde allí vieron los muelles, el oscuro río surcado por remolcadores y, al otro lado, la ciudad encaramándose en anfiteatro, con un fondo de modernas construcciones residenciales recortadas sobre las grises nubes.

Se sentaron en un banquito de piedra. Estaban solos. A su derecha, el río desaguaba en el mar entre innumerables islas como las de Estocolmo, pero todas más pequeñas, más de roca pelada, como lomos de inmóviles cetáceos.

—Este monte es Ramberget —explicó Karin—. Hoy parece melancólico, pero en verano es maravilloso. He sido muy feliz aquí, cuando era niña —añadió.

Callaron. El alejamiento de la ciudad transformaba en dormido panorama de museo lo que realmente era tráfico febril. Lo mismo que en Espejo, algo velaba también todo el pasado, presentándolo como puro recuerdo, casi de otra persona, y dejándole tan nuevo e inocente como un niño.

—No podemos callar —dijo entonces Karin, con la misma decisión infantil con que había tomado el mando del cochecito—. Tiene que llegar el adiós, Miguel —continuó apretándole la mano con sus manitas de pequeña heroína—. Y necesitamos este tiempo de ahora para decidir. Primero, me escribirás, ¿verdad? Mucho, mucho. Y yo te contestaré al Instituto de Soria.

—No, Karin; al Instituto no —repuso él, como si condescendiese a entrar en un doloroso juego—. Soria es muy pequeña; una carta de Suecia llamaría extraordinariamente la atención y se sabría todo.

—¡Pero tenemos que escribirnos, Miguel!

—Claro que sí. Yo te escribiré, y en mi primera carta te daré una dirección para que me contestes. Yo arreglaré el modo de comunicarnos.

—Eso; hasta que nos veamos.

Ella adivinó lo que él no se atrevía a pronunciar.

—Sí —dijo—. Es preciso que volvamos a reunirnos. Esto no puede acabar. Escucha: anoche yo en el coche pensaba la solución. Conseguiré una beca para España o me colocaré allí de secretaria en alguna casa comercial. Así nos veremos fácilmente.

—Pero en Soria, querida, en Soria no hay becas, ni casas comerciales suecas —se le escapó a él, del corazón de su dolor.

—¡Pero tú irás pronto a Madrid! ¿No comprendes que vas a ser célebre, que ya lo eres? El mismo Rasines, ya verás... Has causado una impresión tremenda; Mattis me lo decía anoche. Te harán famoso desde aquí...

Vio la sonrisa triste del hombre y no terminó la frase. Pero prorrumpió en otra:

—¡Y tú mismo trabajarás allí para serlo, Miguel! ¿No comprendes que es la única manera de que volvamos a estar juntos? ¡Tienes que hacerlo; tienes que hacerlo por mí, aunque no sea por ti! Yo no te estorbaré nunca, no seré un lastre, no te pediré nada... ¡Pero hemos de encontrarnos, Miguel!

La niña ya no gobernaba un coche ni dirigía nada. Estaba sin fuerzas, a punto de llorar. «¿Qué sentido tiene esto? —pensaba él—. Esta estéril previsión, estos proyectos nacidos muertos... ¡Pero su llanto!» Y para recobrar fuerza sólo supo decir, abrazándola repentinamente:

—¿Es verdad que me has querido?

—¡Malo! ¿Por qué dices «me has» querido? ¿Por qué quieres hacerme daño?

Espejo habló trabajosamente.

—¿Es verdad que me quieres?

—¡No te olvidaré nunca! —exclamó ella.

«En unos labios tan jóvenes.¿qué quiere decir «nunca»? —pensó él—. No tiene sentido.» Y, sin embargo, el cuerpo oprimido contra el suyo, los labios oprimidos contra los suyos eran absolutamente convincentes y ponían el alma a salvo del olvido. Un rayo de sol traspasó entonces las nubes e hizo brillar lejos una gran corona de oro sobre un enorme edificio octogonal: la antigua fortaleza *Skansen Kronan*. «Ya puedo morir —pensó él—, pero también esto hay que callarlo. Tampoco puede decirse.»

—¡Casadote! —dijo ella entonces con mansísimo reproche cariñoso.

Y aquella palabra contenía resignación, queja, objetividad y hasta humor. Toda la esencia de la vida humana: logro y renuncia, entrega y posesión. «¡Casadote!» Y él contestó solamente con una sonrisa tímida y casi cínica, a la vez que divertida y doliente.

El sol se había vuelto a ocultar, pero, tras las nubes, continuaba el día su implacable huida. Tuvieron que arrancarse de aquel lugar, regresar al coche, descender el sinuoso camino y volver. Fueron a Hendrikberg, el famoso restaurante sobre los muelles, y vieron cómo un transatlántico se cargaba lentamente de ilusiones y desengaños en forma de pasajeros. Almorzaron en uno de los comedorcitos que reproducen exactamente comedores y cabinas de antiguos barcos suecos, con sus paredes cóncavas, sus divanes de buques, sus tragaluces y sus lámparas oscilantes. En el cerrado espacio revestido de caoba, Espejo trataba de creer que estaban de verdad en un navío, rumbo no sabían hacia dónde, sólo con ellos dos a bordo. El tiempo pasaba y, entre las palabras triviales sobre la comida o los días pasados en Saltsjöbaden —que ambos evocaban obsesionadamente para alejar el dolor cada vez más próximo—, Espejo repetía su tema:

—¿Te acordarás? ¿Me quieres?

—Y tú, que tanto preguntas, dime ¿cómo me quieres? ¿No ha sido —apuntó con timidez— una... aventura?

—¿Tú lo crees? —replicó él intensamente, clavando con fijeza la mirada en los ojos negros, bajo el gracioso flequillo.

—No, no puedo creerlo.

—¿No puedes? —insistió.

—No, no lo creo.

Caminaron un poco a pie antes de volver a coger el cochecito. Se detenían en los escaparates: a Espejo le gustaba contemplar las cosas que a ella le hubieran estado bien. Karin se extasió ante un abrigo amplio y juvenil. «¡Es maravilloso!», repetía. Y Espejo descubría que ella había madurado en breves horas, como una flor de tierras cálidas. Los muchachos la miraban, especialmente un joven oficial de Marina que volvió la cabeza largo rato. Karin no se dio cuenta, pero percibió una mueca en Espejo.

—Vamos, no te pongas triste... todavía —dijo, dándole ánimos con su manita sobre la mano masculina. «Lo que me entristece —pensaba Espejo— son los celos de tus hombres futuros, de los que te tendrán en sus brazos. Pero también hay que callar.»

Pasaron frente a una tienda que ostentaba una muestra con un ramo de lilas.

—Conque tu ciudad es la ciudad de las lilas —dijo Espejo.

—En primavera hay muchísimas. Todo tiene olor de lilas.

—Mi madre las adora —dijo él sumergiéndose lentamente en el pasado—. Yo he robado muchas para ella en el jardín de mi ciudad... Resulta sorprendente —añadió, casi para sí mismo—, pero yo también he tenido mi ciudad...

Rodaron luego hacia las afueras y merendaron en un pabellón de té. Como él permaneciera un rato silencioso y ella le preguntara, repuso:

—¿Sabes? Desde la galería de atrás de mi casa se ve el patio del asilo provincial de ancianos. Desde muy temprano, los días buenos, pasean cuatro o cinco viejos. Dan vueltas en silencio, cruzándose unos con otros sin hablarse, cabizbajos...

Parece que caminan sus recuerdos... Así caminaré yo. Para eso bebo los recuerdos que vivo ahora.

—¡No me gusta que digas esas cosas!

«¿Porque son tristes o porque son de allí?», pensó él. El mundo y las ideas, todo era muy extraño.

Al fin tuvieron que devolver el coche y dirigirse a la Universidad para la conferencia. Contra lo que Espejo temía, nadie pareció extrañarse de que, durante todo el día, hubiera esquivado al Comité organizador. Parecía como si Mattis se hubiera encargado de explicarlo todo. Pues Mattis estaba allí, con Hilma y con Karin en una de las primeras filas, y sonreía confortadoramente. Espejo, de todos modos, no necesitaba estímulos. Sentía un enorme peso sobre sus hombros; pero ese peso que mataba era también el que daba la vida. Se sentía fuerte y sabía que todo saldría bien.

Así sucedió. Espejo fue rodeado al final de felicitadores; pero él trataba de retener a Mattis con la vista. Consiguió, ayudado por Karin sin duda, que Jöhr se acercase. Y pudo quedar aparte con él y con Hilma unos instantes. Era el momento de decir todo lo que había pensado, de justificarse, de dar explicaciones. Pero sólo acertó a pronunciar.

—Querido Jöhr... La vida...

—Es grande —respondió el lapón entrecerrando sus ojillos bajo la poderosa frente.

No dijo más. Sólo «grande». Y bastó, y Espejo se dio cuenta de que no había nada más que decir. Se limitó a besar, en despedida, la mano de Hilma, como en homenaje a la diosa de la vida.

Nadie insistió en retenerle. Ni el mismo Arensson, pese a su entrañable despedida. Espejo se movía con la sensación de que una especie de halo en torno suyo infundía respeto a los demás y los alejaba de su vida privada. Era un hecho extraño, pero evidente. Y al salir de la sala de conferencias su memoria retuvo del confuso grupo la sonrisa supremamente comprensiva del profesor Jöhr.

Cenaron en otro restaurante de la ciudad antigua. Ya ni la decidida muchachita que había conducido el coche se atrevía a tocar el tema doloroso. Por otra parte, todo quedaba entendido: se escribirían frecuentemente y, antes de muchos meses, ella estaría en Madrid de secretaria o, mejor aún, de alumna becaria. Y él, claro está, ya habría sido trasladado a algún centro de investigación. Después de la cena, él deslizó un sobrecito en la mano de Karin.

—Es lo de la conferencia —dijo—; pero no es dinero, es mi sangre.

Ella enrojeció y él continuó precipitadamente:

—Es mi sangre. Y quisiera que aceptaras, como un regalo, el abrigo que has visto esta tarde. Si la tienda estuviera abierta no te entregaría esto. Es para mí muy dulce pensar que en este invierno, ya tan próximo, tu cuerpo será abrigado por mí, como si lo fuera por mis brazos. Así las matemáticas servirán para algo... Anda, no lo rechaces.

Ella no contestó, limitándose a secarse con disimulo las incipientes lágrimas. Sólo después, saliendo ya del brazo, le dijo:

—Me haré una fotografía con el abrigo y te la mandaré.

Las calles oscuras olían a humedad. Eran viejas, estrechas, tortuosas. De los huecos salían súbitos haces de luz y, a veces, humo, canciones, broncas, parejas enlazadas. De repente, el taconeo de una mujer que se alejaba resonó en el silencio como una llamada turbadora y selvática. Lo era todo la noche antigua y poderosa de los viejos puertos, cargada de la potencia del mar y del azar de las vidas de paso que beben los instantes ávidamente... Espejo percibió entonces, por vez primera en aquel día, los pechos de Karin, y la oprimió fuertemente, sintiendo que ella se entregaba al abrazo.

—¡Ojalá un marinero me matase ahora mismo de una puñalada!... —dijo el hombre roncamente—. Se me escaparía una sangre roja y muy cálida. Y moriría en tus brazos.

Ella dejó escapar un suspiro jadeante que podía decir pasión y miedo. Se habían quedado detenidos ante la puerta de un hotel y veían el vestíbulo, con un aire brumoso y un olor espeso de tableros de mesa mojados de cerveza... Salieron dos hombres y dirigieron a la pareja miradas pesadas como aquel aire nocturno, pero con gravidez de vida.

—¿Te importa aquí? —dijo él muy bajo y muy intensamente—. Tengo miedo del otro hotel, tan frío. Allí no será posible sentirse morir lo mismo...

Continuó hablando, pero sin intentar persuadir ni necesitarlo. Ella seguía entregándose... Y, al franquear el umbral —había que descender dos escalones—, él percibió a la vez, profundamente, el cuerpo de la muchacha contra su brazo, la certeza de que a la noche siguiente estaría en otro mundo, y la verdad encerrada en la última palabra de Mattis Jöhr.

Al día siguiente, a aquella misma hora, Miguel Espejo llegaba en avión a Barcelona. En todo el trayecto le había acompañado la visión de la muchachita con gabardina y sombrerito de fieltro que había ido a despedirle a Gotemburgo y que progresivamente parecía confundirse con la desconocida compañera del autobús durante su primera noche sueca, desde el aeropuerto a Estocolmo.

Descendió la escalerilla metálica y le invadió, de golpe, la tibieza oscura y fragante de la noche mediterránea, el atropellado bullicio, las voces rebotando en el aire como esferas sonoras, la casi anárquica desorganización de una vida exuberante a cielo abierto... En su breve camino hasta las oficinas del aeropuerto, el ambiente le fue penetrando y llevando hasta su memoria recuerdos ya olvidados: Soria entera resurgía como del fondo de un lago.

Cerró los ojos un momento, deteniéndose antes de subir las escalerillas de piedra: Todo había terminado.

¿Todo? Sintiendo el fardo vivo que envejecería con él, preñado de posibilidades no nacidas, Miguel Espejo sintió que la frente se le contraía y que dos duras lágrimas querían brotar.

Pero consiguió evitarlo. ¿Para qué?

BEST SELLER

Los pilares de la Tierra, Ken Follett
Alto riesgo, Ken Follett
La casa de los espíritus, Isabel Allende
Baudolino, Umberto Eco
Armonía rota, Barbara Wood
Sushi para principiantes, Marian Keyes
Yo, puta, Isabel Pisano
El Salón de Ámbar, Matilde Asensi
Iacobus, Matilde Asensi
Como agua para chocolate, Laura Esquivel
Tan veloz como el deseo, Laura Esquivel
El amante diabólico, Victoria Holt
Hielo ardiente, Clive Cussler
A tiro, Philip Kerr
Las chicas buenas van al cielo y las malas a todas partes, Ute Herhardt
Claire se queda sola, Marian Keyes
La soñadora, Gustavo Martín Garzo
Fuerzas irresistibles, Danielle Steel
Casa negra, Stephen King y Peter Straub
El resplandor, Stephen King
Corazones en la Atlántida, Stephen King
IT, Stephen King
Dioses menores, Terry Pratchett
Brujerías, Terry Pratchett
Picasso, mi abuelo, Marina Picasso
Saltamontes, Barbara Vine
Chocolat, Joanne Harris
Muerte en Cape Cod, Mary Higgins Clark

DeBOLS!LLO

CONTEMPORÁNEA

Cien años de soledad, Gabriel García Márquez

El otoño del patriarca, Gabriel García Márquez

Crónica de una muerte anunciada, Gabriel García Márquez

El amor en los tiempos del cólera, Gabriel García Márquez

El coronel no tiene quien le escriba, Gabriel García Márquez

Los funerales de la Mamá Grande, Gabriel García Márquez

El general en su laberinto, Gabriel García Márquez

Increíble y triste historia de la cándida Eréndira y de su abuela desalmada, Gabriel García Márquez

La mala hora, Gabriel García Márquez

Ojos de perro azul, Gabriel García Márquez

Cuentos de Eva Luna, Isabel Allende

Diario de Ana Frank, Ana Frank

La isla del día de antes, Umberto Eco

India, V.S. Naipaul

Una casa para el señor Biswas, V.S. Naipaul

El inmoralista, André Gide

El maestro y Margarita, Mijaíl Bulgákov

Por la parte de Swann, Marcel Proust

Encerrados con un solo juguete, Juan Marsé

Esperando a los bárbaros, J. M. Coetzee

Caballería Roja/Diario de 1920, Isaak Bábel

DeBOLS!LLO

ENSAYO

La Galaxia Internet, Manuel Castells

Fast Food, Eric Schlosser

Articulos y opiniones, Günter Grass

Anatomía de la agresividad humana, Adolf Tobeña

Vivan los animales, Jesús Mosterín

Cuaderno amarillo, Salvador Pániker

Fuera de lugar, Edward Said

Las batallas legendarias y el oficio de la guerra, Margarita Torres

Pequeña filosofía para no filósofos, Albert Jacquard

Tras las claves de Melquíades, Eligio García Márquez

Pájaro que ensucia su propio nido, Juan Goytisolo

El mundo en un click, Andrew Shapiro

Felipe V y los españoles, Ricardo García Cárcel

¿Tenían ombligo Adán y Eva?, Martin Gardner

Comprender el arte moderno, Victoria Combalía

El mito de la educación, Judith Rich Harris

La conquista de la felicidad, Bertrand Russell

DeBOLS!LLO

AUTOAYUDA

Caminos de sabiduría, Wayne W. Dyer

Tus zonas sagradas, Wayne W. Dyer

La undécima revelación, James Redfield

Todo lo que necesitas saber para educar a tus hijos, Bernabé Tierno Jiménez

Soy mujer y pretendo trabajar, Lídia Guinart

Cómo decir no sin sentirse culpable, Patti Breitman y Connie Hatch

Educar adolescentes con inteligencia emocional, Varios autores

Padres a distancia, William Klatte

Hambre a la moda, Mary Pipher

El vendedor más grande del mundo, Og Mandino

El vendedor más grande del mundo II, Og Mandino

DeBOLSILLO

CLÁSICOS

Don Quijote de la Mancha, vols. I y II, Miguel de Cervantes. *Edición de Florencio Sevilla Arroyo*

Poema de Mio Cid, *Edición de Eukene Lacarra Lanz*

El conde Lucanor, Don Juan Manuel. *Edición de José Manuel Fradejas Rueda*

La Celestina, Fernando de Rojas. *Edición de Santiago López Ríos*

Poesía, Jorge Manrique. *Edición de Giovanni Caravaggi*

Poesía, Garcilaso de la Vega. *Edición de José Rico Verdú*

Lazarillo de Tormes. *Edición de Florencio Sevilla Arroyo*

La vida del Buscón, Francisco de Quevedo. *Edición de Edmond Cros*

Peribáñez y el Comendador de Ocaña, Lope de Vega. *Edición de José María Díez Borque*

La vida es un sueño, Pedro Calderón de la Barca. *Edición de Enrique Rull*

Don Juan Tenorio, José Zorrilla. *Edición de Jean-Louis Picoche*

Rimas, Gustavo Adolfo Bécquer. *Edición de Enrique Rull*

DEBOLS!LLO

21

Breve historia de la inmortalidad, Antonio Álamo

Hijo de Jesús, Denis Johnson

Para una niña con una flor, Vinicius de Moraes

Algo supuestamente divertido que nunca volveré a hacer, David Foster Wallace

Omon Ra, Viktor Pelevin

La disco rusa, Vladimir Kaminer

Los nuevos puritanos, Varios autores

Q, Luther Blisset

[!] DeBOLS!LLO